문명

문명

2

베르나르 베르베르 장편소설
전미연 옮김

SA MAJESTÉ DES CHATS
by BERNARD WERBER

Copyright (C) Editions Albin Michel et Bernard Werber – Paris 2019
Korean Translation Copyright (C) The Open Books Co. 2021
All rights reserved.

이 책은 실로 꿰매어 제본하는 정통적인 사철 방식으로 만들어졌습니다.
사철 방식으로 제본된 책은 오랫동안 보관해도 손상되지 않습니다.

제2막

제3의 눈

(계속)

41
머리의 구멍

살이 따끔따끔하다.

정신이 돌아오는 순간 커다란 쥐 한 마리가 내 이마를 꽉 물고 있는 느낌이 든다.

머리가 빠개질 듯 아프다.

마취 효과가 사라지기 시작하자 날카로운 통증이 다리를 타고 발톱 끝까지 찌르르 내려온다. 뜨거운 용암이 혈관 속을 휘젓고 돌아다니는 느낌이다.

내가 미쳤지, 무슨 생각으로 이런 짓을 했을까?

나는 지나친 행동으로 불필요한 문제를 야기하는 게 단점이야. 하지만 그게 나인 걸 어쩌겠어.

앞으로 충동보다는 이성에 귀를 기울여 신중해지도록 노력해야겠어.

피타고라스가 다가와 내 귀에 대고 속삭인다.

「괜찮아?」

「아니.」

「너와 경험을 공유하고 싶은 마음이 너무 간절해 아플 거라는 말을 강조하지 못한 게 후회돼.」

붕대를 감은 부위가 간지러워 발톱으로 벗기려는 나를 피타고라스가 제지한다.

「안 돼, 절대 그러면 안 돼.」

「피부에 이물질이 붙어 있는 건 못 참겠어.」

내 시선이 벽에 걸린 거울로 향한다. 아니, 이게 무슨 끔찍한 꼴이야? 로망이 털을 너무 많이 밀어 놨어! 머리만 보면 스핑크스고양이인 줄 알겠네!

충동적으로 붕대를 확 뜯어 버리는 순간 더 끔찍한 광경이 거울에 나타난다. 이마 위 두 눈 사이에 뚫려 있는 구멍. 초소형 USB가 꽂힐 자리여서 그런지 크기는 피타고라스 것보다 훨씬 작아 보인다.

구멍 주변의 피부가 허옇게 일어나 있고 군데군데 고름도 잡혔다. 로망이 다가와 머릿기름 같은 걸 상처에 발라 주고 붕대를 새로 감아 준다. 그가 내미는 알약 몇 알을 나는 군소리 없이 받아 삼킨다.

나탈리가 안쓰러운 표정으로 나를 연신 쓰다듬으며 뭐라고 말한다. 아마도 나를 칭송하는 소리겠지.

아프게 얻은 제3의 눈의 능력을 하루빨리 확인해 보고 싶지만 시간은 더디게만 흐른다.

나는 수술 후 며칠 만에 유동식을 먹기 시작하고, 며칠이 더 지나자 다시 네 발로 걷기 시작한다. 머리에서부터 시작되는 끈질긴 통증은 이제 진통제 없이도 웬만큼 견딜 수 있다.

회복 판정을 기다리는 동안 나는 머리에 붕대를 감은 채로 캠퍼스를 산책한다. 세상 어디에 이보다 더 좋은 곳이 있을까.

(내가 좋아하는 행동이라고 집사한테 들었는지) 하얀 가운 차림의 인간들이 다가와 턱밑을 살살 만져 준다. 머리를 비비대 냄새를 묻히고 싶지만, 수술 부위를 의식해 억지로 참는다.

드디어 대망의 날, 내 제3의 눈을 테스트할 시간이 왔다.

모두가 필리프 사르파티 학장의 연구실에 모였다. 나는 딱 내 몸 크기의 의자에 앉혀졌다. 혹시 모를 발작에 대비해 몸은 끈으로 의자에 묶였다.

USB 케이블을 든 필리프의 손이 다가와 내 이마에 생긴 구멍에 끼운다.

「괜찮아, 아프지 않을 거야.」 피타고라스가 나를 안심시키려고 애쓴다.

낯선 물체가 몸에 들어오는 순간의 생경함과 공포는 이내 기대감으로 바뀐다. 나는 상기된 얼굴로 필리프의 동작 하나하나를 유심히 관찰한다.

학장이 USB 케이블의 다른 쪽 끝을 컴퓨터에 연결하고 나서 키보드를 두드리기 시작한다.

「눈을 감아.」 앞선 경험자인 피타고라스가 내게 말한다.

나는 시키는 대로 눈을 꼭 감고 기다린다. 어찌 된 일인지 기대했던 특별한 일은 벌어지지 않는다. 그저 눈꺼풀 밑에서 빨간 불빛이 하나 반짝거린다고만 느껴진다. 이때, 흰 사각형 하나가 시야를 가득 채운다. 인간의 알파벳으로 짐작되는 글자가 하나 쓰여 있다.

내가 깜짝 놀라며 눈을 뜬다.

필리프가 내 눈에 반창고를 붙여 억지로 다시 감게 만든다.

멍하니 하얀 사각형과 마주하고 있는데 익숙한 피타고라스의 목소리가 귀에 들린다.

「너는 지금 검색 엔진을 보고 있어. 시스템의 기본값은 사용자가 가장 많은 〈구글〉로 맞춰져 있을 거야. 지금쯤은 아마 조그만 화살표가 보이지?」

「응, 보여.」

「좋아. 외부 제어 스크린을 통해 우리도 네가 보는 걸 같이 보고 있다는 걸 알아 둬.」

「이제 내가 뭘 어떻게 해야 하지?」

「네 생각을 통해 화살표를 아래에서 위로 움직여 봐.」

아무리 정신을 집중해 시도해 봐도 화살표는 꼼짝할 생각을 하지 않는다.

「화살표를 쫓는다는 생각으로 눈동자를 움직여 봐.」

피타고라스의 조언대로 하자 드디어 화살표가 움직인다. 삼각형 모양이 내 의지에 따라 왼쪽으로 이동한다.

「잘했어!」 피타고라스가 흥분해서 외친다. 「방금은 좌우로 움직였는데 이제는 똑같이 위아래로 움직여 봐.」

슬슬 자신감이 붙는다. 나는 화살표를 상하좌우로 계속 움직여 본다. 화살표가 어떤 지점에 닿는 순간 손가락 하나가 뻗어 나온 조그마한 인간의 손으로 변한다는 사실을 알게 된다.

「자, 지금부터 내가 어떻게 하는지 보여 줄게.」

멘토인 피타고라스가 말하는 순간 시야에 화살표가 하나 더 등장한다.

「이 화살표는, 나야. 내가 너랑 같은 컴퓨터에 접속해 있는 거야. 내가 하는 걸 잘 봐.」

피타고라스의 화살표가 **인간-고양이 번역기**라고 쓰인 프로그램 위에 닿자 클릭하는 소리와 함께 화면에 박스 모양이 두 개 나타난다. 위쪽 박스에는 고양이 머리가 그려져 있고 아래쪽 박스에는 인간의 머리가 그려져 있다.

「자, 아무 야옹이나 해봐.」

시키는 대로 내가 야옹거리자 위쪽 박스의 선이 아래위로 파형을 그리기 시작한다. 아래쪽 박스 속 선도 동시에 물결치기 시작하는 걸 신기하게 구경하고 있는데 갑자기 머릿속에서 야옹 소리가 들린다.

「안녕, 바스테트. 냐, 나탈리.」

이거 집사 목소리야?

「맞아, 내 목소리야.」

지금 나탈리가 말하는 거라고?

나는 감격에 겨워 말을 더듬는다.

「아…… 안, 녕…….」

나는 역사적 순간이 도래했음을 깨닫는다.

나는 지금 고양이와 말하듯 인간과 말하고 있어. 인간 집사 역시 동류 인간의 말처럼 내 말을 완벽하게 이해하고 있어.

개척자와 발명가의 심정이 바로 이런 걸까. 가슴이 벅차오른다.

내가 인간과 대화하고 있다니!

나탈리가 나지막한 목소리로 말한다.

「솔직히 그동안 네가 제3의 눈을 이용한 첫 대화 상대로 날 택했으면 하고 바라고 있었어…….」

그런데 지금 집사가 나한테 말을 놓은 거야? 아니, 이럴 때가 아니지. 얼른 흥분을 추스르고 아무 대답이라도 해서 대화를 이어 가야겠어.

「감격으로 말문이 막히는군요. 마치 당신이 내 머릿속에 대고 고양이처럼 야옹거리는 것 같아요.」

「나 역시 감격했어, 바스테트. 네가 마치 인간처럼 나한테 얘기를 하다니.」

어라, 계속 반말을 쓰잖아. 너무 격의 없이 굴진 못하게 해야 하는데. 어쨌든 나한테는 집사에 불과한 존재니까.

「오랜 꿈이 마침내 현실이 됐네요. 밥을 제때 안 챙겨 주고 나를 방에 가둘 때마다, 숱하게 그럴 때마다 얼마나 소통이 절실했는지 몰라요. 당신한테 지시를 내려야 그런 행동을 고칠 텐데, 소통이 불가능하니 답답하기만 했죠.」

「제3의 눈을 장착하기로 한 네 용기가 정말 가상해. 어디 불편한 데는 없니?」

「이게 없었던 때가 기억나지 않을 정도예요. 솔직히

15

감각 하나가 없는 채로 살았던 거죠. 이제야 비로소 내 의식의 문이 하나 더 열린 것 같아요.」

「바스테트, 널 알아 갈수록 정말 대단하다고 느껴. 요즘 널 보면서 놀랄 때가 한두 번이 아니야.」

「그건 나도 마찬가지에요, 나탈리. 함께 동고동락하면서 당신을 점점 높이 평가하게 됐어요. 당신은 여느 인간 암컷과는 다른 특별한 존재예요.」

「일단은 빨리 회복해야지. 그래야 시테섬에 남아 있는 우리 공동체를 구하러 갈 수 있잖아.」

「무슨 복안이라도 가지고 있나요?」

「아직은 뾰족한 해결책이 없지만 이제 제3의 눈을 장착한 네가 있잖아. 너라면 그 새로운 사고의 도구를 활용해 방법을 찾아낼 수 있을 거야.」

「잘되어 가요, 나탈리?」 또 다른 인간의 목소리가 들린다.

「네, 아주 좋아요, 로망. 바스테트와 직접 대화하고 있어요. 내 말을 이해하고 있어요.」

아, 다른 인간들이 말을 해도 번역기를 거쳐 즉시 내가 알아들을 수 있게 전달되는구나. 집사가 다시 말을 건다.

「앞으로 특별히 배우고 싶은 게 있니?」

「고양이가 인간과 겨루려면 세 가지 개념을 체득해야

한다고 일전에 당신이 말했죠. 유머, 사랑, 예술. 맞죠?」

「물론이지. 그 세 가지야말로 내가 인간을 다른 동물과 구분하는 기준이니까.」

「그렇다고 했죠. 난 유머는 진즉에 이해했고 사랑의 개념에도 많은 진전이 있어요. 예술에 대해서는 앞으로 조금 더 알아 가야 해요.」

나탈리가 컴퓨터를 조작하자 온갖 미술 작품과 영화, 음악이 펼쳐진다.

그런데 이상하게도 집사가 인류 문화의 걸작이라고 상찬하는 작품들이 내게는 전혀 감흥을 주지 못한다.

내가 가장 좋아하는 예술은 여전히 이미 내가 아는 마리아 칼라스와 비발디, 그리고 특히 요한 제바스티안 바흐뿐이다.

내가 무덤덤한 반응을 보이자 집사가 실망한 얼굴로 말한다. 「너한테 감동을 줄 수 있는 게 뭔지 고민을 좀 해 봐야겠어.」

그녀가 곰곰이 생각하더니 내 머릿속에 이미지 하나를 띄운다.

「보이니?」

「검은 바탕에 파란색 동그라미.」

「그냥 동그라미가 아니라 〈빅 블루〉라는 제목이 붙은

작품이야.」

「그림인가요?」

「아니, 우리가 사는 행성인 지구를 찍은 사진이야.」

이미지의 정체를 알게 되는 순간 눈앞이 흐려지고 몸에 전기가 흐르는 느낌이 든다. 내 반응을 알아차린 집사가 말을 잇는다.

「너도 방금 느꼈지? 단순한 이미지에 불과해 보였던 게 그 함의를 깨닫는 순간 새로운 차원을 획득하게 되는 것, 그게 바로 예술이야.」

나는 사진에서 눈을 떼지 못한다. 지금 내게 일어나는 감정은 두려움이나 노여움 같은 차원이 아니야. 성적 욕망과도 달라. 내게는 낯선 경험이었던 웃음과도 질적으로 다른 것 같아. 뭘까, 이 느낌은. 혹시 이런 걸 예술적 감동이라고 부르는 걸까?

나는 형언할 수 없는 감정에 휩싸인다.

「아름다워……..」

「우리의 행성이야. 그 어떤 예술 작품보다 아름다운 작품이 바로 우리가 사는 지구라고 나는 생각해. 그걸 너한테 보여 줄 수 있어서 얼마나 기쁜지 몰라.」

갑자기 내가 대단한 존재가 됐다는 착각이 든다. 예술의 힘은 이렇듯 인식의 문을 넓혀 주는 모양이다. 눈앞의 이미지 덕분에 나는 하늘에서 내려다보는 것처럼 내가 사는 행성을 바라볼 수 있다. 나라는 고양이는 우주에 떠 있는 이 푸른색의 커다란 공 위에 있는 미미한 존재에 불과함을 새삼 깨닫는다.

정신이 아득해진다. 그래, 나는 복잡한 질서를 가진 무한하고 아름다운 우주 속 보잘것없는 존재일 뿐이야.

그런 내게 주어진 새로운 가능성을 앞으로 다른 단계의 의식들에 다가가기 위한 도구로 써야 하는 게 아닐까.

42
어쿠스틱 키티 작전

동물들은 군사 작전에 투입되는 일이 많았다. 그리스인들은 불붙인 가시덤불을 말에게 매달고 적진을 향해 질주하게 했다. 제1차 세계 대전 때는 비둘기가 비밀 교신에 활용되었고, 제2차 세계 대전 때는 적의 폭발물을 찾아내기 위해 탐지견이 동원되었다. 적함에 폭발물을 설치할 목적으로 돌고래를 조련하는 일도 있었다. 하지만 고양이 또한 군사적 목적으로 활용되었다는 사실을 아는 사람은 그리 많지 않다.

냉전이 한창이던 1961년, 미국 CIA 국장인 리처드 헬름스는 일명 〈어쿠스틱 키티〉라는 이름의 독특한 작전을 승인했다.

이에 따라 고양이의 귓속에 마이크를 넣고, 척추를 따라 꼬리까지 안테나를 넣은 다음 배 속에 배터리를 집어

넣어 연결하는 수술이 이루어졌다.

이 작전의 목적은 소련 대사관 내부를 도청하는 것이었다.

하지만 엘리트 첩보원으로 변신하는 수술은 무사히 견딘 고양이가 허기를 느끼면 통제 불가능해진다는 사실이 확인됐다. 그러자 CIA 소속 수의사들은 고양이의 뇌에서 식욕을 관장하는 부위를 절제하는 수술을 실시했다. 이후 어쿠스틱 키티를 복종하는 고양이로 만들기 위한 각종 조련 프로그램이 진행되었다.

이 작전에만 총 1천만 달러의 비용이 투입되었다.

당대 최고의 동물 조련사였던 밥 베일리도 어쿠스틱 키티의 조련에 참여했다. (훗날 CIA에서 비슷한 목적으로 행한 돌고래 조련도 맡았던) 그는 〈고양이가 인간의 대화에 호기심을 갖도록 훈련시켰다〉고 당시의 일을 술회했다.

5년 동안의 조련과 테스트를 거친 후 첨단 기술을 장착한 고양이는 드디어 실전에 투입돼 워싱턴 D.C. 소재 소련 대사관 인근의 공원에 배치되었다. 하지만 공원에 풀어 놓자 어쩔 줄을 몰라 하던 어쿠스틱 키티는 목표물인 대사관으로 들어가지 않고 도로 위를 걸어다니다 달려오는 택시에 치이고 말았다.

고양이가 주파한 거리는 고작 3백 미터였다.

2001년 비밀 해제된 문서에 따르면 CIA 과학자들은 이 사건 이후에도 작전을 포기하지 않고 수차례 더 실험을 진행했지만 결국 모두 실패했다. 아무런 성과 없이 2천만 달러라는 예산만 투입된 어쿠스틱 키티 작전은 1967년이 되어서야 결국 폐기되었다.

『상대적이고 절대적인 지식의 백과사전』 제12권

43

사건

나를 둘러싼 세계를 진정으로 이해하게 되는 것은 한편으로는 당혹스러운 경험이다. 감당하기 쉽지 않다는 뜻이다. 그러니 그 충격을 감안해 서서히 알아 가는 게 좋을 것이다. 솔직히 나는 제3의 눈이 생기고 나서야 내가 얼마나 무지한지 깨달았다. 내가 누구인지, 내가 사는 곳이 어딘지, 내가 사는 시대가 어떤 시대인지 이해하려면 방대한 지식이 필요하다는 것도.

한마디로 내게 지식의 서광이 비치기 시작한 것이다. 그동안 나는 착각과 거짓 속에서 그것들을 신념화하면서 살았다.

그것이 무지몽매했던 나의 실체다.

나는 이제야 현실을 직시하고 그 의미를 깨닫기 시작한다. 고통스럽지만 한편으로는 가슴 뛰는 일이다.

나는 제3의 눈을 통한 최초 접속 이후 함께 살고 있는 인간 암컷에 대해서도 많은 것을 알아 가고 있다.

대화를 하면 할수록 나탈리가 감수성이 예민하고 섬세한 인간이라는 걸 알게 된다. 피타고라스의 환생 이론이 맞는다면 그녀는 내생에 충분히 암고양이로 태어날 수 있을 만큼 정교한 정신세계를 가진 사람이다.

아, 제3의 눈을 통해 내가 습득한 지식을 어떻게 일일이 다 열거할 수 있을까?

내가 태어나는 순간 세계가 존재하기 시작했다고 굳게 믿고 있었는데 그게 사실이 아니라는 걸 알았다. 내가 태어나기도 전에 세상에서 어마어마한 일들이 벌어졌다. 고양이도 인간도, 심지어는 공룡처럼 오래전에 멸종한 동물들조차도 없었던 먼 옛날이 있었다.

그러니 이 세계는 얼마나 오랜 역사를 지니고 있는 것인가. 또한 얼마나 광대한가. 산과 바다, 뜨거운 사막, 북극의 빙하들 모두 이 드넓은 세계의 극히 작은 일부에 불과하다.

풀 한 포기, 물 한 방울 없는 뜨거운 곳이, 입김조차 얼어 버리는 추운 곳이 세상에 존재한다는 걸 다른 고양이들은 알까?

어디 이뿐이야? 이 지구가 우주의 유일한 행성이 아니

고 비슷한 행성이 수없이 많다고 한다.

나는 새로운 지식을 습득할수록 더 큰 허기를 느낀다.

피타고라스는 이런 기쁨을 나보다 훨씬 먼저 깨달았던 거야. 내가 2차원에 살 때 그는 3차원에 살았어. 내가 시간과 공간의 제약에 갇혀 있을 때 그는 무한한 공간과 무궁한 시간 속에 뿌리내리고 있었던 거야.

내가 알게 된 지식이 뭐가 더 있더라?

맞아, 예전에 인간을 공포에 떨게 한 거대한 고양이들이 있었다지. 『상대적이고 절대적인 지식의 백과사전』에 들어 있는 〈차보의 비극〉에 그 이야기가 나온다. 그 백과사전에는 정말 흥미로운 이야기들이 가득하다.

ESRA에서 고양이와 관련된 독특한 질병들에 대해 읽었는데 정말 재미있었어. 가령 〈톰과 제리 증후군〉. 이건 과자 봉지가 바스락하는 소리, 손톱 끝으로 두드리는 소리, 컴퓨터 마우스의 클릭 소리를 듣는 순간 고양이가 발작을 일으키는 병이야. 〈고층 건물 증후군〉은 높은 건물에 사는 고양이가 이유 없이 허공으로 몸을 던지는 병이래. 상상만 해도 무서운 〈판도라 증후군〉에 걸리면 고양이가 화장실이 아닌 엉뚱한 곳에 자꾸 오줌을 누기 시작한대. 내가 그런 병에 걸리게 되면 어떡하지?

백과사전 얘기를 하려면 끝이 없을 테니 여기서 그만

내 집사 얘기로 넘어가야겠다. 그녀는 로망 웰즈 교수의 도움을 받아 나와의 대화가 막힘없이 실시간으로 이루어 지도록 인간-고양이 번역기를 개선하기 위해 애쓰고 있다. 덕분에 이전에 존재했던 1초 정도의 지연마저도 사라지게 됐다.

내가 말하는 동시에 그녀가 알아듣고, 그녀가 말하는 동시에 내가 알아듣는다.

끄트머리에 검은색 센서가 부착된 수신기를 내 이마에 생긴 USB 단자에 꽂으면 피타고라스처럼 무선 대화도 할 수 있다. 집사의 말이 야옹 소리로 통역되어 내 머릿속에 들린다. 요즘 나는 그녀와 수시로 대화하면서 여러모로 반성하고 있다.

내 새끼들을 죽인 공범이라고 그녀를 원망하고 냉정하게 대했던 나에게 집사는 아낌없는 사랑을 주었다. 펠릭스를 수술시킨 것도 일부러 펠릭스를 고통스럽게 하려고 한 것이 아니었다. 그녀는 그저 다른 인간들과 똑같이 행동했을 뿐임, 그녀가 나를 정말 사랑했음을 이제는 이해한다.

그녀가 내게 던져 준 세 가지 과제, 즉 사랑과 유머와 예술에 대해서도 우리는 많은 얘기를 나눈다.

인간식 사랑에는 고양이들한테는 낯선 추상적인 차원

이 존재한다는 걸 알았다. 가령 인간은 (물론 내 눈에는 한심하기 짝이 없지만) 교미와 상관없이도 사랑의 감정을 느낄 수 있다고 한다. 그런데 나는 그동안 인간들이 동물적 요구를 채우기에 급급하다고 오해를 했으니……. 유머에 관해 얘기하면서 집사는 거북한 상황에 처하면 무조건 웃으라고 조언해 줬다. 예술을 설명해 주면서는 지구 사진에 이어 성운(星雲)을 촬영한 이미지를 여러 장 보여 주었다. 나는 그 이미지의 강렬함에 압도당하고 말았다.

내가 연민의 감정을 언급하자 놀랍게도 집사는 그것이 인간들에게는 보편적인 감정이 아니라고 했다. 자신의 동족들 중에는 타인에게 조금의 연민도 느끼지 못하는 사람이 있고, 도리어 타인에게 고통을 가하면서 쾌락을 느끼는 이들도 있다고 했다.

우정을 얘기하다가 그녀가 갑자기 이제 우리가 친구가 될 수 있다고 말하길래, 나는 너무 서두를 생각이 없다고, 당분간은 지금처럼 그녀를 내가 〈아끼는 집사〉로 대할 생각이라고 말했다. 그러자 그녀가 깔깔깔 웃으면서 우정이 형성되려면 시간이 걸릴 테니 기다리겠다고 했고, 나는 너무 실망하지 말라고, 내가 우정을 허락할 날이 언젠가는 올 것이라고 그녀를 다독여 주었다. 물론 아직은 시기상조라는 말을 덧붙였다.

우리 대화는 때때로, 뭐랄까, 내가 최근에 뜻을 알게 된 단어인 〈심리전〉 양상을 띠기도 한다. 내가 왜 로망과 교미를 하지 않느냐고 묻자 그녀가 — 아마도 시간을 벌려는 작전인 듯 — 큰 소리로 웃더니, 인간들한테는 그게 고양이만큼 쉽지 않다고 대답한다.

내가 이유를 물어보자 그녀가 갑자기 표정이 어두워진다. 그녀는 돌아가신 아버지를 무척 좋아해 사귀는 사람에게서 자꾸 아버지를 찾으려 한다고, 그렇지만 아버지만큼 좋은 사람은 아직 만나지 못했다고 했다.

나는 내 아빠가 누군지도 모르고 별 관심도 없이 살았다고 시큰둥하게 말하자 그녀가 빙그레 웃으며 말을 받는다.

자기는 원래 소심하고 의심이 많아 진정한 우정을 맺는 데 시간이 걸린다고, 그러니 진정한 사랑을 이루려면 더 많은 시간이 걸리지 않겠냐고 말한다. 로망이 좋은 사람인 건 알지만 서두를 생각은 없다고 말하며 그녀가 얼굴을 붉힌다.

몸을 천으로 덮고 어떻게 수컷의 마음을 얻으려 하냐고 묻자 그녀가 인간들한테는 〈부끄러움〉이라는 감정이 있어 교미하고 싶은 욕망을 대놓고 드러내지 못한다고 대답했다.

이번에는 내가 대놓고 비웃으며 그런 생각을 하는 인간들은 바보라고 말해 줬다.

「그러니까, 그저 기다리겠다는 말이야?」

집사가 겸연쩍어한다. 그녀는 인간 암컷들의 지위에 관해서도 설명해 준다. 오늘날 여자들은 아이를 키우고 집안일을 할 뿐 아니라 밖에서 일도 한다고 한다. 어떤 나라에서는 아직도 어린 여자아이가 부자 노인에게 팔려가 강제로 결혼하는 일이 허다하다고. 어디 그뿐인가, 교육 기회를 박탈당하고 남편 허락 없이는 외출도 여행도 자유롭게 못 하며, 천으로 몸을 가리지 않으면 집 밖으로 나올 수 없는 나라들이 지구상에 존재한다고.

인간 세계에는 아이러니하게도 뛰어난 지능과 엄청난 어리석음이 공존한다는 생각이 든다. 인간의 능력은 때때로 득이 아니라 독이 되는 것 같기도 하다. 설마 수컷이 아니라 암컷들에게만 독이 되는 건 아니겠지.

하루는 우리 둘이 인류에게 다소간의 묘류성 혹은 〈행복〉을 더해 줄 새로운 형태의 고양이 페미니즘을 상상하면서 열띤 토론을 벌이고 있을 때, 이상한 일이 벌어졌다. 내 눈앞에 갑자기 인간 언어로 쓰인 메시지가 나타난 것이다.

⟨신은 과학보다 위대하다.⟩

뒤이어 숫자들이 나타나기 시작한다.

⟨5······ 4······ 3······ 2······ 1······.⟩

갑자기 화면이 꺼진다. 내가 눈을 번쩍 뜨자 안절부절 못하는 나탈리가 보인다.

「사소한 고장인가?」

「아니, 사소한 고장이 아니야.」 어느새 곁에 다가와 있는 피타고라스가 대신 대답한다. 「전 세계적인 고장이야. 인터넷이 먹통이 됐어!」

벌써 집사는 어디론가 가버려 보이지 않는다. 우왕좌왕하는 인간들이 내 앞을 뛰어 지나가고 있다. 오르세 대학 연구진 전체가 공황 상태에 빠져 있다. 상황을 알아보겠다고 잠시 사라졌던 샴고양이가 꼬리를 축 늘어뜨린 채 돌아온다.

「⟨신은 과학보다 위대하다⟩라는 이름의 광신주의자 집단이 퍼뜨린 바이러스 때문에 일어난 일이야. 인류가 약해진 틈을 타 극단주의자들이 자신들의 세계를 관철하려 하고 있어. 과학과 진보를 거부하는 그들은 사제들에게 종속되어 사는 세상을 꿈꾸고 있어. 사제라는 자들은 또 자신들의 행동을 무조건 정당화하기 위해 신적인 존재를 하나 만들어 놓고 그것에 절대복종하고 있지.」

「인터넷이 그자들의 계획에 걸림돌이 된다는 거야?」

「지식에 접근할 수 있고 서로 소통할 수 있는 인간들을 마음대로 통제하기는 쉽지 않으니까. 그래서 놈들이 인터넷을 무력화시키려고 한 거야. 바이러스를 퍼뜨려 결국 목적을 달성했지.」

내가 사태의 심각성을 깨닫는 순간 또 다른 사건이 터진다. 데이터 센터 쪽에서 거대한 폭발음이 들려오더니 캠퍼스 전체가 아수라장으로 변한다.

「전 세계 인터넷이 먹통이 된 틈을 타 캠퍼스에 있던 누군가가 폭파한 게 분명해.」

나는 폭파 지점으로 달려가는 길에 숨을 헐떡이면서 뛰어오는 로망 웰즈와 마주친다. 그가 향하는 곳으로 함께 가보니 금고가 텅 빈 채 열려 있다. 그의 얼굴이 하얗게 질린다.

「내가 우려했던 일이 벌어졌어.」 피타고라스가 넋이 나간 로망을 쳐다보면서 말한다.

「무슨 일인지 설명 좀 해줘 봐.」

「혼란을 틈타 누군가가 ESRAE가 담긴 USB 메모리를 훔쳐 달아난 것 같아.」

급히 달려온 나탈리가 로망 웰즈와 얘기를 나눈다.

「아무래도 크리스토프의 소행 같아요! 최근 개종한 후

로 종교에 심하게 빠져들었다는 소문은 들었지만 메모리를 훔쳐 달아날 줄은 꿈에도 상상 못 했어요!」

「왜 그런 짓을 했을까요?」 나탈리가 로망 웰즈에게 묻는다.

「광신주의자 집단은 지식을 독점하려고 해요. 또한 ESRAE에는 대량 살상 무기를 비롯한 각종 무기 제조법이 들어 있다는 걸 그들이 알기 때문이죠.」

학장이 창백한 얼굴로 도착해 젊은 과학자에게 말한다.

「크리스토프의 소재를 알 것 같네.」

「어서 말씀해 주세요.」 로망이 그의 입을 쳐다본다.

「우리 정찰대원들이 캠퍼스 남쪽에 위치한 화학 공장에 광신주의자들이 모여 있는 걸 발견했네. 공업용 세제를 생산하는 그 공장에 쥐 떼를 피해 들어가 있었던 모양이야. 여기서 불과 10킬로미터 거리야. 플뢰리-메로지 교도소와 멀지 않은 곳이야.」

로망이 흥분한 목소리로 말한다.

「그럼 당장 거기로 가야죠!」

「크리스토프를 따라잡는 건 불가능해.」

「일단은 가야죠. 그것 말고 다른 선택의 여지가 있나요? 세상에 단 하나뿐인 지식 저장 장치를 과격한 집단의 손에 넘길 수는 없어요. 그렇게 되면 지금 남아 있는 인류는 광신주의의 지배를 받고 다시 몽매한 세상으로 회귀하게 될 거예요. 누구, 나랑 같이 갈 사람 있어요?」

로망이 흰 가운을 입은 사람들을 쳐다본다.

「다시 묻겠습니다. **나랑 같이 갈 사람 있어요?**」

다들 바닥으로 시선을 떨군다.

「아무도 없어요?」

「미안해요. 하지만 칼라시니코프 소총으로 무장한 극단주의자들에게 맞서는 건 자살행위나 다름없어요.」 흰 가운 하나가 여전히 시선을 땅에 박은 채 대답한다.

「그렇다면 우리도 총을 들면 되죠.」

「저들 중에는 인근 교도소에서 탈옥한 범죄자가 많다고 들었어요. 광신주의를 감정의 배출구로 삼는 이들이에요. 저들은 성가대원들이 아니라 살인마들이라고요. 전투 경험이 없는 우리와는 근본적으로 달라요. 그러니 사태를 현실적으로 보자고요. 우린 결코 저들과 싸워 이길 수 없어요.」

「우린 지능을 가지고 있잖아요.」

「지능이 날아오는 총알을 막아 주진 못해요. 지식인 몇이 모여 아무리 뛰어난 전략을 짜도 소용없어요. 저 야만인들은 수적으로 우세할 뿐 아니라 중무장 상태라는 걸 잊지 말아요.」

내가 피타고라스한테만 들리게 작은 목소리로 말한다.

「겁이 나서 저런 소리를 하는 거야, 그렇지?」

「그래, 그래 보여.」

로망은 당혹감을 감추지 못한다.

흠, 절대 물러설 줄 모르는 내가 해결사로 나설 순간이 왔군. 나는 나탈리에게 내 말을 전달해 달라고 부탁하고 나서 비장한 어조로 말문을 연다.

「사태 해결을 위해서는 누군가 나서야 해요. 하지만 아무도 선뜻 위험을 감수할 생각이 없어 보이는군요. 내가 하죠. 나, 바스테트가 희생을 자처하겠어요. 여러분이 ESRAE를 되찾게 도와드리죠. 단, 한 가지 조건이 있어요. 일이 마무리되면 시테섬에 고압 철조망을 세워 준다는 약속을 로망한테 받아야겠어요.」

그런데 기대했던 만큼 뜨거운 반응이 없다. 학장인 필리프가 고개를 갸웃거린다.

「암고양이에 불과한 자네가 어떻게…….」

「바로 그거예요! 저들이 일개 암고양이가 목숨을 걸고 이 일에 뛰어들 거라곤 상상도 못 하는 걸 이용하는 거죠. 게다가 나는 어둠 속에서도 앞을 볼 수 있고 소리 없이 움직일 수 있으니 스파이로선 최고죠. 인간은 못 하는 걸

고양이는 할 수 있어요.」

　다들 뜨뜻미지근한 반응을 보일 뿐 누구 하나 자원하는 사람이 없자 로망이 결국 내 제안을 수락한다.

　「좋아, 바스테트, 네 제안을 받아들일게. ESRAE를 되찾고 나면 너희 섬을 보호할 방법을 마련해 줄게.」

　피타고라스는 혹시 나한테 무슨 일이 생기면 자기가 파라다이스 공동체를 구할 응원군을 찾아 나서야 한다는 핑계 아닌 핑계를 대며 합류하지 않겠다고 한다.

　겁쟁이.

　결국 나와 로망 둘이서만 자전거를 타고 적진으로 향한다. 나는 임무 수행에 필요할지 모르는 장비와 도구를 넣은 로망의 배낭으로 들어간다. 자전거가 들판 사이로 구불구불 난 좁은 길들을 지나 언덕을 오르더니 다시 나무가 제법 울창한 평지를 가로질러 간다. 드디어 페달이 멈춘다. 로망이 자전거를 나무에 기대 세워 놓고 배낭에서 나를 꺼내 준다.

　「다 왔어.」

　그가 통역기를 통해 말하며 배낭에서 망원경을 꺼내 든다.

　「공업용 세제를 생산하는 화학 공장이야.」

　물결 모양 지붕 위로 커다란 굴뚝이 하나 솟아 있다.

공장 이름도 또렷하게 눈에 보인다.

「광신주의 집단이 하필 여기에 자리를 잡은 이유가 뭘까요?」

「쥐들의 공격을 막아 낼 효과적인 방법이 여기 있었겠지. 저길 봐.」

그가 공장을 빙 둘러싼 널찍한 구덩이를 가리킨다. 푸르죽죽한 액체가 가득 차 있다.

「저건 물이 아니라 염산이야. 닿는 순간 무엇이든 녹여 버리는 물질이지.」

순간 미처 보지 못한 쥐 사체 수백 구가 눈에 들어온다. 몸에 소름이 돋는다.

「그럼 출입은 어떻게 하죠?」

「중세 시대의 요새화된 성처럼 도개교가 있지 않을까.」

로망이 공장 주변을 유심히 살피더니 말한다.

「당장 들어가지 말고 밤을 기다리는 게 좋겠어. 그래야 잠입도 쉽고 안에서 움직이기도 유리할 거야.」

인간 과학자가 초조한 얼굴로 구덩이 건너편을 바라보며 망원경을 만지작거리고 있다.

「시테섬에 남아 있는 내 동료들을 구해 주겠다고 해서 고마워요.」

「너무 기대하지는 마, 바스테트. 내가 안전을 완벽하게 보장해 줄 수 있다는 뜻은 아니니까. 고압 철조망을 설치한다 해도 여전히 보급 문제는 남아 있어. 궁극적인 탈출역시 결코 쉽지 않은 과제라는 걸 명심해.」

갑자기 그가 달리 보인다. 이 사람은 내가 미처 생각하지 못한 문제들까지 예측하는 혜안을 가지고 있어.

「탈출 이야기를 하니 말인데, 혹시 좋은 아이디어 없어요?」

「너는 시테섬을 탈출한 경험이 이미 있잖아. 어떻게 나왔어?」

「열기구를 타고 빠져나왔어요.」

「열기구?」

「뜨거운 바람을 넣어 하늘로 띄워 올리는 커다란 풍선 말이에요. 그거 열기구라고 하는 거 맞죠? 인간이 발명한 거라고 하던데.」

로망이 빙그레 웃는다.

「기발한 아이디어네. 난 왜 그 생각을 못 했을까!」

「그때는 인간 집사하고 고양이 둘, 이렇게 딱 셋이었어요. 하지만 섬에 남은 수많은 고양이와 인간을 옮겨야해요.」

로망 웰즈가 입을 살짝 일그러뜨린다. 생각에 집중하

고 있는 모양이다.

「그렇다면 이번엔 더 크고 보다 정교한 조종 장치를 갖춘 수단이 필요하겠네. 그런 게 있긴 있어, 비행선이라는 거. 체펠린 비행선은 수백 명을 장거리로 실어 날랐다고 들었어.」

「그 체펠린 비행선을 우리가 만들 수 있을까요?」

「물론이지. ESRAE에 비행선 설계도가 들어 있어. 오르세 대학에는 비행선 제작에 필요한 헬륨과 케블라 섬유 같은 재료들도 다 있고. 내 생각엔 선체를 유리 섬유로 만드는 것도 가능할 것 같아.」

로망이 긴 한숨을 내쉬고 나서 말끝을 단다.

「결국 문제는 다시 원점으로 돌아와. ESRAE부터 찾아와야 해.」

어느새 어둠이 짙게 깔렸다. 내가 결연한 목소리로 로망을 재촉한다.

「내가 들어갈 테니 구덩이 건너편으로 나를 던져 줘요. 착지는 걱정하지 말아요.」

「아니, 넌 크리스토프 얼굴을 모르잖아. 그리고 이미 그가 다른 놈에게 넘겼을지도 몰라. 우리 둘이 같이 안으로 들어가야 해. 걱정하지 마, 바스테트. 이런 상황을 예상해 어둠 속에서도 고양이처럼 앞을 볼 수 있는 야간 투시경을 준비해 왔으니까.」

그가 배낭에서 이상하게 생긴 장비를 꺼낸다.

「그런데, 그게 어디 있는지는 어떻게 알죠?」

로망이 윙크를 하며 자신 있게 대답한다.

「만일의 사태에 대비해 내가 USB에 위치 추적 장치를 붙여 놨어. 이 말은 몇 미터 떨어진 곳에서 USB의 위치를 감지할 수 있다는 뜻이야.」

「저 구덩이를 건너갈 방법은 있어요?」

「장대로 건너뛸 생각이야. 긴 장대를 이용해 공중으로 도약한 다음 저 위를 날아서 지나가는 거지.」

「그다지 안전하게 들리지 않네요.」

「괜찮아. 이래 보여도 고등학교 때 장대높이뛰기 선수였어.」

그가 기다란 나뭇가지를 하나 구해 오더니 잎사귀를 떼어 내고 막대기 모양으로 다듬는다. 우리는 잠입 준비를 끝내고 조심스럽게 구덩이 쪽으로 다가간다. 다행히 순찰 중인 보초는 없다.

매캐한 염산 냄새가 코를 찌른다. 나는 숨을 참으면서 로망의 배낭 속으로 들어간다.

로망이 도움닫기를 하더니 장대를 땅에 꽂으면서 공중으로 도약한다. 그와 나는 파란 액체가 연기를 내뿜는 구덩이 위를 날아서 지나간다.

제발 돼라.

로망은 구덩이 반대편에 사뿐히 착지한다. 독한 염산 냄새 때문에 내가 연신 기침을 해대자 로망이 주의를 시킨다.

나는 침을 삼키면서, 조용히 할 테니 계속 움직이라고 그에게 말한다.

모래 자루들이 쌓여 있는 공장 출입구가 눈에 들어온다. 다행히 여기에서도 보초는 보이지 않는다. 우리는 자루 더미를 넘어 안으로 들어간다.

거대한 기계에서 뻗어 나온 파이프들이 천장까지 높이 솟아 있다. 기계 사이의 좁은 통로에서 수염을 기른 인간 수백 명이 맨땅에 누워 잠을 자고 있다. 마치 합창이라도 하듯 시끄럽게 코를 골고 있다.

어째 광신주의자들의 땀 냄새는 과학자들보다 더 진하고 시큼하네.

전쟁을 좋아하면 청결에 둔감해지는 걸까.

참, 이 상황에 청결 타령이라니 난 결벽증이 너무 지나쳐. 하지만 내가 다른 존재를 판단하는 첫 번째 기준이 청결이니 어쩔 수 없지.

우리는 숨소리마저 죽인 채 걷는다. 소총, 단검, 장검,

창 같은 무기들이 바닥에 널브러져 있다. 로망이 ESRAE 의 위치를 찾기 위해 스마트폰을 꺼내 켠다.

그가 한 지점을 특정하더니 빠른 걸음으로 걷기 시작한다. 배가 불뚝한 사내 하나가 곤히 잠들어 있는 게 보인다. 이자가 우두머리임이 틀림없어. 아이고, 악취에 가까운 땀 냄새가 나네. 딱 비곗덩어리에 검은 수염을 붙여놓은 꼴이야.

그의 목에 줄이 여러 개 걸려 있는데, 그중 하나에 파란색 USB가 달려 있다. 표면에 별이 그려져 있는 게 보인다.

내가 배낭에서 내려가 망을 보는 사이 로망이 목걸이를 벗기기 위해 놈에게 접근한다.

젊은 과학자가 목걸이를 빼서 손에 들고 물러나다 그만 실수로 내 꼬리를 밟는다. 난 꼬리가 밟히는 게 제일 싫어.

이 소중한 신체 기관이 없는 인간들로서는 이런 상황에서 고양이의 반응이 어떨지 짐작조차 못 할 것이다. 한마디로 정신의 퓨즈가 끊기는 상태라고 할까. 오로지 원시적 반응만 가능한 순간이다. 신중함이고 뭐고 챙길 겨를이 없다. 그냥 참을 수가 없다. 참지 못한다.

나는 통증을 견디지 못하고 날카로운 비명을 내지른다.

44

이란의 아야톨라 혁명

1941년, 모하마드 레자 샤 팔라비는 아버지의 왕위를
계승한다. 샤는 즉위 즉시 이란의 근대화에 착수했다. 학
교를 세우고 여성들에게도 교육 기회를 확대했으며 산업
화 정책을 추진하고 외국 유조선이 정박할 항구를 건설
했다.

샤는 이른바 〈백색 혁명〉을 추진한다. 그는 농지 개혁
을 통해 대지주들이 소유한 땅을 소작농들에게 나눠 준
다. 하지만 손해를 입게 된 기득권층은 이에 반발해 반정
부 세력을 규합하기 시작한다.

샤가 추진한 근대화 정책의 또 다른 결과는 교육받은
부르주아 계급의 출현이다. 이들은 국가 발전을 위해 더
빠른 속도로 민주화가 추진되어야 한다고 주장했다.

결국 샤는 못 배우고 가난한 이들을 통제하는 종교인

들과, 이란이 하루속히 유럽 선진국들처럼 진정한 자유주의 국가로 변모해야 한다고 주장하는 대학생들, 양쪽 모두에게서 포화를 받게 된다.

수차례 테러 위험에 노출되어 목숨의 위협을 느낀 샤는 개인 경찰을 동원한 강권 통치로 돌아선다.

1978년, 대학생들이 거리로 뛰쳐나와 대규모 시위를 벌이기 시작하자 팔라비 정부는 결국 1979년 해외로 망명한다. 그러자 77세의 아야톨라 호메이니가 권력을 잡고 스스로 최고 지도자의 자리에 올랐다.

군주 국가에서 서서히 민주적 체제로 이행 중이던 이란은 이때부터 (사제들이 국정을 통치하는) 신정 체제를 수립하게 된다. 야당도 존재하지 않고 언론의 자유도 허용되지 않는, 종교 경찰이 사회를 통제하는 국가가 된 것이다. 시아파가 이란의 국교가 된다.

수니파를 비롯한 다른 이슬람 종파들은 박해와 탄압의 대상이 되거나 바하이교처럼 아예 없어지기도 한다. 개인의 자유는 극도로 제한된다. 여성들은 몸 전체를 가려야 하며, 머리카락도 밖으로 드러낼 수 없다. 결혼한 부부가 아닌 커플은 함께 자유롭게 거리를 산책할 수도 없다. 풍속에 반하는 행동을 저지른 자에게는 체형이 가해지고, 경우에 따라서는 최고형인 공개 처형이 구형되기도 한다.

사회·경제 전반의 정책적 실패와 지도층의 만연한 부정부패로 국민의 원성이 높아지자 대학생들이 다시 거리로 뛰쳐나온다. 하지만 학생 시위는 팔라비 정부 때보다도 더 폭력적으로 진압되었다. 2009년에 있었던 평화 시위의 강경 진압으로 150명이 사망하고 수천 명이 체포되었다.

국가 경제가 서서히 침체에 빠지던 1980년에는 이라크와 전쟁이 터졌고 사망자가 150만 명이 넘었다.

하지만 이란 지도층은 핵 프로그램에 돈을 쏟아붓고 레바논, 예멘, 시리아 등의 전쟁에 개입함으로써 지금도 여전히 권력을 유지하고 있다.

『상대적이고 절대적인 지식의 백과사전』 제12권

45

기억 구출 작전

내 동공이 작아진다.

갑자기 불이 들어오자 야간 투시경을 끼고 있던 로망은 눈이 부셔 어쩔 줄을 모른다. 하지만 이내 정신을 차린 뒤 소중한 전리품을 손에 들고 출구를 향해 질주하기 시작한다.

나도 그를 따라 뛴다. 경보음이 울리고 총소리가 들리기 시작한다. 총알이 내 귓전을 팽팽 스치며 지나간다. 로망은 금속 기계를 방패 삼아 지그재그로 달린다.

어느새 턱수염 사내들이 모두 잠에서 깨 우리 쪽을 손가락질하며 공격적인 소리를 내지른다. 로망과 나는 죽기 살기로 출구를 향해 달린다.

나랑 일면식도 없는 인간들이 나를 죽이겠다고 달려드는 꼴이라니! 저들은 내가 자신들보다 의식의 단계가 높다는 걸 알기나 할까? 그걸 알면 저럴 리가 없겠지. 한심한 인간들, 날 그저 주인의 말에 복종하는 평범한 동물쯤으로 여길 거야.

내가 개와 다르지 않다고 생각하겠지.

안타깝게도 저들에게 설명해 줄 시간은 없다. 그냥 저들에게서 느껴지는 살의가 기분 나쁠 뿐이다.

전속력으로 내달리다 보니 뒷다리가 앞다리보다 앞서 나가며 몸이 바닥에서 붕 뜨는 느낌이 들기도 한다.

다행히 로망을 추격하는 놈들이 훨씬 많고 나를 뒤쫓는 놈들은 딱 두 명이다. 나는 수시로 급회전을 해가며 발에 불이 나도록 뛴다. 지금 내 다리는 오로지 생존 본능에 의해 움직이고 있다.

나는 추격자들을 따돌리기 위해 수시로 높은 곳으로 뛰어오른다. 우두머리 같아 보이던 거구의 사내는 여전히 나를 쫓아오고 있다.

그가 뜻을 알 수 없는 소리를 연신 내뱉는데, 덩치에 어울리지 않게 목소리가 가늘고 날카롭다. 부하들에게 지원을 요청하는 소리인 것 같다. 그가 나를 향해 칼을 휘두를 때마다 시크무레한 땀 냄새가 코를 찌른다.

지금은 별스럽게 굴 때가 아니야.

나는 놈의 공격을 한 번, 두 번, 용케 피하다가 세 번째에 칼끝이 귀를 살짝 스치는 바람에 몸의 중심을 잃고 아래로 미끄러지고 만다. 다행히 떨어지기 직전에 나무 난간에 발톱을 걸어 몸을 다시 위로 끌어 올린다.

이때다 싶었는지 놈이 다시 칼을 휘두른다. 흔들, 나는 또다시 균형을 잃는다. 바로 밑에는 걸쭉한 검은색 액체가 담긴 통이 있다. 거품이 부글부글 끓고 독한 냄새가 올라온다.

〈뛰어내려!〉 내 머릿속 소리가 외친다.

마침 로망이 뛰어서 밑을 지나가고 있다. 아까 그 소리는 혹시 계시였을까. 나는 자포자기 심정으로 뛰어내린다. 내 몸이 검은 액체 통을 살짝 비켜 지나가 누군가의 손에 안긴다.

잘했어, 로망.

우리는 다시 꽁지가 빠지게 도망을 친다. 머리가 시키지 않아도 몸이 알아서 먼저 움직인다. 혈관이 터질 듯 팽팽해진다.

로망과 나는 눈앞의 방으로 뛰어 들어간 후 캐비닛을 끌어다 두꺼운 철문을 막는다. 한숨 돌릴 새도 없이 총알이 문을 뚫고 날아 들어오기 시작한다. 문 뒤에서 요란한 폭발음이 들린다.

우리는 창문을 통해 밖으로 나가 외부 계단을 타고 지

붕으로 올라간다. 다행히 지붕이 평평한 편이라 뛰어 달아나는 데는 문제가 없다.

아, 정말이지 이런 경험은 다시는 하고 싶지 않아.

귀를 괴롭히는 소음, 살기 서린 동작들, 죽음의 위협……

고함과 총소리가 그칠 줄을 모른다. 여전히 열댓 명의 수염들이 우리를 추격해 온다. 거구의 두목 또한 지치지 않고 달려온다. 아래로 뛰어내리는 것밖에는 다른 선택의 여지가 없다. 하지만 로망은 지붕 가장자리에서 주저주저한다.

내가 그의 무릎을 꾹 누르자 그가 중심을 잃고 떨어진다. 상자 더미 위에 떨어지는 걸 보니 로망은 행운아가 틀림없다. 나는 앞다리에 이어 뒷다리를 땅에 대면서 우아하게 착지한다.

벌써 로망은 몸을 일으켜 구덩이를 향해 뛰어가고 있다. 그가 장대를 잡는 걸 보고 내가 재빨리 배낭에 발톱을 걸자 그가 허공으로 몸을 날린다.

몇 초 뒤, 로망의 예상대로 도개교가 내려오더니 턱수염들을 태운 차 한 대가 헤드라이트를 번쩍이며 나타난다.

로망이 자전거 페달을 힘껏 밟으며 앞으로 나아가기

시작한다. 아스팔트길로 접어들려는 그에게 내가 소리쳐 경고한다.

「아니야! 놈들의 차가 따라오지 못하게 흙길로 가야 해요.」

그는 못 들은 척 계속 페달을 밟는다. 이렇게 자기 판단만 믿고 똥고집을 피우는 인간들이 문제야. 바른말을 해줘도 듣지를 않으니, 쯧쯧.

역시나 내 예상대로 추격자들의 차가 금세 자전거 꽁무니에 따라붙는다. 죽기 살기로 페달을 밟아 봤자 소용 없다. 자동차가 자전거보다 빠른 건 인간이 아니라도 알 수 있는 상식 아닌가.

「더 속도를 내요!」 내가 그의 귀에 대고 소리친다.

그가 헉헉 숨을 몰아쉬며 힘겹게 페달을 밟고 있다.

「더 빨리, 더! 더!」

놈들이 지척까지 쫓아오자 나도 모르게 싫은 소리가 나온다.

「거봐요, 아까 내 말을 들었어야지. 곧 잡히겠네.」

놈들의 차 앞 범퍼가 자전거 뒷바퀴에 닿는 느낌이 드는 순간, 탕 소리가 나더니 이어 타이어가 터지는 소리가 난다.

누가 총을 쐈다.

차가 빙글빙글 돌다가 뒤집히면서 멈춘다. 하늘을 향해 누운 차의 네 바퀴가 제자리에서 끼끽 소리를 내며 헛바퀴를 돌리고 있다.

총소리의 주인공은 바로 나탈리. 차를 타고 온 그녀가 소리를 지른다.

「어서 타요!」

로망이 자전거를 갓길에 버려두고 차로 뛰어 들어간다. 나도 뒤따라 차에 탄다. 집사는 전복된 차량 속 인간들의 생사도 확인하지 않고 급히 방향을 바꿔 다시 차를 출발시킨다.

조수석에 앉아 있는 피타고라스를 발견하고 내가 깜짝 놀라 묻는다.

「어떻게 된 일이야?」

「내가 나탈리한테 차를 타고 로망과 너를 뒤쫓아 가는 게 좋겠다고 했어. 지금 같은 비상 상황에 대비해서 말이야.」

꼭 이렇게 생색을 내야 직성이 풀리지. 솔직히 말해, 나 아니면 이 작전은 시작조차 할 수 없었던 거 아니야? 내가 없었으면 USB를 되찾지 못했을 거야. 자기가 지금처럼 구세주 행세를 할 기회도 없었을 테고. 할 말은 많지만 일단 참자.

다시 총소리가 들려와 뒤를 돌아보니 헤드라이트 여섯 개가 주변을 대낮처럼 밝히며 질주해 오고 있다.

대체 저놈들과의 인연은 언제 끝나는 거야…….

액셀을 힘껏 내리밟는 나탈리에게 로망이 말한다.

「헤드라이트를 끄고, 야간 투시경을 쓰고 운전해요. 샛길로 빠져서 놈들의 추격을 따돌려요.」

나탈리가 즉시 어둠 속에서도 볼 수 있는 안경을 끼고 헤드라이트를 모두 끈다. 타이어에서 끽 소리가 나더니 차가 급히 우회전해 달리기 시작한다.

전속력으로 몇 킬로미터를 달리고 나서야 뒤따라오는 차량이 없는 걸 확인한 집사가 차를 세운다.

「이번에는 놈들을 완전히 따돌린 것 같아요.」

「때마침 잘 와줬어요.」

로망이 말끝에 나탈리를 힘껏 껴안는다.

집사가 로망에게 안긴 채 묻는다. 「ESRAE는 찾았어요?」

인간 과학자가 함박웃음을 지으면서 손을 천천히 펴 보인다. 그의 손바닥에 1제타옥텟짜리 USB 메모리 장치가 있다.

「당장 복사를 해놓는 게 좋겠어요.」

「안 돼요. 그러면 이 안에 들어 있는 무기 제조 기술들이 다시 저들의 손에 들어갈 위험이 있어요. 단 하나뿐인 이 상태로 우리가 지키는 게 답이에요.」

이때다 싶어 내가 끼어든다.

「이 USB는 내가 목에 걸고 있는 게 가장 안전해요. 인간들 사이에 무슨 문제가 생겨도 내가 도망치면 되니까. 높은 곳으로 뛰어오를 수 있고 좁은 통로로 지나다닐 수 있고 나무를 기어오를 수도 있는 고양이를 누가 쉽게 잡을 수 있겠어요?」

「대부분의 인간 지식을 담고 있는, 어쩌면 인류의 마지막 지식 저장고일지도 모르는 이 장치를 너한테 맡기라는 거야?」 로망이 나를 빤히 본다.

나탈리가 잠시 생각에 잠겼다가 말한다.

「바스테트 말에 일리가 있어요. 놈들이 우리를 잡으면 몸수색부터 하겠지만 고양이 목걸이를 눈여겨보진 않을 거예요. ESRAE가 달려 있다고는 생각하지 못할 테니까.」

로망이 결국 세상에 둘도 없는 보물을 내게 건네준다. 그가 주머니칼로 USB 표면의 별 무늬를 긁어내자 나탈리가 립스틱을 꺼내 그 자리에 작은 하트 모양을 그려 넣는다. 이게 뭔지 아무도 눈치채지 못하게 하려는 것이다.

집사가 USB 목걸이를 내 목에 걸어 준다.

내가 나라는 사실이 이렇게 자랑스러울 수가.

나, 바스테트의 가슴에 인류의 모든 지식이 얹어져 있어.

「더 이상 지체할 시간이 없어요. 극단주의자들이 언제 다시 나타날지 몰라요. 어서 오르세 대학으로 가는 도로를 탑시다.」

그녀가 방향을 틀어 다시 직선으로 달리기 시작한다.

집사가 운전대를 잡은 차는 해가 떠오를 때까지 쉬지 않고 달린다. 서서히 밝아 오는 창밖을 내다보고 있는데 갑자기 펑 소리와 함께 타이어가 하나, 둘, 셋, 넷, 모두 펑크가 난다. 집사가 브레이크를 힘껏 밟아 급제동을 걸어 보지만 차는 도로를 한참 벗어나 지그재그로 움직이다 멈춰 선다.

차에서 내려 보니 바닥에 못이 쫙 깔려 있다.

「함정이야!」 얼굴이 하얗게 질린 로망이 소리를 지른다.

나탈리가 얼른 차에서 내리더니 총구를 전방으로 겨눈 채 주변을 수색하기 시작한다. 곧 잡목 사이에서 반짝거리고 있는 눈들이 발견된다. 턱수염 사내들이 아니라 예상치 못한 다른 존재들이다.

그들이 우리 일행 중 누구도 알아들을 수 없는 소리를

내뱉는다. 〈꿀꿀, 꿀꿀.〉

돼지잖아!

수십 마리의 돼지가 위협적인 대오를 이루어 앞으로 다가온다.

집사가 방아쇠를 당기려 하지만 총이 말을 듣지 않는다.

「그거 고장 났어요.」 피타고라스가 전문가인 양 말한다.

돼지 무리가 적의를 드러내며 거리를 좁혀 온다. 많은 숫자가 한꺼번에 육박해 오니 달아날 엄두조차 나지 않는다.

육탄전 외에는 방법이 없다고 생각하고 있을 때 우리 머리 위에 떠 있는 흰 앵무새 한 마리가 눈에 들어온다. 조막만 한 머리 위에 노란색 우관(羽冠)이 붙어 있다.

새가 우리 일행의 머리 위를 선회하면서 인간 언어와 고양이 언어로 차례로 말을 걸어온다.

「저항하지 말고 그냥 따라와요.」

누가 나한테 감히 이래라 저래라야? 그것도 새 한 마리가? 하지만 우리는 돼지들의 위세에 눌려, 세 개 언어를 구사하는 앵무새가 시키는 대로 따른다.

우리 일행이 돼지들의 호위 속에 천천히 걸음을 옮기

기 시작하자 앵무새가 천연덕스럽게 집사의 어깨에 내려
와 앉는다.

통역 이어폰을 낀 집사와 앵무새의 대화가 들린다.

「음…… 모를 리 없겠지만, 보다시피 난 앵무새예요.
더 정확히는 왕관앵무. 가장 똑똑한 새로 알려져 있죠.
우리한테는 다른 종의 언어를 말할 수 있는 능력이 있어
요. 나는 그중에서도 특별한 앵무새죠. 말하는 앵무새를
전문적으로 취급하는 펫 숍에서 자랐는데, 거기에서 단
연 으뜸이었어요. 인간의 말만 하는 게 아니라 다른 동물
들 말도 여러 가지 할 수 있어요.」

수다쟁이 흰 앵무새가 모이주머니를 자랑스럽게 부풀
려 보인다.

「우리 주인은 다른 인간들이 모르는 고대 언어를 번역
할 줄 아는 인간의 이름을 따서 나를 샹폴리옹[1]이라고 불
렀어요. 앞으로 나를 존중하는 게 좋을 거예요. 당신들한
텐 내가 꼭 필요한 존재니까.」

내가 호기심이 당겨 새에게 묻는다.

「어떻게 고양이 말도 할 수 있어?」

앵무새가 우관을 곧추세우더니 나를 보며 뻔한 걸 물

1 장프랑수아 샹폴리옹은 로제타석에 새겨진 이집트 상형 문자를 최
초로 해독한 프랑스의 학자이다. 이하 모든 주는 옮긴이의 주이다.

어본다는 투로 대답한다.

「나는 천재니까. 수많은 언어를 할 수 있다고 방금 얘기했잖아!」

앵무새가 페르시아고양이의 전형적인 악센트를 구사하며 대답한다.

우리는 날이 다 밝은 뒤에도 한참을 걸어 아까 잠입했던 화학 공장과 비슷하게 생긴 건물 앞에 도착한다. 지금 건물은 훨씬 높고, 크고, 현대적인 외관을 지녔다. 내가 나탈리를 올려다보면서 묻는다.

「여긴 어디예요? 성? 대학? 공장? 아니면 감옥?」

집사가 건물을 찬찬히 살피고 나서 말한다.

「여긴 식품 산업 복합 단지야. 더 정확히 말하면 육가공 회사지. 돼지를 사육해 도축한 다음 돼지고기 제품을 만드는 공장이야.」

다가가면서 보니 건물 정면에 인간의 단어와 함께 뒷발로 서 있는 돼지의 이미지가 눈에 들어온다. 돼지가 벌어진 배에서 소시지를 꺼내 은빛 쟁반에 올려놓으면서 환하게 웃고 있다.

「집사, 궁금한 게 하나 있어요. 사육이라면, 돼지들이 여기서 나고 자란다는 뜻이에요?」

「맞아. 이 공장에서 돼지를 번식시키고 살을 찌우는

거지. 〈도축〉이라는 말은 돼지를 죽인다는 뜻이야.」

「저기 쓰여 있는 인간 단어는 무슨 뜻이에요?」

「브랜드 이름이네. 〈돼지 사랑〉이라고 적혀 있어. 그 밑에는 〈돼지 사랑, 믿고 먹는 맛있는 돼지고기〉라는 문구가 보이고.」

「아는 곳이에요?」

「응, TV에 수시로 광고가 나오거든. 가장 유명한 광고 속에는 한 가족이 잔디밭으로 소풍을 가는 장면이 나와. 아이들이 풀밭에서 뛰어놀다가 부모와 함께 햄, 리예트, 소시지를 맛있게 먹지. 돼지 사랑은 돼지고기 제품에 특화된 유통망뿐만 아니라 닭고기와 소고기 제품 라인도 가지고 있어. 고속도로 휴게소에서 판매하는 핫도그 제품도 있지.」

집사가 같은 로고 밑에 다른 글씨가 박혀 있는 또 다른 건물을 가리킨다. 그러고 보니 나도 집사한테서 살라미 몇 쪽을 받아먹어 본 기억이 난다. 조금 짜고 기름지긴 해도 맛은 좋았지. 화학 물질 냄새가 나는 뒷맛이 아주 독특했고 인간 음식 중에 드물게 피 맛이 났던 게 기억나.

「당신한테도 제3의 눈이 있군요?」 앵무새가 야옹거린다.

내가 눈을 휘둥그레 뜨고 그를 쳐다본다.

「〈당신한테도〉라니?」

앵무새가 우관을 한껏 세우고 갈고리처럼 생긴 두꺼운 부리를 까딱까딱하면서 소리를 낸다. 정확한 소통을 위해서인지 유난히 과장된 발성을 한다.

「잠시 후에 만나 뵐 분도 같은 자리에 비슷한 구멍이 나 있거든요.」

46
제3의 눈

고대 인도 문헌에 따르면 인간에게는 다음과 같은 아홉 개의 문이 있다.

빛을 감지하는 두 개의 눈.

냄새를 감지하는 두 개의 콧구멍.

소리를 감지하는 두 개의 귀.

에너지가 들어오게 하는 입.

오줌을 내보내는 요도.

분변을 배출하는 항문.

여기에 열 번째 문을 추가해야 한다.

이마에 있는 〈제3의 눈〉이 그것이다.

이 열 번째 문은 우리의 눈이 주지 못하는 시간과 공간에 대한 정보를 제공해 준다.

이집트인들은 이것을 〈호루스의 눈〉이라 불렀다.

인도 신비주의에서는 여섯 번째 차크라가 여기에 해당한다고 보는데, 두 눈 사이, 눈썹 조금 위에 빨간 점을 하나 찍어 이곳을 표시한다.

서양에서 제3의 눈에 관심을 가지기 시작한 것은 기원전 6세기, 그리스 철학자 피타고라스부터였다. 그는 수학 공부가 이 잠들어 있는 눈을 일깨워 비가시 세계에 접근할 수 있게 해준다고 믿었다.

자연에서는 일부 파충류에게서 제3의 눈이 발견된다. 인간에게 있는 솔방울샘이 이 기관이 변화한 흔적이라고 보는 학설이 존재한다. 우리 뇌 한가운데 위치한 솔방울샘은 크기는 강낭콩만 하고 모양은 솔방울처럼 생겼다. 최근에는 이 내분비 기관에서 우리 내이(內耳)에 있는 것과 비슷하게 생긴 육각형 모양의 결정체가 발견되기도 했다.

솔방울샘에 대해서는 아직 알려진 정보가 많지 않다. 이 기관이 크기에 비해 혈류량이 많고 자기장에 민감하게 반응한다는 정도만 알려져 있다.

『상대적이고 절대적인 지식의 백과사전』제12권

47
돼지 공동체

「잠시 후 알게 되겠지만, 당신들 예상과는 딴판일 거
예요.」

앵무새가 머리를 털면서 말을 잇는다.

「돼지는 매력이 더 알려져야 하는 동물이지. 특히 여
기 있는 돼지들은. 아주 진화해 있거든요.」

납치범 돼지들이 연신 꿀꿀거리면서 축축한 코로 우
리를 밀어 건물 안으로 몰아넣는다.

도축장 안 풍경이 눈에 들어온다. 휑하게 넓은 방에,
천장에는 아직 갈고리가 달린 레일들이 녹슨 채 걸려 있
다. 바닥에는 커다란 칼날을 비롯한 각종 도구와 장비가
부식된 상태로 방치된 게 보인다. 여전히 피 냄새와 죽음
의 악취가 진동하는 속에 발그스름한 피부와 파란 눈, 가
느다란 금빛 털이 난 돼지 수백 마리가 모여 있다.

우리 일행은 상자를 높이 쌓아서 만든 단 앞으로 끌려
간다. 단 꼭대기에 놓인 커다란 의자에 몸집이 비교적 호
리호리한 돼지 한 마리가 앉아 있다. 그의 머리에 있는
쓰개가 유독 눈길을 끈다.

　나탈리가 속삭이듯 말해 준다.

　「종이로 왕관을 만들어 썼네. 갈레트 데 루아[2]에 얹는
왕관과 비슷하게 생겼어.」

　「무슨 의미일까요?」

　「왕관이라는 상징을 저 돼지가 이해한 게 맞는다면,
스스로를 왕이라 여긴다는 의미야. 지금 앉아 있는 의자
도 옥좌를 떠올리게 하는 걸 보면 저 돼지는 인간 권력의
상징 체계를 정확히 파악하고 있는 것 같아.」

　돼지들이 우리 뒤를 따라 단 아래로 모여든다. 우리는
돼지들에게 포위돼 있다. 앵무새 말대로 단 위에 있는 돼
지의 왕관 밑에는 조그만 구멍이 하나 뚫려 있다. 피타고
라스도 그걸 봤는지 내 귀에 대고 속삭인다.

　「저 돼지가 그 돼진가 봐……. 오르세 대학 실험실에
서 탈출했다는…….」

　앵무새가 우리 대화를 엿듣고 끼어든다.

　「맞아요. 인간 과학자들이랑 같이 살면서 컴퓨터에 접

2 프랑스 디저트의 일종으로, 〈왕의 케이크〉라는 뜻이다.

속한 그 돼지 맞아요. 어느 날 저분이 여기 돼지 사랑에 와서 돼지들을 풀어 주고 자신의 지식을 전수해 준 다음 왕이 됐어요.」

앵무새가 돼지 왕의 어깨 위로 날아가 앉는다. 왕이 꽥꽥 소리를 내자 앵무새가 뭔가 확신이 서지 않는 듯 머리를 흔들어 대더니 우리 쪽으로 다시 날아와 마주 보는 위치에 자리를 잡는다.

「저분의 존함은 아르튀르. 왕께서 곧 당신들에 대한 재판이 시작된다고 말하래요. 그리고 앞으로 자신을 부를 때는 〈폐하〉라고 칭해야 한대요. 인간들이 사용하는 존칭인데, 자신은 이것에 각별한 의미를 부여하고 있다네요.」

내가 나탈리 쪽으로 몸을 기울이며 묻는다.

「재판이 뭐죠?」

「분쟁이 생겼을 때 인간들이 모여서 누가 옳은지 누가 틀린지 결정하는 절차야. 최종적으로 틀렸다는 판정을 받은 사람에게는 벌이 내려지지.」

「여럿이 모여서 그걸 한다고요? 나는 얼마든지 혼자 시시비비를 가릴 수 있는데.」

「여럿이 결정을 내리는 건, 재판의 목적이 이의 불가능한 판결을 내리는 데 있기 때문이야.」

아르튀르 왕이 발을 들어 신호를 보내자 돼지들이 움직이기 시작한다. 열두 마리의 돼지가 우리 오른쪽으로 가더니 의자에 자리를 잡고 앉는다.

「저들은 배심원이야.」

설명하는 집사를 돼지들이 밀어 우리와 함께 왼쪽에 보이는 벤치에 나란히 앉힌다. 돼지 왕이 자리에서 일어나 정숙을 당부하지만, 좌중은 고막이 얼얼할 만큼 큰 소리로 〈꿀꿀 꿀꿀〉 합창을 한다. 내가 앵무새에게 물어본다.

「왕이 뭐라고 한 거죠?」

「포로로 잡혀 온 두 인간의 재판을 시작하겠대요.」

긴장된 상황에서는 앵무새의 페르시아고양이 악센트가 더 강해지는 게 느껴진다.

「우리, 고양이들은?」

「아직 당신들에 대해선 아무 언급이 없네요.」

순간 나도 모르게 안도의 한숨이 나온다. 돼지들이 주관하는 이 재판에 나는 별 흥미를 느끼지 못한다. 돼지 왕이 다시 발언하자 좌중이 꿀꿀거리며 동의를 표시한다. 샹폴리옹이 즉시 내용을 통역해 준다.

「이전에도 인간 포로들에 대한 재판이 있었고, 아주 공정한 재판이 이루어졌다고 폐하가 말씀하셨어요. 하지만 피고인들이 배심원을 설득하지는 못했대요.」

아르튀르가 앞발을 들자 돼지 두 마리가 은색 덮개가
있는 쟁반을 하나씩 들고 등장한다. 그들이 종 모양 덮개
를 들어 올리자 인간의 머리가 보인다. 입에는 토마토가
물려 있고 콧구멍에는 마늘이 끼워져 있으며 파슬리 줄
기가 귀 밖으로 삐져나와 있다.

계속되는 아르튀르의 연설을 앵무새가 부지런히 통역
한다.

「당신들이 지금 보고 있는 인간들은 남에게 가한 고통
을 고스란히 돌려받는 벌을 받았다고 폐하께서 설명하고
있어요.」

돼지들이 일제히 발뼉을 치며 환호를 보낸다.

이어지는 말을 샹폴리옹이 즉시 옮겨 준다.

「폐하는 인간식의 일률적인 처벌에는 반대하신대요.
사건별로 세심히 살펴보고 나서 죄의 경중에 따라 벌을
내려야 한다고 생각하신다는군요. 누구나 공정한 재판을
받을 권리가 있으니 두 인간도 얼마든지 스스로를 변호
할 수 있대요. 설득력 있는 변호를 하면 살 것이고 그렇
지 못하면 죽게 될 거라고 하시네요.」

아르튀르 왕이 드디어 재판 시작을 알린다.

기품이 느껴지는 젊은 돼지 한 마리가 우리 곁으로 다

가와 선다. 그의 꿀꿀 소리는 왕보다 가늘고 높다.

샹폴리옹이 즉시 통역을 해준다.

「이쪽은 바댕테르,[3] 변호를 맡게 될 거예요. 맞은편에 있는 이는 검사인 생쥐스트[4]예요.」

「둘 다 인간의 이름이네?」 피타고라스가 놀라는 표정을 짓는다.

「물론이에요. 폐하께서 우리한테 인간의 역사를 많이 가르쳐 주셨죠.」

아르튀르가 일어나자 바로 재판이 시작된다. 생쥐스트 검사의 논고를 샹폴리옹이 동시통역으로 전해 준다.

「존경하는 배심원 여러분, 저는 여러분께 지금 계신 곳이 어디인지부터 상기해 드리고자 합니다. 여기는 도축장입니다. 우리 돼지들은 천장에 보이는 저 갈고리들에 뒷발이 걸린 채 거꾸로 매달려 있었습니다. 형언할 수 없이 괴로운 자세로 매달려 있다 보면 인간들이 들어와 우리의 멱을 따서 양동이에 피를 받아 갔죠. 순대를 만들려고 말이에요.」

검사가 사진 여러 장과 함께 비닐에 싸인 순대 한 봉지

3 프랑스의 법학자이자 정치가로, 미테랑 대통령 당시 법무 장관을 지내면서 사형 제도를 폐지했다.
4 프랑스 대혁명 당시 루이 16세를 처형시키는 데 핵심적인 역할을 한 혁명가.

를 증거물로 제출한다.

「그리고 나서 우리가 미처 숨이 끊어지기도 전에 거죽을 벗겨 장갑, 지갑과 가방을 만드는 데 썼어요. 털을 뽑아서 솔과 빗자루를 만들었죠.」

검사의 조수 하나가 커다란 뭉치를 들고 와 각종 증거품을 쏟아 놓자 배심원과 방청객이 크게 동요한다. 몇몇은 끔찍한 광경을 마주할 자신이 없는지 발을 들어 눈을 가린다.

좌중의 반응을 흡족하게 바라보며 생쥐스트가 여유로운 표정으로 논고를 이어 간다.

「인간들은 우리 내장을 꺼내 속을 비우고 씻은 다음 소시지를 만들었죠. 넓적다리 살로는 짭짤한 햄을 만들었어요. 이 공장만 해도 소시지와 햄을 비롯해 120가지가 넘는 육가공 제품을 생산했죠. 인간들은 돼지갈비라는 이름으로 우리 늑골을 먹는가 하면 돼지 발 요리도 즐겨 먹어요. 어디 그뿐인가요. 우리 귀를 구워 먹기도 해요. 우리의 모든 신체 부위가 인간들에겐 맛있는 요리가 되죠.」

레스토랑 메뉴판을 찍은 사진들이 증거물로 제출되자 좌중이 다시 분노하며 꿀꿀거리기 시작한다.

「존경하는 배심원 여러분, 우리 돼지들은 마지막만 이

렇게 끔찍한 게 아닙니다. 우리 아기들은 태어난 지 얼마 안 돼 어미와 떨어집니다. 인간들은 어미의 앞니를 뽑아놓아 아기를 물어 죽이지 못하게 하죠. 지혜로운 암퇘지가 자식의 앞날을 예감하고 미리 그 고통에서 해방시킬까 봐 그러는 거예요.」

논고의 효과를 극대화하기 위해 검사가 잠시 뜸을 들이고 나서 말을 잇는다.

「어떤 고통인지 다 아시겠지만 제 입으로 다시 말씀드리죠. 인간들은 돼지들을 옆구리가 벽에 닿을 만큼 좁은 철제 우리에 넣습니다. 가로대 두 개 사이에 머리를 끼우고 주둥이는 항상 먹이통에 잠겨 있게 해놓죠. 왠지 아시죠? 강제로 피둥피둥 살을 찌워야 하니까. 그렇게 평생 옴짝달싹 못 하게 해놓고 살을 찌워 육즙이 많고 기름진 고기를 만드는 거예요. 오로지 수익을 위해서. 최대한 빠른 시간에 최대한 많이 살을 찌워야 이익이 되니까요.」

배심원들이 논고의 내용을 소화할 수 있게 생쥐스트 검사가 잠시 말을 끊었다 잇는다.

「지금 당장 첫 번째 증인을 앞의 증인석으로 불러내고자 합니다.」

털이 회색인 멧돼지가 법정에 입장한다.

「여러분은 지금 퐁텐블로숲에 살았던 멧돼지를 보고

계십니다. 인간이 〈가축화〉하지 않았다면 우리는 지금 이 모습이겠죠. 우리도 얼마든지 이 멧돼지처럼 자유롭게 대자연을 누비면서 먹이를 구하고 자연의 리듬에 따라 천수를 누리다 존엄하게 죽을 수 있었을 거예요. 첫 번째 증인, 당신이 어떤 삶을 살았는지 들려주시죠. 배심원들께서 흥미진진하게 들을 겁니다.」

「에헴, 소개해 주신대로 저는 야생 멧돼지입니다. 보시다시피 피부를 보호하는 털이 나 있죠. 솔직히 사육장 돼지를 처음 봤을 때 큰 충격을 받았어요. 털이 없이 발그스름한 피부가 그대로 드러나는 알몸이라니, 있어선 안 될 일이에요. 자고로 멧돼짓과라면 털이 있어야죠, 그것도 아주 두툼한 털. 그래야 추위와 비로부터 몸을 보호할 수 있죠.」

좌중이 수런수런하며 동조를 보낸다.

「항상 실내에 갇혀 있는데 무슨 상관이겠어요.」 방청객 돼지 하나가 뼈 있는 농담을 던진다.

이 말을 듣는 순간 나는 이유는 다르지만, 눈앞의 돼지들과 비슷하게 매끄러운 분홍빛 피부에 눈동자가 파랗던 스핑크스를 떠올린다.

「친애하는 멧돼지 증인, 계속하세요.」 이야기가 딴 데로 샐 것을 염려한 생쥐스트가 얼른 개입한다.

「이 도축장에 와서 무슨 일이 벌어지고 있는지 알고 나서 당연히 경악을 금할 수가 없었어요. 물론 숲에는 수많은 위험이 도사리고 있지만 나는 자유롭게 살았어요. 가족이 있고 내가 지켜야 하는 영역도 있었죠. 숲에선 내가 똑똑하고 힘만 세면 돼요. 내 삶의 영속성은 오로지 내 반사 신경과 전투력에 달렸어요. 순간순간의 내 선택이 생사를 가르죠. 그런데 여기 있는 당신들은, 사육장에서 태어난 것도 불쌍한데 스스로 운명의 주체가 될 수 없으니 정말 안타까울 뿐이에요. 사육장을 처음 보고 또 놀란 건, 나무 한 그루 풀 한 포기 없고, 무엇보다 자연광이 들어오지 않는다는 사실이에요. 몸에 해로운 인공조명이 24시간 비치는 환경에서 어떻게 사는지 의아했죠.」

「그게 바로 형광등이라는 겁니다! 인간들은 그 불빛을 이용해 밤낮의 순환을 빠르게 만들죠. 우리 뇌에 잘못된 정보를 주어 성장을 촉진하려는 목적이에요.」생쥐스트 검사가 설명을 덧붙이고 나서 증인을 응시한다. 「이제 피고인들에 대한 증인의 의견을 말씀해 주시죠. 증인은 피고인들에게 어떤 벌이 내려져야 한다고 생각하십니까?」

「제가 알게 된 사실들에 근거해 말씀드리면, 모든 인간은 그들이 저지른 악행에 대한 벌로 지상에서 사라져야 한다고 생각합니다. 그러니 배심원들께서도 저들에게 사형을 선고해 주시길 부탁드립니다.」

　재판을 방청 중인 돼지들이 일제히 동조를 보낸다. 몇
몇은 발뻑을 치기도 한다. 꿀꿀거리는 응원 소리가 장내
를 가득 채운다.

　이번에는 검은 소가 증인석에 등장한다. 그가 말문을
여는 즉시 샹폴리옹이 통역을 시작한다.

　「인간들이 저를 세상에 태어나게 해서 조련을 시킨 이
유는 딱 한 가지, 투우라는 이름으로 불리는 죽음의 공연
에 쓰기 위해서입니다. 투우는 거대한 원형 경기장에서,
수천 명의 관객이 입장료를 내고 들어와 지켜보는 가운
데 진행되죠. 마치 한바탕 즐거운 축제를 연상시키는 분
위기 속에서 투우사는 소의 등에 창을 꽂습니다. 그러면
인간들이 손뼉을 치고 환호를 보내요. 어차피 우리가 이
길 가능성은 전혀 없는 경기입니다. 고통은 아주 오래 지
속되죠.」

　「하지만 당신은 지금 살아서 이 자리에 있지 않습니까.
어떻게 된 거죠?」 검사가 질문하자 소가 배심원을 바라
보며 대답한다.

　「제가 멋진 경기를 한 덕분입니다. 용맹하게 싸웠다고
목숨을 살려 주더군요. 하지만 저처럼 사면을 받는, 평화
롭게 늙어 가는 투우는 거의 없다는 걸 아셔야 합니다.

이런 특별 대우를 받은 투우는 제가 알기론 저 하나뿐이에요. 저는 동족들이 죽어 가는 모습을 구경하면서 환호작약하는 인간 군중의 소리를 수없이 들었습니다. 경기에 진 소들한테 어떤 잔인한 짓을 하는지도 나중에 알게 됐죠. 소의 귀와 꼬리를 잘라 투우사에게 상처럼 주더군요. 귀와 꼬리가 사라진 몸통은 근처 레스토랑에 고기로 팔립니다. 죽은 소에게는 최소한의 예의를 갖추지도 땅에 묻어 주지도 않으면서 죽인 인간은 헹가래를 받는 현실을 어떻게 생각하십니까?」

방청객들이 〈우우〉 하며 분노를 드러낸다. 배심원들도 굳이 중립적인 표정을 취하려 애쓰지 않는다.

생쥐스트가 증인을 하나 더 불러낸다. 이번엔 거위가 걸어 나와 증인석에 자리를 잡는다.

「앞선 증언들을 들어 봤지만 역시나 가장 지독한 고문을 당하는 건 우리 거위들이라고 생각합니다. 고문 기간이 길기 때문이에요. 인간들은 우리를 좁은 공간에 가두고 강제로 먹이를 먹입니다. 그래야 간이 비대해지고, 결국 병이 생겨야 맛있는 고급 요리가 된다더군요.」

이 말 끝에 배심원석의 암퇘지 한 마리가 구토를 하자 즉시 법정 밖으로 내보내진다. 꿀꿀꿀 하는 분노의 소리가 다시 법정을 채운다.

나는 피타고라스 쪽으로 몸을 기울여 속삭인다.

「요리에 쓰려고 일부러 병들게 한다고? 저 거위, 과장이 너무 심한 것 같아. 잔인한 인간들이 있다는 건 알지만 그 정도로 변태적일 리가.」

생쥐스트가 새로운 증인을 신청하겠다고 한다. 엥? 그게 다름 아닌…… 나잖아……. 나는 어정어정 걸어 나가 증인석에 가서 선다.

생쥐스트가 발굽으로 나를 가리킨다.

「당신은 고양이예요. 고양이가 인간한테 가장 좋은 대접을 받는 동물이라는 건 주지의 사실입니다. 그런 당신은 다른 증인들의 증언을 어떻게 들었는지 말해 주겠습니까?」

「저한테서 진실을 듣기를 원하십니까, 폐하? 그렇다면 말씀드리죠. 제 생각에 앞선 증언들은 심히 과장되었습니다. 이 법정의 열띤 분위기에 휩쓸린 증인들이 인간 피고인들을 몰아세우려 한다고 생각합니다. 저는 투우 경기에 대한 증언도, 비대한 간을 만들기 위해 강제로 먹이를 먹었다는 거위의 증언도 믿지 않습니다.」

샹폴리옹이 내 말을 통역해 전하는 순간 좌중이 웅성웅성하기 시작한다.

생쥐스트가 흥분해서 목소리를 높인다.

「증인은 마치 눈이 없는 것처럼 말하는군요. 인간들이 동물들에게 행하는 악행을 정말 모른다는 거예요?」

「우린 인간의 집에서 비를 피하고 따뜻하게 지내요. 사료를 갖다 바치니 사냥할 필요도 없죠. 아침마다 따끈하게 데운 우유도 갖다주고, 쓰다듬어 주고, 또…….」

생쥐스트가 말을 끊는다.

「앞선 증언들이 심히 과장됐다고 했나요? 하, 내가 이 이야기를 하지 않을 수가 없네요. 정확한 숫자를 알아야 당신도 상황을 객관적으로 인지할 테니까. 대멸망 이전에 지구상에는 80억 명의 인간이 살았어요. 그 80억 명이 고기를 소비하기 위해 매년 죽인 동물이 7백억 마리였어요! 자그마치 7백억 마리!」

내가 머리를 갸웃갸웃하자 피타고라스가 정확한 수치라는 의미로 고개를 끄덕여 보인다.

나는 불온한 호기심을 느껴 은쟁반 위 인간들의 머리에 슬쩍 시선을 준다.

「당신들이 당한 대로 갚아 주고 싶은 심정은 물론 이해하고도 남아요…….」

나는 그동안 아들 안젤로에게 〈진실은 관점의 문제일 뿐〉이라고, 내 철학적 좌표나 다름없는 이 말을 수없이 해줬다. 하나의 진실만을 고집해서는 안 된다고 가르쳐 왔다. 사물을 다양한 관점으로 바라보고 적응력을 키우기 위해서라도 진실을 고정불변으로 여겨선 안 된다고, 그래야 정신에 숨통이 트인다고.

지금이 바로 이 철학을 적용할 때다. 나는 피고인석에 앉아 있는 두 인간을 흘끔 본다.

〈나탈리, 로망, 정말 미안하지만 이번에는 내가 큰 도움이 못 될 것 같아요. 그리고 솔직한 얘기로 이번만큼은 당신들을 돕고 싶지 않아요. 당신들이 속한 종이 그토록 연민이라고는 없는 종인지는 미처 몰랐어요.〉

내 속마음을 어떻게 읽었는지 피타고라스가 나를 매섭게 쳐다본다. 이렇게 죄책감 느끼는 거 딱 질색인데. 그런데 그게 통한단 말이야. 나는 슬쩍 이야기의 흐름을 돌린다.

「하지만…….」

나는 잠시 말을 끊고 뜸을 들인다.

「……하지만 인간들 중에도 예외는 있다는 말씀을 드리고 싶습니다. 여기 있는 두 인간은 저열한 그들의 동족들과는 다르다는 걸 아셔야 합니다.」

피타고라스가 귀를 움찔하면서 고개를 끄덕인다. 잘하고 있다는 의미다.

「이 둘은 제가 겪어 봐서 잘 압니다. 〈상종할 만한〉 인간들이에요.」

생쥐스트가 즉시 토를 단다.

「〈상종할 만한〉 인간들이라는 건 무슨 뜻이죠?」

「제 집사는 그동안 저에게 애정을 줬어요.」

「그거야 당연한 소리 아닌가요? 고양이가 인간의 총애를 받는 동물이라는 걸 누가 모르겠어요? 물론 그 진실에는 어두운 이면이 있지만…… 인간들은 당신들을 기분 전환용 장난감으로 여길 뿐이에요.」

맞아요, 마치 〈인형〉처럼, 그걸 왜 모르겠어요. 나는 오른쪽 앞발로 턱을 긁으면서 시간을 끈다. 어서 불리한 상황을 뒤집을 방법을 찾아야 해. 그래, 최선의 방어는 공격이라고 했어.

「진실을 말해 드리죠. 당신들은 그런 우리를 질투하고 있는 거예요. 돼지들이 인간의 반려동물이 되고 싶어 한다는 걸 알고 있어요. 물론 실현되진 않았지만. 인간들의 장난감이 되길 꿈꾸었던 건 바로 당신들, 돼지들이라는 걸 인정하세요.」

예상을 뛰어넘는 반응이 나온다. 분개한 생쥐스트가 씩씩거리고 방청객들이 적대적인 야유를 보내기 시작한다. 아르튀르가 일어나 좌중을 향해 제스처를 취하고 나서야 장내가 다시 조용해진다. 생쥐스트가 가까스로 감정을 추스르고 나서 반박을 시작한다.

「파리에 사는 환경 보호 주의자들이 고양이 박멸 캠페인을 펼치려 했던 걸 알고 있어요?」

「말도 안 되는 소리. 그런 짓을 뭐 하러 하겠어요?」

「다람쥐와 들쥐, 박쥐를 비롯해 조류의 다양성을 보존해야 한다는 게 그들이 공식적으로 표방한 목표였어요. 물론 집고양이가 아니라 길고양이가 대상이었지만.」

「고양이를 대대적으로 잡아 죽이기 위한 캠페인을 벌인다? 난 믿지 않아요.」

「당신이 믿든 안 믿든 인간들이 대멸망 전에 그 일을 계획했던 건 사실이에요. 비슷한 일은 호주에서도 있었어요. 일부 환경론자들이 지역 생태계를 위협하는 떠돌이 고양이 1천8백만 마리를 제거하자고 했죠. 자, 어떻게 생각해요? 인간의 집이 주는 안온함과 인간이 내미는 사료의 바삭함을 그토록 사랑하는 당신의 입장이 뭔지 궁금하군요.」

또다시 방청석이 크게 동요하자 아르튀르 왕이 단 아래를 내려다보며 우렁찬 목소리로 꿀꿀거린다. 비로소 장내가 안정을 되찾자 왕이 변론 순서로 넘어갈 것을 제안한다.

자리로 돌아와 앉으며 내가 샴고양이에게 묻는다.

「나 어땠어?」

「멋졌어.」

당연히 멋졌겠지. 난 늘 멋지니까.

이제 바댕테르의 변론이 진행될 차례다. 마른 체형의 젊은 돼지가 나탈리와 로망 앞으로 다가선다.

「당신들은 채식주의자가 맞죠?」 변호사 돼지가 묻는다.

앵무새의 통역이 끝나기 무섭게 대답이 튀어나온다.

「그럼요, 물론이죠!」 나탈리가 고함에 가깝게 소리를 지른다.

「태어나서 이때까지 단 한 번도 고기를 먹지 않았어요!」 로망이 한술 더 뜬다. 「부모님이 비건이라서 젖병에도 두유를 넣으셨죠.」

「모두 들으셨다시피 이 두 피고인은 우리 동족의 피를 손에 묻힌 적도 배 속에 넣은 적도 없습니다.」

바댕테르 변호사가 본격적인 변론에 돌입한다.

「이들이 신고 있는 신발을 자세히 봐주세요. 가죽 제품이 아니군요.」

다행히 나탈리와 로망 모두 합성 섬유로 만든 운동화를 신고 있다.

「인정합니다. 하지만 이들은 동물 사육과 도축, 소비를 막기 위한 어떠한 행동도 하지 않았어요. 동물을 직접 죽이거나 소비하지 않았다고 해서 그런 행위의 동조자란 사실이 변하는 건 아닙니다.」생쥐스트가 즉각 반론을 제기한다.

바댕테르는 조금도 동요하는 기색이 없다.

「지금까지 검찰 측 논고를 충분히 들었으니 저한테도 변론의 기회를 주셔야죠. 저도 증인을 신청하겠습니다. 제일 먼저…… 투우를 증인석에 부르고 싶습니다.」

앞서 투우가 증언했던 내용을 기억하는 방청객들은 변호사가 그를 다시 증인으로 요청하는 게 무척 의외라는 반응을 보인다. 우람한 수소가 다시 증인석에 나와 서자 변호사가 묻는다.

「증인께서 세상에 태어난 이유를 우리한테 다시 말씀해 주시겠습니까.」

「아까 말했다시피 투우를 위해서죠.」

「그건 경기의 재미를 위해 당신을 세상에 태어나게 한 것은 결국 인간들이라는 뜻이 되는군요. 그런가요?」

「그런 셈이죠.」

「그렇다면, 그 경기가 없었으면 당신들은 이 세상에 태어나지조차 않았을 거라는 얘기가 되는군요. 당신도 당신 친구들도 말입니다. 이 점에 대해선 동의하시죠?」

「네, 하지만…….」

「더군다나 당신들 고기는 인간 미식가들 사이에 맛이 없고 질기기로 유명하더군요. 그러니 투우가 존재하지 않았다면 당신 종은 세상에서 사라졌을 거예요. 매머드나 들소의 운명을 따랐을 거라는 뜻이에요.」

방청석에서 〈꿀꿀 꿀꿀〉 하며 거친 야유가 날아오지만 바댕테르는 개의치 않고 심문을 이어 간다.

「잔인하지만 진실은 이렇습니다. 인간들 덕분에 당신들이 존재할 수 있는 거예요. 그렇다면 그 인간들을 사형에 처하자고 할 게 아니라, 멸종했을지도 모르는 솟과 동물종을 아직 세상에 있게 해준 인간들에게 고마워해야 하지 않을까요?」

「변호인은 지금 진실을 호도하는 논리를 펼치고 있습니다!」 생쥐스트가 자리에서 벌떡 일어난다. 「소가 있어야 할 곳은 대자연이지 투우 경기장이 아닙니다.」

「검사께서 아까 매년 7백억 마리의 동물이 죽는다고 하셨죠. 그러나 이 말은 반대로, 인간들이 7백억 마리의 동물을 태어나게 했다는 뜻이기도 합니다. 여기 모인 우리 모두가, 돼지, 양, 닭, 거위가 다 마찬가집니다. 우리가 세상에 존재할 수 있는 건 인간 덕분이에요. 게다가 인간 문명이 멸망한 지금 우리들은 자유롭게 살아갈 수 있어요. 물론 인정합니다, 그들은 우리를 학대하고 고통을 가했어요. 우리를 새끼들과 떼어 놓고 좁은 우리에 가뒀죠. 인위적으로 성장을 촉진했어요. 그건 부인할 수 없는 사실이에요. 하지만 그들이 우리와 뗄 수 없는 존재라는 것도 부인할 수 없는 사실이에요. 인간의 관심을 받지 못해서 세상에서 사라진 수많은 동물종을 생각해 보세요. 유럽 사자, 멕시코 회색곰, 세이셸의 거북이, 레위니옹의 도도새…….」

「그들이 멸종한 건 인간들의 사냥 때문이라는 사실은 왜 의도적으로 빼시는 거죠? 인간이 먹이와 서식지를 파괴했기 때문에 그들이 멸종했다는 건 왜 밝히지 않으시죠?」 생쥐스트가 다시 말을 자르며 끼어든다.

「변론을 속히 진행해 주시오.」 아르튀르 왕이 앞발로 바닥을 세게 쳐서 소란을 정리한다.

「그럼, 두 번째 증인을 신청하겠습니다. 제가 불러낼 증인은…… 고양이 피타고라스입니다.」

그래, 어디 나보다 더 잘하는지 보자.

샴고양이가 증인석에 가서 서자 바댕테르가 변론을 시작한다.

「증인의 이마에 폐하와 똑같은 구멍이 뚫려 있는 게 보이는군요.」

「아, 네…… 우리가 오르세 대학 실험실에서 같은 수술을 받았기 때문인 것 같습니다.」

「그 구멍의 용도에 대해 말씀해 주시겠습니까?」

「이건 제3의 눈이라는 것인데, 인간의 컴퓨터에 접속해 정보를 습득할 때 사용됩니다.」

「무슨 정보 말인가요?」

「모든 정보를 다 말합니다. 얼마 전까지만 해도 인터넷을 통해 인간의 모든 정보에 접근할 수 있었는데 지금은 바이러스 때문에 불가능해졌어요.」

「그 말은, 인간들이 당신에게 자신들의 지식을 모두 가질 수 있게 해줬다는 뜻입니까?」

「물론입니다.」

「자신들이 수 세기에 걸쳐 축적한 지식을 단번에, 게다가…… 일개 고양이에게 준다는 거네요. 일개 돼지에 불과한…… 우리들의 왕께 그랬던 것과 똑같이 말이죠.」

방청석이 동요하자 아르튀르가 옥좌에서 일어나 갈라진 발굽으로 변호인석을 가리킨다.

「변호인이 주장하려는 게 정확히 뭔가?」

「어렵게 획득한 지식을 이렇게 선뜻 다른 종들에게 나눠 주는 관대한 종이 이 세상에 얼마나 더 있겠습니까?」

생쥐스트가 흥분해서 벌떡 자리에서 일어난다.

「이의 있습니다, 폐하! 인간들이 관대해서가 아니라 소위 과학 실험이라는 걸 목적으로 그랬던 것입니다. 머리에 구멍이 뚫린 동물들은 인간 지식의 행복한 수혜자가 아니라 순교자입니다!」

「증인은 검사의 발언에 구애받지 말고 증언을 계속하세요.」

아르튀르 왕이 생쥐스트를 착석시킨 다음 피타고라스를 보며 말한다.

샴고양이가 잠시 뜸을 들이더니 과장되게 또박또박 끊어서 말하기 시작한다.

「저를 실험 대상으로 사용했던 인간은 소피라는 여성이었습니다. 그녀는 실험이 끝나고 저를 집으로 데려가 무척 잘 대해 주었습니다.」

「그래서, 증인은 배심원에 어떤 판결을 내리라고 권고하겠소?」

아르튀르 왕이 진중한 어조로 묻는다.

「폐하, 저는 피고인들을 살려 주라고 말씀드리고 싶습니다. 제가 알기로 저들은 악행보다 선행을 더 많이 한 인간들입니다. 개인적으로 저는 저들을 용서합니다. 용서는 진화한 종만이 할 수 있는 행위가 아닐까 생각합니다.」

「지혜로운 증언을 해주셔서 감사합니다, 피타고라스 씨.」변론을 마친 바댕테르가 자리로 돌아와 앉는다.

생쥐스트가 추가 논고를 진행하고 싶다는 의사를 밝히지만, 왕은 이미 재판이 충분히 길어졌다며 망치를 두드려 배심원들에게 논의를 시작할 것을 지시한다.

방청객들은 조용히 앉아 열두 마리의 배심원이 돌아오길 기다린다.

잠시 긴장이 풀리자 이런저런 생각이 들기 시작한다. 나도 왕위에 오르면 아르튀르가 왕관을 쓴 것처럼 왕권을 상징하는 뭔가를 몸에 걸치는 게 좋겠어. 다른 고양이들과 나를 구분할 수 있는, 내 우월성을 드러내 주는 것이 필요할 것 같아. 보는 순간 존경심이 일어나고 멀리서도 눈에 또렷이 들어오는 게 뭐 없을까? 꼭 아르튀르처럼 금색 종이 왕관일 필요는 없어. 뭐가 좋을까. 옛날에 로마 황제들이 썼던 월계관? 잎 색깔이 내 초록색 눈이랑 잘 어울리긴 할 거야. 아니야, 그거 말고 더 고양이적이고 아름다운 게 있지 않을까. 음, 화관은 어떨까. 향기가 강한 꽃이면 내 통치 스타일과 잘 어울릴 것 같은데.

그래, 빨간 장미. 바로 이거야.

빨간 장미는 내가 통치해 나갈 왕국을 의미하는 상징이 될 거야. 머리에 빨간 장미로 만든 관을 쓰고 목에는 인간의 지식이 모두 담긴 목걸이를 걸면 저절로 카리스마가 느껴지겠지? 돼지 왕이 그러듯이 나도 폐하라고 부르게 해야지.

다른 고양이들에게 나라는 존재를 상기시켜 줄 수 있는 호칭이 존재한다는 건 생각만 해도 가슴 벅찬 일이야.

〈바스테트 1세〉?

〈고양이 폐하〉?

그래 후자가 좋겠어. **고양이 폐하.**

배심원들이 재입장하는 소리에 나는 공상에서 깨어난다. 그들이 논의를 마쳤다고 알린다.

아르튀르 왕이 그들에게 묻는다.

「혹시 기권이 있소?」

배심원 하나가 발을 든다.

「누가 피고들이 무죄라고 생각하시오?」

또 다른 배심원 하나가 발을 든다.

「그럼 유죄 의견을 가진 배심원들은 발을 드시오.」

열 마리의 배심원 돼지가 일제히 오른쪽 앞발을 들어 올린다.

그제야 나는 지금까지의 재판 과정이 연출에 지나지 않았으며 애초부터 판결이 달라질 가능성은 전혀 없었음을 깨닫는다.

「기권 1표, 무죄 1표, 유죄 10표. 이것으로 두 인간 피고에 대한 유죄가 확정되었소. 피고인들은 우리 동족들에게 가한 고통을 그대로 되돌려 받게 될 것이오. 피고인들을 사형에 처해 〈1백 퍼센트 순수 인육〉 제품으로 만들 것을 선고한다.」

「잠깐만요, 폐하!」 어디서 목소리가 들린다.

방청객들이 목소리의 진원지를 향해 일제히 몸을 튼다. 피타고라스가 재판장을 향해 앞발을 올리고 있다.

「무슨 의견이라도 있소, 고양이 증인?」

아르튀르가 귀찮아하는 어조로 묻는다.

「신명 재판을 요청합니다.」

내가 모르는 새로운 단어다. 보아하니 나만 그런 게 아닌 모양이다. 왕도 금시초문인 표정을 짓고 있다. 샴고양이가 즉시 설명에 나선다.

「인간들의 사법 절차에 애착이 많은 폐하께서 중세 시대 관행 중에 신명 재판이라는 게 있었다는 걸 모르시지 않으리라 생각합니다. 지금 진행되는 재판에 적용해 보면 어떨까 합니다.」

「계속 설명해 보시오.」

「신명 재판은 말 그대로 신의 판결이라는 뜻입니다. 피고인에게 시련을 가해 그 결과에 따라 죄의 유무를 판단하는 재판 방식이죠. 피고인이 시련에서 살아남으면 무죄를 인정해 주는 것입니다.」

「가령 어떤 시련 말이오?」 호기심이 동한 아르튀르가 묻는다.

「상황에 따라 다릅니다. 죄인의 손을 결박해 물에 빠뜨리기도 하고 화염 속을 지나가게 하기도 했습니다. 하지만 가장 흔했던 방식은 결투였습니다. 아주 강한 상대를 지정해 결투를 시켰죠.」

왕은 확신이 서지 않는 듯 고개를 가로젓는다.

「그래, 지금 재판에서는 어떤 방법이 좋겠소?」

「소가 투우의 부당함을 주장했으니 인간과…… 대등한 조건에서 결투를 벌이게 하면 어떨까요.」

아르튀르 왕이 고심한다. 그가 옆으로 흘러내리는 왕관을 치켜올린다.

「안 될 건 없지만 성사 여부는 소의 결정에 달렸소.」

샹폴리옹이 재빨리 통역하자 수소가 잠시 고민하다 입장을 밝힌다.

「폐하, 아뢰옵기 황공하옵니다만 저도 인간과 대등한 조건에서 싸움을 펼칠 수 있는 투우 경기를 늘 꿈꿔 왔습니다.」

「그럼 인간들 생각은 어떠시오? 제안에 응하겠소?」

로망 웰즈가 곤혹스러운 표정을 지으며 은쟁반 위에 놓인 인간 머리에 눈길을 준다. 그러더니 안경테를 밀어 올리면서 수락의 뜻을 밝힌다.

「다만 한 가지 요청이 있습니다. 빨간 망토를 걸치고 결투에 임해도 될까요?」

이번엔 소가 대답한다.

「그 말을 하니 솔직히 고백하겠습니다. 나는 색맹이에요. 내가 빨간 망토를 향해 달려든 건 그냥 그렇게 해야 한다고, 인간들이 그걸 기대한다고 느꼈기 때문이죠. 물론 인간들이 내 고환을 고무줄로 묶어 놓았기 때문이기도 하지만. 당신이 고무줄을 받아들이면 나도 망토를 수용하지요.」

「빨간 망토 얘기는 없던 것으로 하시죠, 폐하.」로망이 급히 제안을 거둬들인다.

검은 소가 몸을 세우며 방청석을 향해 외친다. 「이번에 제가 이기면 관습대로 해주셔야 합니다. 저 인간의 두 귀와 꼬리를 잘라 상으로 제게 주셔야 합니다.」

48

프랑스 동물 재판의 역사

프랑스에서는 중세 시대부터 숱한 동물 재판이 열렸다.

심판대에 가장 많이 오른 동물은 돼지였다. 돼지는 부모가 잠시 한눈을 파는 사이 아기를 잡아먹었다는 죄목으로 자주 재판을 받았는데, 돼지에게 죄를 묻는 것은 부모가 아기를 처리하는 손쉬운 방법이었다.

재판이 열리면 돼지들은 마녀재판을 받는 인간들과 똑같은 방식으로 고문을 받았다. 고통을 못 이긴 돼지가 비명을 지르면 그 울음소리를 자백으로 간주하고 산 채로 불태우는 화형을 내리곤 했다.

당시 작성된 문서들에는 암퇘지가 농부를 유혹해 자연의 이치에 어긋나는 성행위를 유도했다는 기록도 남아 있다. 이 경우에도 고문을 당한 암퇘지가 비명을 지르면 자백한 것으로 해석해 사형에 처함으로써 본보기로 삼았다.

과거 재판 기록에 등장하는 동물은 돼지뿐이 아니다.

1498년, 오툉에서는 수확한 곡식을 망친 바구미에 대한 종교 재판이 열렸다는 기록이 있다. 재판 끝에 바구미는 파문형에 처해졌다.

죽은 사람의 귀에서 나온 파리가 아주 조그만 철창으로 만든 전용 감옥에 수감되어 재판을 받았다는 기록도 남아 있다. 이 파리는 악마의 현신이라는 죄목으로 미니 교수대에서 사형에 처해졌다.

1794년에는 〈국왕 만세〉를 외쳤다는 이유로 앵무새 한 마리가 혁명 재판에 넘겨지기도 했다.

반혁명주의자인 주인에게 충성했다는 이유로 개의 목이 잘린 경우도 있었다. 골수 반혁명주의자인 주인이 프랑스 혁명군의 파란색 제복만 보면 짖도록 훈련을 시켰다는 것이다.

프랑스의 동물 재판은 1800년경 이후 거의 사라졌으나 다른 나라에서는 근래까지도 동물 재판의 사례가 발견된다.

1916년, 미국 테네시주에서는 메리라는 이름의 코끼리가 조련사를 공격했다는 이유로 크레인에 매달려 교수형에 처해졌다.

2003년에도 터키에서 동물 재판이 열렸다. 아크피나르시(市) 당국은 당나귀가 변태적인 행동을 저질렀다는 이유로 사형을 선고했다.

『상대적이고 절대적인 지식의 백과사전』 제12권

49
투우

결전의 순간.

수탉 한 마리가 꼬끼오 하고 우렁찬 소리를 뽑는다. 꼬끼오 소리의 떨림이 공기 중에 긴 여운을 남긴다. 공장 뜰에 만든 임시 원형 경기장에서 투우가 긴장한 표정으로 대기하고 있다. 그는 초조함을 드러내며 제자리에서 빙빙 돌고 있다. 나무 상자를 쌓아 계단처럼 만든 좌석들에 열띤 모습의 관중들이 앉아 있다. 구름 한 점 없는 하늘에 까마귀들이 나타나더니 조만간 생길 먹잇감을 기다리는 듯 고도를 낮춰 경기장 위를 빙글빙글 선회한다.

아르튀르 왕의 신호에 따라 돼지 한 마리가 어떤 장치를 작동시키자 경기장에 음악 소리가 울려 퍼진다. 늘 교양을 자랑하고 싶어 안달인 피타고라스가 내 귀에 대고 노래 제목을 가르쳐 준다.

「엔니오 모리코네의 〈옛날 옛적 서부에서〉라는 곡이야.」

나는 아무것도 모르면서 고개를 끄덕여 준다.

그때 로망이 등장할 문이 열린다. 한쪽 다리를 접고 있던 황소의 시선이 곧바로 문으로 향하지만 아무도 걸어 나오지 않는다. 실망한 돼지 관중들이 꿀꿀거리며 야유를 보내기 시작한다.

한쪽에 모여 있는 암소들이 신경질적으로 〈음매 음매〉를 연발하며 자신들의 챔피언을 응원한다. 상대를 불러 내려는 듯 투우가 발굽으로 땅을 긁어 대기 시작한다.

음악 소리가 점점 커지며 경기장에 신비감을 불어넣는다. 지금 로망의 심정을 나는 짐작하고도 남는다. 나라도 저런 덩치에 돌같이 단단한 근육을 가진 상대가 기다리는 경기장에 발을 들이고 싶지 않을 거야. 결국 돼지들이 안으로 들어가 끌어내다시피 로망을 경기장 가운데로 몰고 나온다.

로망이 허리를 살짝 굽혀 인사하는 시늉을 한다. 침착하려고 애쓰고 있어. 안쓰러워. 그는 황소를 향해 팔을 뻗기까지 한다. 설마 상대가 손을 맞잡길 기대하고 저러는 건 아니겠지?

드디어 공격, 아니 엄밀히 말해 일방적인 추격이 시작

된다. 인간이 달아나고 소가 그 뒤를 쫓아가는 형국이다. 웰즈 교수의 행동은 왠지 실망스럽다. 공격하는 시늉이라도 해야 하는 거 아니야? 어쩜 저렇게 달아나느라 바쁠까? 무대 체질이 전혀 아닌 사람이야. 관중들이 기대하는 재미를 조금은 충족해 줘야 하는 거 아니야?

장난 같은 추격전은 그리 오래 지속되지 않는다. 상대가 다치지 않게 황소가 바짓가랑이에 뿔을 찔러 넣는다. 그가 로망을 번쩍 들어 올려 공중으로 내던지자 마침내 관중들의 환호성이 터져 나온다.

투우 경기는 똑같은 패턴을 반복하며 계속된다. 추격, 뿔 박기, 공중으로 던지기. 소는 막판 극적 효과를 노리고 있는 듯 상대를 다치지 않게 하려고 애쓴다. 로망은 바닥에 떨어지는 순간 다시 뛰어 도망치기에 바쁘다.

「어떻게 생각해?」 피타고라스가 안쓰러운 표정을 짓는다.

「난 저 투우의 스타일이 아주 마음에 들어. 정말 관대해 보이잖아.」

「그래, 자신들이 규칙을 만들어야 한다고, 그것도 자신들한테 유리한 규칙만 만들어야 한다고 생각하는 인간들과는 많이 다르네.」

관중들의 환호 속에 다시 로망이 공중으로 붕 떠오

른다.

「투우는 수많은 경기 경험을 통해 기량을 갈고닦았을 거야. 우린 지금 노련한 연기자와 의욕 없는 초짜의 대결을 보고 있어.」

로망이 또다시 비명을 지르며 하늘로 날아오른다.

똑같은 장면이 반복되면서 지루한 시간이 이어진다.

여기저기서 관객들이 휘파람을 불어 야유를 보낸다. 뜀박질을 하다 기진맥진한 인간이 더 이상 몸을 일으키지 못하고 바닥에 쓰러지자 관객들이 일제히 꿀꿀거린다. 어조로 짐작하건대 〈죽여라〉 하고 종용하는 소리가 틀림없다.

황소가 씩씩거리며 로망 웰즈를 향해 다가간다. 하늘을 바라보고 자포자기 상태로 누워 있는 로망의 가슴팍에 뿔 끄트머리를 갖다 댄다.

나는 반사적으로 경기장으로 뛰어내린다. 물렁물렁한 로망의 배 위에 올라서서 뿔을 막는다. 돼지 왕이 역정을 내자 앵무새가 즉시 통역한다.

「고양이가 쓸데없이 나서는 이유가 뭔가?」

「송구합니다, 폐하. 제가 나선 건 이 인간의 죽음으로 폐하께서는 아무것도 잃을 게 없지만 저는 모든 것을 잃게 되기 때문입니다. 미처 말씀드리지 못했는데, 이자는 저희 공동체의 생존에 꼭 필요한 특별한 기술을 보유하고 있습니다.」

「이 일은 이제 당신 손을 떠났소.」아르튀르가 단호하게 대답한다.

「그렇지 않습니다. 더군다나 이 일은 폐하와도 직접적인 연관이 있어요. 시테섬 공동체를 파괴하고 나면 쥐 군단은 그야말로 파죽지세로 다른 종들의 영토까지 쓸어버릴 겁니다. 다른 동물종들을 절멸시키는 것이 그들의 목표예요. 폐하께서 인간의 속박으로부터 벗어나고자 한 것이 고작 쥐들의 노예로 전락하기 위함입니까?」

아르튀르 왕이 상황을 빨리 종결하고 싶어 안달한다.

「우리는 쥐들과 아무 문제가 없소.」

「수십만의 쥐 군단이 곧 쳐들어올지 모릅니다. 새빨간 눈을 가진 흰 쥐가 이끄는 대군을 저지하는 것은 불가능합니다.」

좌중이 웅성웅성 동요하기 시작한다.

「티무르를 말하는 것이오?」

「그자를 아세요?」

「물론이오. 그자도 우리처럼 제3의 눈을 가지고 있지, 아닌가?」

갑자기 불길한 예감이 든다.

「보다시피 여긴 쥐 그림자도 보이지 않소.」 나를 쳐다보는 아르튀르의 시선이 매섭다.

맞아, 끌려올 때는 경황이 없어서 몰랐어. 여긴 고압 철조망도 없고 염산 구덩이도 없는데 왜 쥐들이 얼씬거리지 않는 걸까. 이유가 뭘까. 누가, 아니면 무엇이 그들의 접근을 막아 주고 있단 말인가. 불길한 예감이 틀리지 않았음을 아르튀르가 곧 확인해 준다.

「우리는 인간들에게 맞서기 위해 쥐들과 동맹을 맺었소. 물론 무조건 인간을 죽이려는 그들과 재판 절차를 거치는 우리는 차이가 있지만, 근본적인 지향점은 다르지 않지.」

요놈의 입. 요놈의 입. 괜히 입방정을 떨어 가지고.

「쥐들의 왕 티무르와 나는 사적으로도 인연이 있지. 우린 오르세 대학 실험실에서 함께 도망쳤소.」

아이고, 다 글렀어.

아르튀르는 입장을 굽히지 않는다.

「하지만 우리 친분은 이번 판결과 아무 상관이 없소. 저 두 인간은 처형되어야 마땅하오. 그것이 바로 사법적 정의요.」

피타고라스가 다시 끼어들자 샹폴리옹이 그의 발언에 담긴 도발적 뉘앙스를 고스란히 전달하기 위해 애를 쓴다.

「잠깐만요, 폐하, 지금 사법적 정의라고 하셨습니까? 그건 인간의 개념이 아니던가요? 폐하께서 인간들을 재판하기 위해 인간들의 관습을 차용했다는 것 자체가, 그들이 우리에게 진화된 방식으로 나아가는 길을 보여 주었다는 의미가 아닌지요. 그리고 폐하의 존함인 아르튀르, 재판을 이끈 생쥐스트와 바댕테르라는 이름, 이 모두가 폐하께서 그토록 비난해 마지않는 저 인간 문명의 영향을 받은 것 아닌지요?」

돼지 왕이 긴 한숨을 내쉰다.

「더 이상 왈가왈부하지 마시오. 그런 이야기는 아무 의미가 없소. 당신들은 우리가 하는 행동을 지켜보기만 하시오. 당신들은 인간을 향한 애정과 사료를 못 받아먹게 되면 어쩌나 하는 두려움에 눈이 어두운 것뿐이야. 이거 하나는 명확히 짚고 넘어갑시다. 인간들은 이 세상에 반드시 있어야 하는 존재가 아니오. 세상은 그들 이전에도 존재했고 그들 이후에도 여전히 존재할 것이니까.」

예언 같은 이 말에 뒤통수를 세게 얻어맞은 느낌이 든다. 맞아, 인간들과 오래 살다 보니 너무 그들을 과대평가하게 됐는지도 몰라. 사랑과 유머와 예술을 완벽하게 체득하지 못했다고 하마터면 그들을 우리보다 (말이 안

되는 줄 너무나 잘 알면서) 〈우월한〉 존재로 여길 뻔
했어.

하지만 칼을 뽑았으면 무라도 썰어야지. 나는 고민 끝
에 피타고라스의 논지에 동조하는 발언으로 다시 설득에
나선다.

「제가 한 말씀 더 드리겠습니다, 폐하. 인간들은 이따
금 다른 동물에게 연민을 보이기도 하지만 쥐들은 오직
야만적인 힘과 약육강식의 법칙을 내세울 뿐입니다. 인
간을 절멸시키고 나면 다른 동물을 공격 대상으로 삼을
것이라는 뜻입니다. 돼지, 소, 거위도 예외가 아니죠! 인
간 다음이 바로 우리 고양이이고, 그다음은 여기 계신 여
러분들 차례일 겁니다. 물론 제가 이렇게 말씀드리지 않
아도 다들 직관적으로 알고 계시겠지만.」

이번에는 내 논리가 적중한 것 같다. 그래, 심리적 변
화를 유도하는 데는 위협만 한 게 없지.

좌중이 웅성거리기 시작하는 걸 보니 흔들리는 눈치
다. 암, 진정 똑똑한 동물이라면 의문을 품을 줄 알아
야지.

아르튀르마저 입을 굳게 다문 채 생각에 잠겨 있다. 생
쥐 스트만 발악하듯 소리를 지른다.

「인간들을 죽여라!」

하지만 그의 분노는 메아리 없이 공중에 흩어질 뿐이다. 황소가 주춤하며 뒤로 물러서는 모습을 포착하고 내가 쐐기를 박는다.

「지금 당신이 그를 죽인다면 당신이 인간들보다 나을 게 없다는 의미에요. 반대로 그를 살려 준다면, 인간들이 최고의 미덕이라고 칭송하는 연민과 관대함을 당신이 몸소 실천하는 거죠.」

「인간들을 죽여라!」 생쥐스트가 또다시 재촉한다.

「찬성, 저들을 죽여라!」 내 논리에 설득되지 않은 한 무리의 돼지가 발굽을 흔들어 대며 소리친다.

나는 결국 비장의 카드를 꺼내 든다. 〈나의〉 진실을.

「여기 있는 이 인간은 ESRAE, 즉 『상대적이고 절대적인 지식의 백과사전』 확장판을 만들었습니다. 여러분이 살려 주기만 하면 도둑맞은 백과사전을 찾아오기 위해 최선의 노력을 다할 겁니다. 그것을 손에 넣는 순간 여러분은 인간의 모든 지식을 보유하게 되는 것이고, 향후 다른 동물종들에게도 나눠 줄 수 있습니다. 우리들이 문자도 기술도 사법 체계도 없는 무지한 짐승으로 남지 않으려면 무슨 수를 써서라도 백과사전을 확보해야 합니다. 그 귀한 걸 찾아오는 데 도움이 될 인간은 여러분 앞에 보이는 이 인간 하나뿐입니다.」

아르튀르 왕이 얼굴을 찡그린다. 좌고우면하고 있다는 증거다. 그가 마침내 고개를 끄덕여 결심이 섰음을 알린다.

「결투에서 이긴 소에게 결정권을 주겠소.」

「저들을 죽여라!」 소에게 심리적 압박을 가할 목적으로 생쥐스트가 소리를 지른다.

소가 몸을 돌리더니 왕을 쳐다보며 선언한다.

「제 결정은…… 인간을 살려 주겠습니다. 단, 우리 소들도 저 고양이의 약속대로 백과사전에 담긴 지식의 혜택을 받게 해줘야 한다는 게 조건입니다. 피고인은 ESRAE를 다시 수중에 넣게 되면 우리와 반드시 공유하겠다고 약속할 수 있습니까?」

로망 웰즈 교수가 흙 묻은 옷을 털고 일어나더니 나를 감사의 마음으로 쳐다본다. 내가 최악의 상황조차 유리하게 반전시킬 수 있는 대단한 능력의 소유자라는 걸 깨닫게 된 인간이 한 명 더 나왔군.

「약속하겠습니다.」 몇 군데 멍이 들고 찰과상을 입은 걸로 사태가 마무리된 것에 안도하며 로망이 대답한다.

「멋지게 해냈어.」

피타고라스가 내 귀에 대고 속삭인다. 그의 야옹 소리에서 존경심이 느껴진다.

나탈리가 원형 경기장으로 뛰어 들어가더니 바지가 찢겨 너덜너덜한 로망을 와락 껴안는다. 상대가 다치지 않고 모욕만 느끼게 투우가 요령 있는 뿔 공격을 펼친 덕분에 로망은 큰 부상을 입지 않았다. 집사가 로망의 상태를 확인하고 나더니 안도감에 다시 한번 그를 세게 끌어안는다.

저런 유치한 반응이 가끔은 뭉클하게 느껴지기도 한단 말이야.

어쨌든 이번 일로 둘의 짝짓기에 가속도가 붙었으면 좋겠어. 이거 말고 내가 저들에게 바라는 게 뭐가 더 있겠어?

나는 아르튀르 앞으로 다시 걸어 나가 내 이중성을 고스란히 드러내는 말을 한다.

「고양이의 명예를 걸고 약속드리죠. 여기 있는 두 인간에게, ESRAE를 되찾는 즉시 폐하께 전달하겠다는 확약을 받아 두겠습니다.」

샹폴리옹이 내 말을 통역해 전한다.

그게 내 목에 걸려 있다는 건 당연히 모르게 해야 한다.

50
돼지의 역사

야생 멧돼지가 가축화된 것은 기원전 약 7000년의 일이다. 이 시기는 인간이 정주 생활을 시작한 시기와 비슷하다. 유목민들을 따라 이동할 수 있었던 양이나 염소와 달리 돼지는 그전까지는 인간의 관심을 끌지 못했던 것으로 보인다.

의학의 아버지로 불리는 히포크라테스는 이미 기원전 400년에 인간과 돼지의 생체 구조에 놀라울 정도의 유사성이 있음을 발견했다. 몇몇 저술을 통해 둘 사이의 해부학적 유사성을 주장한 그는 인간의 몸을 이해하기 위한 도구로 돼지를 사용했다. 훗날 중세 교회가 인간에 대한 생체 해부를 금지하자 의사들은 생리학 연구를 위해 돼지를 해부하기도 했다. 당시만 해도 돼지는 마을을 자유롭게 돌아다니면서 도랑에 버려진 쓰레기를 먹어 치워 일종의 청소부 역할을 했다.

1500년경, 식인 풍습이 있는 아메리카 원주민 부족에 파견된 한 예수회 사제는 인간 고기와 돼지고기가 놀라울 정도로 비슷한 맛을 지녔다는 것을 알게 된다.

돼지의 서식 환경은 1820년경부터 서서히 악화하기 시작한다. 영국에 최초의 공장식 양돈장이 생겨나면서 오로지 수익을 높이기 위한 방향으로 사육 환경이 조성된 탓이다.

이때부터 돼지는 극도로 좁은 공간에서 사육되기 시작한다. 감정적이고 예민한 동물인 돼지를 이런 열악한 환경에서 사육하다 보니 점점 더 많은 항생제와 항우울제, 안정제 등을 사료에 섞어 먹이게 됐다.

흔히 생각하듯 돼지는 고기로 소비되는 데 그치지 않고 의학 분야에서 중요한 역할을 한다. 1964년, 여러 동물을 대상으로 실험한 결과 (인간과의 DNA 일치율이 95퍼센트에 불과한) 돼지가 (일치율이 97퍼센트에 이르는) 침팬지보다 장기 이식 수술에 더 적합한 동물이라는 사실이 밝혀졌다. 이후 인간 환자를 대상으로 돼지의 심장 판막과 간, 피부, 심장 등 다양한 장기 이식 수술이 이루어졌다. 오래전부터 당뇨병 환자의 치료를 위해 돼지 인슐린을 투여해 왔다는 것은 주지의 사실이다.

캐나다에서는 임산부가 수술을 받는 동안 돼지 자궁에 인간 태아를 넣어 보관하는 게 가능하다는 사실이 실험을 통해 입증되기도 했다.

성격 면에서도 돼지는 인간에 가까운 편이다. 인간이 다가가면 대부분의 동물은 반사적으로 달아나는데, 호기심이 많은 돼지는 가까이 다가온다. 이런 특성 때문에 돼지는 인간이 길들이기 쉬운 동물이기도 하다.

돼지는 가족 개념도 있는 동물이라고 알려져 있다. 새끼에게 정을 느끼고, 나아가 자신을 돌보는 인간에게도 마음을 준다.

『상대적이고 절대적인 지식의 백과사전』 제12권

51

오르세로의 귀환

삶은 골칫거리들이 줄줄이 엮인 시간의 흐름이라는 생각이 든다. 하지만 불행은 강장제 같아서, 존재에 활력을 불어넣고 우리를 진화하게 만든다. 고통은 감각을 벼리고 감춰져 있던 우리의 능력을 드러내 준다.

평온하기만 한 삶을 살다 보면 정체되고 말 것이다. 적이 나타나는 순간 우리는 비로소 우리가 가진 용기의 넓이와 깊이를 헤아리게 된다. 관계도 마찬가지다. 쉽고 편하기만 한 관계는 신비감과 흥분을 불러일으키지 못한다.

나는 무료함을 달랠 겸 나를 둘러싼 세계의 반응도 볼겸 이따금 괜한 일을 벌인다.

가령 지금, 발가락으로 피타고라스의 귓가를 살살 간질이는 중이다. 상대가 짜증스러워하는 줄 알면서도 멈추지 않는다. 나를 향한 그의 사랑을 확인할 수 있는 절호의 기회이기도 하니까.

샴고양이가 이를 악다물고 있는 게 보인다. 그 모습이 웃겨 장난을 계속하게 된다. 그러는 사이 어느새 차창 밖 풍경이 달라져 있다. 우리는 고속도로를 타고 북쪽을 향해 달린다.

우리 차를 망가트린 돼지들이 도축장 뜰에 서 있던 가축 운반용 대형 트럭 하나를 내주었다. 다행히 연료통에 휘발유가 남아 있었다.

우리가 약속을 지키는지 감시하겠다고 따라나서는 황소를 떼놓고 오느라 애를 먹었다. 내가 호감을 느끼는 것과는 별개로, 그 덩치 큰 소를 트럭 위에 태우기가 여간 어렵지 않았다.

나는 결국 그의 동승을 정중히 거절했다.

그리고 솔직히 말해, 그의 강한 체취를 견딜 자신도 없었다. 내가 보통 냄새에 민감해야지.

트럭 안에는 나, 피타고라스, 나탈리, 로망, 이렇게 우리 일행 넷에다 샹폴리옹이 함께 타고 있다.

앵무새는 언어 지식의 확장을 위해 우리와 동행하고 싶다고 했다. 우리를 만난 이후 그의 고양이어에 페르시아 악센트가 많이 약해진 건 사실이긴 하다.

하지만 나는 그가 우리를 따라나선 이유는 따로 있다고 믿는다. 백발백중 아르튀르 왕에게 우리를 지켜보라는 명령을 받았겠지.

앵무새가 자기한테 작은 결점이 하나 있다고 수줍게 고백한다. 처음 듣는 소리가 있으면 무조건 수집해 놓아야 직성이 풀린다고, 나중에 재생하더라도 일단 머릿속에 저장해 놓아야 안심이 된다고 말한다. 그가 개 짖는 소리, 늑대와 두꺼비 울음소리, 심지어는 차 문 여닫는 소리, 천둥소리, 타닥타닥 불꽃 튀는 소리까지 흉내 내 들려준다.

원맨쇼가 따로 없네.

솔직히 나도 나름의 속셈이 있어 그의 동행 요청을 수락했다. 씹는 맛이 닭이랑 비슷할 것 같아서 나중에 급할 때 잡아먹으려고.

물론 먹기 전에 마지막 인사는 할 것이다. 미안하게 됐어, 하지만 난 누구와 경쟁 관계에 놓이는 건 딱 질색이야, 종간 소통은 내 전문 분야니까 네가 이해해 줘, 하고 말이다.

나는 잠시 피타고라스의 귀에 관심을 끄고, 운전대를 잡고 있는 나탈리를 쳐다본다. 솔직히 나는 이 인간 집사에게 갈수록 매력을 느끼고 있다. 내 덕분에 기상천외한 모험을 경험하고 그 와중에 역시 내 덕분에 수컷 짝을 만나서 그런 걸까, 날로 아름다워지고 있다. 수줍음만 극복하면 짝짓기에 빠른 진전이 있을 텐데, 아쉽단 말이야.

그녀 옆 조수석에 로망 웰즈가 앉아 있다. 황소와의 결투로 생긴 상처가 이제 거의 괜찮아진 것 같다.

지루함을 달래기 위해 내가 앵무새에게 묻는다.

「혹시 마리아 칼라스의 소리도 재현할 수 있어요?」

「그건 어떤 소음인데요?」

「소음이 아니라 음악이에요.」

「〈귀에 거슬리는 소리가 있거든 귀를 기울여 더 잘 들어 보렴. 그 순간 그게 음악이라는 걸 깨닫게 될 테니.〉 우리 엄마는 늘 그렇게 말씀하셨죠.」 앵무새가 나를 똑바로 쳐다보며 말한다.

설마, 얘가 툭하면 자기 엄마 말을 인용하는 건 아니겠지? 그건 내 전매특허란 말이야.

나는 앵무새에게 천상의 소리처럼 들리는 인간 암컷의 노래를 틀어 줄 테니 흉내 가능한지 들어 보라고 말한다. 나탈리가 스마트폰을 이용해 음악을 튼다. 카 오디오를 통해 흘러나오는 노랫소리가 트럭 안을 가득히 채운다.

샹폴리옹의 표정이 서서히 놀라움에서 경탄으로 바뀐

다. 제아무리 앵무새라 해도 칼라스가 내는 소리의 섬세한 뉘앙스를 다 포착하기는 어려울 거야. 노랫소리가 그치는 즉시 내가 그에게 묻는다.

「소리 전문가가 듣기에 어때요?」

「인간이 목을 사용해 이렇게 깊은 울림을 낼 수 있다는 게 믿기지 않네.」 앵무새도 인정한다.

「모든 인간이 다 그렇진 않아. 칼라스가 특별한 거지. 애인이었던 오나시스가 〈목쉰 꾀꼬리〉라는 애칭으로 불렀다는 일화가 있을 정도니까.」 나탈리가 끼어들어 설명해 준다.

〈목쉰〉 소리가 뭘까 하고 내가 고개를 갸웃거리는 사이 샹폴리옹이 머리 깃털을 한껏 세우면서 짜증 섞인 목소리로 말한다.

「꾀꼬리라면 난 아주 질색이에요. 그 거만한 꼴은 눈 뜨곤 못 본다니까요.」

같은 새끼리도 이렇게 서로 견제하고 차별하는구나. 당연해, 동물종마다 문화도 다르고 가치도 다를 테니까.

「바흐의 음악을 들으면서 가면 어때요?」 조용히 있던 피타고라스가 제안한다.

집사가 「2성 인벤션」이라는 곡을 틀어 준다. 소리가 들리는 순간 갑자기 머릿속이 하얘진다. 지금까지 내가 들어 본 음악은 대부분 하나의 멜로디에 화음이 붙는 식이었는데, 이번 것은 독립적인 두 개의 선율이 동시에 연주되고 있다.

「바흐의 특기인 〈대위법〉이 사용된 음악이야.」로망 웰즈가 전문가인 양 설명해 준다.

마치 내 뇌의 두 반구가 서로 분리되어 두 멜로디를 각기 하나씩 쫓아가고 있는 느낌이 든다. 그러다 어느 순간 그 두 멜로디가 합쳐져 실제로는 존재하지 않는 제3의 멜로디를 만들어 내는 듯한 착각마저 든다.

하여튼 인간들 솜씨는 보통이 아니야.

눈앞에 펼쳐진 길이 끝날 것 같아 보이지 않는다.

마침 구름을 뚫고 나온 햇살 한 줄기가 우리가 가야 할 방향을 일러 주는 느낌이 든다.

바흐의 음악 속에 머물자니 오랫동안 느껴 보지 못한 감정이 분출한다. 이게 어떤 감정이더라?

충만함?

유머를 알고 예술의 개념에 가까워지면서 내가 조금씩 진화를 하고 있는 걸까.

요즘 들어 내 정신이 점점 더 확장되는 느낌이 든다. 수많은 시련에서 살아남은 건 나를 보호해 주는 어떤 힘이 존재하기 때문이라는 생각이 든다.

나만, 오직 나만이 이 세상의 모든 기억을 간직하고 있다. 바로 내 목에 ESRAE가 걸려 있다는 자부심으로 가슴이 쿵쾅거리기 시작한다.

　「그런데 그 ESRAE라는 게 정확히 뭐예요?」 샹폴리옹이 느닷없이 묻는다.

　마치 생각을 들킨 것 같아 나는 적당히 얼버무린다.

　「거대한 도서관을 아주 작게 축소해 놓은 거라고 생각하면 돼요. 인간이 손에 들고 다닐 수 있을 정도로 작게.」

　「그 안에 뭐가 있는데요?」

　「멸망한 문명을 재건하는 데 필요한 지식이 다 들어 있어요.」 피타고라스가 거들고 나선다.

　「대단한 거군요. 당신들이 그 ESRAE를 되찾으면 다른 동물들과도 꼭 지식을 나누겠다고 나한테 약속해요.」

　아니, 이거 나서도 너무 나서잖아? 벌써 약속했는데 또 다짐을 받으려 드네. 이 앵무새를 조심해야겠어. 과유불급이란 말이 괜히 있는 게 아니라는 걸 이 새한테 가르쳐 줘야지.

　「또 한 가지, 당신들이 시테섬에 만들었다는 이상적인 공동체에도 꼭 가보고 싶어요. 펫 숍에 있는 새들이 제일 괴로운 게 뭔지 알아요? 바로 시야가 제한되는 거예요. 건물 안에 갇혀 지내니까. 나는 펫 숍에 살던 시절에 하나

뿐인 창문 너머에 뭐가 있는지 늘 궁금했어요. 담벼락에
여행 광고가 하나 붙어 있었는데, 그 속에 야자수가 늘어
선 해변이 있었죠. 그때 나한테 바깥세상은 그 해변이 전
부였어요. 당연히 그 해변에 가보는 게 소원이었죠.」

그가 깊은 한숨을 내뱉는다.

「그게 바깥세상의 전부가 아니라는 걸 나중에 알게 됐
죠. 어느 날 갑자기 해변이 소나무가 울창한 눈 덮인 산
으로 바뀌어 있었거든요. 그때 깨달았어요. 세상은 내가
상상도 못 할 만큼 넓다는 걸. 주인과 소통이 가능해졌을
때 내가 가진 배움에의 열정을 말했더니, 바깥세상은 치
명적인 위험으로 가득한 곳이라면서 꿈도 꾸지 말라고
했어요. 특히 당신들 같은 사나운 고양잇과 동물은 앵무
새 같은 건 눈 깜짝할 사이에 잡아먹는다고.」

「그건 비이성적인 공포를 불어넣어 우리를 자기들 마
음대로 통제하고 싶을 때 인간들이 쓰는 전형적인 방식
이에요.」

나는 필요가 없어지면 앵무새를 어떻게 잡아먹어야
하나 궁리하면서 천연덕스럽게 대답한다.

샹폴리옹이 학자연하며 내 말을 받는다.

「모든 존재는 배움을 위해 세상에 태어난다고 난 믿고
있어요. 똑같은 곳에서, 똑같은 사람들과, 똑같은 상황을

반복하는 삶이야말로 최악이 아닐까요.」

왜 짜증 나게 내 생각을 베껴 말하지? 아무래도 생각에도 특허가 있어야 할 것 같아. 어떤 생각을 가장 먼저하는 동물이 특허권을 갖게 하는 거야. 특허가 있는 생각을 누가 입 밖으로 내려면 특허권자인 동물에게 먼저 봉헌해야 하는 거지. 하긴, 앵무새야 원래 베끼는 것밖에모르는 새긴 해.

나는 이리저리 생각을 굴린다.

단, 나한테는 예외를 적용하는 거야. 가령 우리 엄마말은 내가 마음대로 인용할 권리를 갖는 거지. 어차피 불쌍한 우리 엄마는 이제 세상에 없으니까.

샹폴리옹이 자기 말에 도취되어 쉬지 않고 얘기한다.

「……그래서 앞으로는 바깥세상에서 살아 보려고 해요. 새로운 것을 발견하고, 다른 종들을 만나고, 여행하고, 인간들의 지식을 배워 보려고요. 그걸 위해 당신들을따라나섰어요.」

「어쩌다 돼지들과 어울리게 된 거예요?」 피타고라스가 날카롭게 묻는다.

「인간들 사이에 전쟁이 벌어져 펫 숍이 파괴되자 주인이 나만 데리고 도망을 쳤어요. 내가 이야기했나 모르겠는데, 주인이 나를 가장 아꼈거든요.」

앵무새가 우관을 바짝 위로 세운다.

여기 제 잘난 맛에 사는 동물이 또 하나 있네! 세상은 온통 자기도취에 빠진 존재투성이야…….

나는 감탄하는 척하며 고개를 끄덕여 준다.

「황급히 도망치다 당신들처럼 우리도 돼지들이 도로에 깔아 놓은 함정에 걸려들었죠.」

그가 불행한 기억을 떠올리며 침을 꼴깍 삼킨다.

「처음에는 분위기가 험악했죠. 그런데 내 언어 실력을 확인한 돼지들이 나를 우리 주인의 재판에 통역사로 쓰겠다고 하더군요.」

「양심의 가책은 느끼지 않았어요?」

내 입에서 무의식적으로 질문이 튀어나온다. 하지만 앵무새는 표정 하나 흐트러지지 않고 대답한다.

「느꼈죠, 조금, 처음에는. 한데 알아 갈수록 돼지들은 매력적인 동물이더군요. 재판도 내 기준으로 볼 때 공정하게 진행됐어요. 재판 절차를 거쳐 우리 주인에게 판결이 내려지고 형이 집행된 다음 (결국 그 양반이 고기로 변하고 나서) 나는 돼지가 인간보다 훨씬 똑똑하다는 사실을 깨달았어요. 그들은 자신들이 원하는 걸 이루어 내고야 말더군요.」

피타고라스가 지식을 뽐내며 끼어든다.

「그거 알아요? 하마터면 돼지와 고양이의 운명이 바뀔 수도 있었다는 거? 얼마든지 돼지가 인간의 반려동물이 되고 고양이는 육가공 산업을 위해 사육장에서 길러질 수도 있었다는 거? 옛날에는 사람들이 개와 고양이를 잡아먹었어요. 어린애들은 길들여진 돼지와 장난을 치며 놀았죠. 그러던 어느 날, 불이 나는 바람에 돼지가 죽게 된 거예요. 아이가 슬퍼하며 불에 탄 돼지의 몸에 손을 얹었는데, 아직 뜨거운 상태인 기름이 만져졌죠. 아이가 그 기름을 입에 대보니 맛이 기가 막혔대요. 그때부터 돼지는 아이들의 놀이 상대가 아닌 다른 용도로 길러졌다고 해요.」

드디어 눈앞에 오르세 대학이 나타난다.

그런데, 전과 같은 모습이 아니다. 고압 철조망이 빈틈 없이 막고 있던 자리에는 거대한 구멍들만 남았다. 행복한 인간들이 살아서 걸어 다니던 캠퍼스에는 죽은 인간들의 시체가 가득하다. 파란색, 흰색, 빨간색이 섞인 깃발이 나부끼던 건물 입구에는 흰색으로 알 수 없는 글씨가 써진 검은색 깃발이 대신 걸려 있다.

흰 가운을 입은 과학자들과 검정 옷을 입은 수염 달린 사내들의 시체가 바닥에 뒤섞여 있다.

「화학 공장에 있던 그 극단주의자들이야! 많은 수가

몰려온 모양이야. 우리가 ESRAE를 가지고 여기로 돌아왔을 거라고 확신한 거지. 중간에 돼지들을 만나 이렇게 늦어진 줄은 모르고 말이야.」

내가 상황을 분석하고 나서 귀중한 목걸이가 여전히 목에 걸려 있는지 확인하기 위해 발끝을 목걸이에 갖다 댄다.

망연자실한 로망이 시신을 하나씩 들춰 보기 시작한다. 친구들을 발견하고 혹시나 하는 마음에 가슴에 손을 얹어 보던 그가 고개를 떨군다. 침입자들이 확인 사살까지 한 게 분명하다.

나는 냉혹한 인간 세계의 법칙을 다시 한번 확인한다. 폭력이 평화를 이긴다는 사실. 현실의 복잡성을 의식해 결정을 미루다 보면 결국은 단순 명료한 힘의 법칙을 따르는 야만적인 자들에게 당할 수밖에 없다는 사실.

이 진실을 가슴에 새기고 살아야겠다. 지능보다 원초적 생존 본능을 믿어야겠다. 내 안에 있는 야생 고양이를 잊지 않고 살아야겠다. 믿고 기다리기만 하는 우를 범하지 말아야겠다. 남들에게 당하지 않으려면 내가 더 강해져야겠다. 동시대 존재들의 어리석음과 공격성에 휘둘리지 않기 위해 독기를 잃지 말아야겠다.

처참한 광경을 보니 엄마가 했던 말이 떠오른다. 〈절

대 남한테 당하며 살진 말아라.〉 나는 또다시 전의를 다진다. 공격당하기 전에 내가 먼저 공격해야 한다. 죽임을 당하기 전에 내가 먼저 죽여야 한다. 하지 않고 후회하는 것보다 해보고 나서 후회하는 쪽을 택하자.

인간 집사에게서 슬픔을 넘어 두려움이 느껴진다. 나는 그녀의 어깨로 뛰어올라 24헤르츠에 맞춰 갸르릉 소리를 들려주며 속삭인다.

「이미 지나간 일. 지금은 죽은 생명을 애도할 때가 아니라 산 생명을 구할 방법을 찾을 때예요.」

하지만 집사는 극한의 공포에 휩싸여 이성을 상실한 듯 보인다. 이런 감정이야말로 상황을 꼬이게만 만드는 비생산적인 감정이라는 걸 왜 모르는 걸까.

「집사, 내 말 잘 들어요. 인간스러운 짓 좀 이제 그만해요! 여기 있는 인간들은 이제 우리가 더 이상 손쓸 방법이 없지만, 시테섬에 남아 있는 인간들은 아직 어떻게 해볼 수 있는 여지가 있잖아요.」

내 말이 귀에 들어오지 않는 듯 그녀가 아무 반응도 보이지 않는다. 피타고라스가 인간은 감정의 동물이라고 한 게 바로 이런 걸 두고 한 말인 모양이다. 샴고양이는 이런 게 부러운 걸까? 인간이 보이는 이런 격렬한 감정적 반응이, 이 비효율적인 상태가?

「이러고 있을 때가 아니에요. 어서 가서 동료들을 구해야죠.」내가 꾸짖듯이 말한다.

피타고라스는 내 단호함을 이해하는 눈치지만 거대한 부정적 파동을 발산하고 있는 두 인간은 슬픔에서 벗어날 생각이 없어 보인다. 그들이 충격에서 벗어날 때까지 기다리는 수밖에 다른 도리가 없다.

샹폴리옹은 캠퍼스를 둘러보느라 정신이 없다.

「이 상황을 어떻게 생각해?」피타고라스가 가까이 다가오며 묻는다.

「물론 저들에게 연민을 느껴. 하지만 너무 심한 것 같아. 시체를 보고 운다고 다시 살아나는 건 아니잖아. 나는 앞으로 내 연민의 감정을 산 생명들에게 국한해 사용하기로 결심했어. 너는 어때?」

「죽음과 애도의 의식들은 인간 신앙의 밑바탕을 이루는 것들이야. 인간 문명은 사후 세계라는 상상력 위에 쌓아 올린 거지. 그러니 저런 반응은 어찌 보면 지극히 당연한 거야.」

혹시 인간의 슬픔을 몸으로 흡수하면 이해에 도움이 될까 해서 나는 나탈리의 뺨으로 흘러내리는 눈물을 혀로 핥아 주기 시작한다. 로망이 긴 한숨을 내쉬고 나서 결연한 목소리로 말한다.

「바스테트 말이 맞아요. 우리가 여기서 할 수 있는 일
은 더 이상 없어요. 빨리 떠나요.」

그가 캠퍼스 안에 있는 대형 창고로 들어가더니 철사
뭉치와 발전기, 변압기를 지게차에 싣고 나와 돼지들이
빌려 준 트럭으로 옮겨 싣는다. 내가 그에게 당부한다.

「비행선 제작에 필요한 재료도 잊지 말아요!」

그가 많은 승객을 태울 수 있는 대형 비행선 제작에 필
요한 케블라 섬유, 헬륨 가스통, 유리 섬유를 챙겨 오고
용접기, 해머, 드라이버, 스패너, 네일 건, 스테이플러, 납
땜인두가 든 공구통 여러 개도 트럭 뒤에 싣는다.

부지런히 손을 놀리면서도 그는 여전히 분노를 삼키
느라 애쓰는 눈치다.

「식량도 빠트리지 말아요. 지금쯤 모두 아사 직전일
거예요.」 피타고라스도 한마디 거든다.

잡다한 물건들을 트럭 가득 싣고 나서 우리 일행은 모
두 앞좌석에 오른다. 이번에는 로망이 운전대를 잡는다.

트럭은 도로 한가운데 방치된 차들과 아스팔트에 난
구멍들과 다양한 장애물을 피해 앞으로 달린다. 차 안 분
위기는 무겁게 가라앉아 있다.

내가 바흐의 음악을 듣고 싶다고 하자 나탈리가 「협주
곡 D 단조」의 아다지오라며 틀어 준다. 우리 일행은 입

을 굳게 다문 채 음악에 귀를 기울인다.

멀리 도로 위에 우리와 반대로 남쪽을 향해 내려오고 있는 형체들이 나타난다. 천만다행으로 쥐가 아니라 고양이다.

나는 패잔병 무리에서 낯익은 얼굴을 발견하고 로망에게 소리를 지른다.

「멈춰요!」

로망이 급히 브레이크를 밟자 몸이 앞으로 확 쏠린다. 나는 얼른 차에서 뛰어 내려간다.

다리를 절룩이거나 크게 다친 고양이들이 부지기수다.

급수탑 고양이들이야!

그중에는 중상을 입은 스핑크스도 보인다. 그의 목에서 아직 피가 흐르고 있다. 내가 다가가자 스핑크스가 그 커다랗고 파란 눈으로 나를 응시한다.

「당신 말이 맞았소.」

「어떻게 된 일이죠?」

「오늘 아침 쥐들의 공격을 받았소. 급수탑 출입문을 강제로 부수고 들어오려는 쥐들에게 내가 거래를 통해 평화적으로 해결하자고 제안했지. 우두머리로 보이는 놈과 협상을 시도했소.」

「거기 흰 쥐도 있었어요?」

「아니, 육중한 몸집의 회색 쥐들뿐이었소. 그런데 내가 우두머리와 협상하는 사이 나머지 놈들이 계단을 통해 밀고 올라가더군. 학살극이 벌어졌지. 압도적인 숫자의 놈들을 당할 수가 없었소. 지금 당신이 보고 있는 고양이들은 그 참극에서 용케 살아남은 자들이오. 급수탑 꼭대기에서 뛰어내리고도 뼈가 부서지지 않고 살아남은 운 좋은 자들. 나머지 고양이들은…….」

스핑크스가 더 이상 말을 잇지 못한다. 한참 만에 그가 겨우 다시 입을 연다.

「바스테트, 당신 말을 들어야 했소. 우리의 파멸을 원하는 자들과 섣불리 손을 잡으려 한 내 잘못이오. 그래 봤자 시간만 늦출 뿐 결과는 달라지지 않는다는 걸 모른 내 탓이오.」

봐, 시간이 가면 결국 내가 옳다는 걸 다들 깨닫게 되잖아. 선지자는 이래서 어려운 거야. 뒤늦게 깨닫는 자들의 원망을 다 감당해야 하니까.

스핑크스가 나를 뚫어질 듯이 쳐다본다. 피타고라스에게서 확인했던 감정이 그의 눈동자에서도 읽힌다. 나를 향한 존경의 마음.

「우린 그렇고, 당신들은?」 그가 내게 묻는다.

「동족들을 구하기 위해 지금 파리로 가는 중이에요.」

스핑크스가 고개를 끄덕이더니 갑자기 울컥울컥하다 피를 토하기 시작한다.

「미안하지만 더 이상의 대화는 힘들겠소. 지금 나한테 그보다 더 시급한 일이 있어서…… 내 마지막을 준비해야겠소.」

그가 꼬리를 당당히 세운 채 수풀을 향해 걸음을 옮기기 시작한다. 안테나처럼 하늘로 솟은 털 한 오라기 없는 꼬리를 보고 있는데도 어쩐 일인지 웃음이 나오지 않는다.

그는 끝까지 존엄을 잃고 싶지 않은 거야.

스핑크스고양이가 높게 자란 풀숲 사이로 사라지는 동안 차에서는 바흐의 아다지오가 계속 흘러나온다.

「저 고양이는 어디로 가는 거야?」 나탈리가 차에서 내리며 묻는다.

「고양이는 죽을 때 몸을 숨겨요. 안타깝게 고통을 드러내는 개들과는 다르죠. 우리 고양이들은 마지막 임종의 순간을 혼자 조용히 맞고 싶어 해요. 남에게 보이기 싫은 거죠. 자존심 때문이에요.」

나 역시 죽음을 직감한 최후의 순간에는 초연히 사라질 생각이다. 하지만 차마 이 말은 집사에게 하지 않는다. 나는 홀로 죽음을 맞이할 것이다. 생명이 떠난 내 육신에,

그 고고했던 암고양이에게 파리 떼가 몰려드는 모습을 아무에게도 보이고 싶지 않다. 벌레에 파 먹힌 내 몸을 어느 누구에게도 보이고 싶지 않다.

「아듀, 스핑크스!」 나는 그에게 들리길 바라며 울음 섞인 목소리로 작별 인사를 건넨다.

나는 여정을 계속하기 위해 다시 차에 오른다.

남쪽으로 다시 걸음을 옮기는 급수탑 고양이들의 모습이 백미러에 들어온다. 귀를 납작하게 붙이고 고개를 숙인 채 꼬리를 다리 사이에 말아 넣고 터덜터덜 걸어가고 있다.

우리는 한참을 달린 끝에 파리에 도착한다. 도심에 진입하는 순간부터 이상한 분위기가 감지된다.

거리에 쥐가 한 마리도 보이지 않는다. 그 많던 쥐들은 다 어디로 간 걸까.

수적으로 우세한 쥐들이 승리할 것이라던 피타고라스의 예언이 빗나간 걸까.

큰일이 일어난 게 분명해.

텅 빈 거리를 지나가는 동안 불안감은 커져만 간다. 멀리서 시커먼 연기가 피어오르고 있다. 저기는…… 시테 섬이야.

나는 불길한 예감에 사로잡혀 몸서리를 친다.

52

인구 밀도와 발전의 상관관계

인지 심리학과 인공 지능 전문가인 에밀 세르방슈레베르에 따르면 한 사회의 기술과 문화 수준, 혁신 속도는 그 사회를 구성하는 개개인의 두뇌보다는 인구 밀도에 영향을 더 받는다고 한다.

저서 『대규모 집단』에서 그는 지식 전수를 위한 가장 확실한 방법은 스승의 지식을 보존할 학생의 수를 늘리는 것이라고 주장한다.

그는 이런 관점에서 인류 역사의 각 단계를 분석했다.

사람들이 흩어져 살았던 유목 시대에는 한 부족이라 해봐야 기껏해야 20명에서 50명 정도에 불과했다. 수렵채집 생활을 하던 이들은 오두막에 살면서 사냥감을 쫓아 함께 이동했다. 공동체 구성원이 소유한 많지 않은 지식은 입에서 입으로 전해졌고, 그 과정에서 소실될 가능성이 무척 컸다.

농경 시대가 도래하자 공동체의 규모는 수백 명에서 수천 명 규모로 커졌다. 정주 생활을 시작한 인류는 함께 모여 살게 되었고, 분업화와 전문화가 이루어졌다. 농경, 목축, 야금, 건축, 의학, 수공예 등의 전문화된 지식은 스승에서 제자에게로 전수되었다.

산업화 시대의 도래와 함께 대도시가 생겨나고 인구 집중 현상이 심화되었다. 이때부터는 수십만 명이 같은 도시에서 살게 되었다. 지식은 학교와 대학을 매개로 전파되고, 제반 분야에서 전문화 경향이 강화되었다. 예를 들어 의학 분야의 경우 일반의 대신 치과 의사, 피부과 의사, 심장 전문의 등이 생겨나며 극도로 세분화되었다. 공학과 건축 분야도 여러 개의 전문 분야로 나뉘었다.

마침내 디지털 시대가 되자 인구가 천만 명이 넘는 대도시들이 속속 생겨났다. 인터넷 발달에 힘입어 지식은 빛의 속도로 전파되었고, 갈수록 세분화, 전문화되었다.

유목 시대에는 (한 집단 혹은 국가 내에서 생산된 모든 생산물의 가치를 총합한) GDP가 두 배 증가하는 데 25만 년의 시간이 걸렸다. (좁은 땅에 예전보다 더 많은 수가 모여 살기 시작하면서 지식 전수와 전문화가 쉬워 진) 농업 시대에는 이 기간이 1천 년으로 짧아졌으며, 산업화 시대에는 15년이면 충분했다.

그리고 디지털 시대에는 GDP가…… 1년 만에 두 배로 증가하는 것도 가능해졌다.

인구 밀도의 증가와 함께 인류는 비전문가들에 의해 천천히 발전하는 집단에서 전문가들의 주도로 빠르게 발전하는 대규모 집단으로 변하게 된 것이다.

『상대적이고 절대적인 지식의 백과사전』 제12권

제3막

유머, 예술, 사랑

53
재회

나는 이따금 이 행성에 속하지 않는다는 느낌이 드는데, 너희도 그래? 주변의 존재들이 내가 그 기승전결을 알지 못하는 거대한 시나리오 속 배우들처럼 다가올 때가 있어.

살다 보면 좋은 일도 있고 나쁜 일도 있어. 우리는 강물에 뜬 병마개처럼 이리 휩쓸리고 저리 휩쓸리면서 바위에 부딪히고, 수초에 걸리고, 급류에 휘말리다 낯선 모래톱에 내던져지지.

예전에 우리 엄마는 〈이 세상에 네 자리가 없다고 느껴진다면, 그건 네가 새로운 세상을 만들기 위해 존재하기 때문이란다〉라고 말해 주셨어.

나는 이 말을 되새기며 입안에 고인 침을 꼴깍 삼킨다. 몸을 부르르 털고 나서 두려운 풍경을 향해 결연한 발걸음을 옮긴다. 동행들 역시 못지않게 긴장한 눈치다. 피타고라스의 털이 곤두서 있고 나탈리의 숨소리가 거칠다.

쥐 군단에 점령당했으리라 예상했던 파리 시내에는 쥐의 그림자도 보이지 않고 괴괴한 정적만이 흐르고 있다.

태풍이 휩쓸고 지나간 자리가 이런 모습이 아닐까. 대체 쥐들은 어디 있을까? 하늘로 솟은 걸까 땅으로 꺼진 걸까?

예사롭지 않은 징조가 틀림없다.

나는 감각의 촉수를 부지런히 움직여 쥐들의 흔적을 찾는다. 길바닥에는 손가락만 한 바퀴벌레들이 득시글득시글하고 공중에는 파리 떼가 왱왱댄다.

우리는 트럭을 강변에 세운 뒤 쪽배를 타고 시테섬으로 들어간다. 배에서 내리자 불길한 예감을 부채질하듯 기분 나쁜 정적이 우리를 맞는다.

풍경이 서서히 모습을 드러낸다. 대체 무슨 일이 벌어진 걸까?

파라다이스 공동체가 흔적도 없이 사라졌다. 절멸한 것이다. 아득한 비현실감을 느끼며 내가 피타고라스에게 묻는다.

「쥐들이 어디로 갔을까?」

「티무르가 이끄는 쥐 군단은 한 덩어리처럼 일사불란하게 움직이면서 오직 파괴만을 위해 다음 목표로 이동하고 있을 게 분명해.」

피타고라스 말이 맞아. 쥐 군단은 한 몸처럼 조직적으로 움직이고 있어. 그렇지 않고서야 이렇게 한 마리도 안 남고 사라질 리 없어.

우리는 한때 공동체가 있던 곳을 천천히 둘러보기 시작한다. 나는 수시로 귀의 방향을 틀어 작은 소리라도 잡기 위해 안간힘을 쓴다. 후각도 예민하게 곤두서 있다. 시각이 제공해 주는 이미지들은 나를 심리적 탈진 상태로 만든다.

대성당 앞뜰에 이르러 우리는 가장 참혹한 광경을 목격하게 된다.

사자 한니발이 나무판자 두 개를 T자 모양으로 엮은 형틀에 처형당한 채 묶여 있다. 몸에 밧줄이 칭칭 감긴 우리들의 영웅은 마치 누구를 포옹하려는 듯 앞다리를 옆으로 쫙 벌린 모습이다.

이 거대 고양이의 이빨과 발톱은 모두 뽑혀 나가 없고, 몸은 쥐 이빨 자국으로 뒤덮여 있다. 우리들의 최고 전사를 이렇게 무장 해제시킬 만큼 자신들의 전력이 대단하다는 것을 보여 주려는 쥐들의 전략으로 보인다. 피타고라스도 나와 비슷한 분석을 내놓는다.

「적들이 거대 고양이에 대한 공포를 쫓기 위해 일종의 의식 차원에서 벌인 짓 같아. 물론 시뉴섬의 패배에 대한 복수도 원했겠지만.」

똑같은 방식으로 처형된 고양이들의 사체가 주변에 널려 있다. 나는 볼프강을 발견하고 부리나케 뛰어간다. 그의 가슴팍이 약하게 오르락내리락하는 것을 확인한 뒤 귀를 대보고 나서 소리친다.

「아직 심장이 뛰고 있어!」

나탈리와 로망이 달려와 형틀을 벗기고 그를 풀밭에 눕힌다. 한때 대통령궁에 살았던 회색 샤르트뢰고양이가 입을 조금 벌리면서 혀를 내민다.

「물.」 그가 힘겹게 한마디 내뱉는다.

나는 가까운 분수대로 달려가 입에 물을 머금고 와 그의 입속에 흘려 넣는다. 안타까운 마음으로 그의 코에 내 코를 비벼 본다.

목을 축이고 나서야 그가 알아들을 수 있는 말을 내뱉는다.

「……놈들은 대군이었어.」

내가 한 번 더 입속에 물을 넣어 준다. 볼프강은 다시는 떠올리고 싶지 않은 끔찍한 경험이라는 듯이 몸을 부르르 떨고 나서 숨을 깊이 들이마신다.

「오늘 아침에 습격당했어…… 놈들이 불을 사용하는 법을 배운 모양이야…… 나무로 세운 방벽을 순식간에 불태워 버렸지…… 그러고 나서…… 하아…… 마구잡이로 죽이기 시작했어…… 한니발은 참으로 용맹했어…… 하지만…… 역부족이었어…… 그래도 끝까지 잘 싸워 줬어…….」

볼프강이 발작을 일으키며 몸을 들썩인다. 힘겨워 보이는 그에게 내가 다시 묻는다.

「놈들 중에 흰 쥐가 있었어?」

「너무 많아서…… 누가 누군지…… 거대한 회색 양탄자가 한순간에 펼쳐지는 느낌이…….」

쿨럭쿨럭 기침을 해대는 볼프강에게 계속 말을 시키기는 불가능해 보여 상태가 나아지길 기다리기로 한다.

나탈리와 로망이 어린 인간들의 시체를 들춰 보면서 생존자가 있는지 확인하고 있다. 그들의 표정이 조금도 밝아지지 않는 걸 보면서 나는 심한 죄책감에 사로잡힌다.

이들이 죽은 건 다 내 탓이야.

내가 시뉴섬 전투를 승리로 이끌지 않았으면 우린 지금 그저 캄비세스라는 적만, 티무르보다 쉬운 적만을 상대하고 있었을 거야. 그리고 나는 도대체 무슨 생각으로 이 폐쇄된 섬에 식구들을 데려왔을까. 왕국을 세우려다가 감옥을 세운 꼴이 되고 말았어.

볼프강의 입술이 달싹거리는 게 보인다. 무슨 말을 하려는 것 같이 보여 나는 얼른 몸을 숙이고 귀를 갖다 댄다.

「안젤로…….」

「안젤로가 뭐? 내 아들이 어떻게 됐다는 거야? 어서 말해 봐!」

볼프강이 힘을 쥐어짜려는 듯 크게 숨을 내쉰다.

「안젤로와 에스메랄다, 몇 마리 고양이와 어린 인간들은…….」

그가 말을 잇지 못하고 숨을 들이마신다. 입가에서 피가 섞인 침이 흘러내린다.

「……도망쳤어.」

안젤로가 살아 있구나!

「어디로 갔어?」

「지하철…….」

볼프강이 다시 경련을 일으키며 몸을 푸들거린다. 그 와중에 그가 생뚱맞은 소리를 한다.

「바스테트…… 부탁이야…… 샴페인을 꼭 다시 마셔봐. 목을 축이는 정도가 아니라 취할 정도로. 그러면 혹시 이 난국을 헤쳐 나갈 방법을 찾을지도 몰라.」

이 상황에 무슨 뜬금없는 샴페인 얘기야?

비극의 순간에 전혀 어울리지 않는 얘기를 듣자 나는 마땅히 대답할 말을 찾지 못한다. 그래, 볼프강은 미식가니까 이해해 주자. 마지막 순간에 삶의 기쁨을 떠올리고 있는 모양이니까.

「알았어. 꼭 마셔 볼게. 마시면서 네 생각을 할게.」

볼프강이 바닥을 기어 어디론가 향하기 시작한다. 그도 지금 스핑크스처럼 혼자 최후를 맞이할 곳을 찾아가고 있다는 걸 알기에, 나는 그런 그를 지켜보기만 한다.

나는 그의 등 뒤에 대고 작별 인사를 전한다.

아듀, 볼프강, 아홉 번의 고양이 생 중에서 다른 생에 다시 만나.

더 이상은 낭비할 시간이 없다. 돌이킬 수 없는 것을 돌이키려 할 때가 아니라 남아 있는 목숨을 구하기 위해 전력을 다할 때다.

어서 떠나자고 하려고 집사를 찾지만 그녀가 보이지 않는다. 폐허가 된 시테섬을 한참 찾아 헤맨 끝에 엎드려 울고 있는 그녀를 발견한다. 쥐들과 맨손 격투를 벌인 것 같은 샤먼 파트리샤의 처참한 시신이 눈에 들어온다. 그녀의 소통 능력도 무자비한 쥐들에게는 통하지 않았던 걸까.

〈파트리샤! 파트리샤! 이 망가진 육신 속에 내 텔레파시 메시지를 받을 영혼이 아직 조금은 남아 있나요?〉

아니, 그녀의 영혼은 이미 육신의 껍데기를 떠난 모양이다. 나는 집사에게 다가가 뺨에 흘러내리는 눈물을 핥아 준다.

연민과 한 쌍인 슬픔의 감정을 이제 조금은 더 알 것 같다. 나는 24헤르츠에 맞춘 갸르릉 소리로 집사를 위로해 준다.

나는 아들을 찾으러 떠나는 것 못지않게 다가올 결전에 대비해 에너지를 최적화시키는 것도 중요하다는 생각으로 섬을 둘러보기 시작한다.

눈물을 멈추지 못하는 집사, 연기가 피어오르는 건물 잔해, 임종의 장소로 향하는 볼프강을 보는 순간 생경한 감정이 밀려온다. 눈이 화끈거린다.

괜한 의미 부여하지 마. 어차피 고양이는 울지 못하는 동물이야.

눈시울이 뜨거워진다.

안 돼, 지금은 울 때가 아니야. 울어선 안 돼. 나 스스로를 희생자라고 느끼면 안 돼.

이건 〈고양이다운〉 행동이 아니야. 우린 포식자들이

야. 공포를 일으키는 주체지, 공포에 사로잡히는 대상이
아니라고.

한쪽 눈가에 물기가 맺힌다.

이런, 몸이 나를 배신하고 있어.

이런 나를 한심하게 여기고 싶진 않다. 금세 반대쪽 눈
에도 물기가 어린다. 눈물은 나약함의 징표라며 거부했
던 내가 지금은 몸의 반응을 지켜보고만 있다. 편안해
진다.

웃음을 경험할 때도 그랬듯 이번에도 긴장이 풀리고
무방비 상태가 된다.

내가 인간처럼 울고 있어. 어쩔 수 없어.

눈물이 뺨에 흘러내리는 걸 느끼며 나는 마음을 단단
히 다질 방법을 찾는다.

나는 나 스스로를 위안하기 위해 어느 때보다 큰 소리
로 갸르릉거리기 시작한다.

54
갸르릉테라피

〈갸르릉테라피〉라는 단어는 2002년 툴루즈 출신의 수의사 장이브 고셰가 처음 사용했다.

그는 고양이의 갸르릉 소리에서 나오는 20~50헤르츠 저주파 파동에 진정 효과가 있으며, 골절과 근육 파열 치료에도 도움이 된다는 것을 알게 됐다. 또 갸르릉 소리가 상처를 아물게 하는데도 탁월한 효과가 있다는 것을 발견했다.

그는 고양이의 갸르릉 소리가 수면의 질을 높이고 기분을 좋게 해주는 신경 전달 물질인 세로토닌의 분비를 유도한다고 주장한다.

또 고양이의 갸르릉 소리는 피로감을 줄여 주는데, 특히 장시간의 비행기 탑승 후 느끼는 피로감에서 빨리 회복하게 도와준다고 한다.

고양이는 (우리의 땀 등을 통해 분비되는 후각 물질인) 페로몬을 통해 우리의 건강 상태를 확인할 수 있다. 갸르릉 소리는 우리 몸의 부정적인 에너지를 흡수함으로써 심신의 안정에 도움을 준다. 갸르릉 소리는 (〈파치니 소체〉라는 신경 말단부 수용체에 작용해) 뇌의 엔도르핀 생성을 유도하고, 특히 우리 몸에서 자연적으로 만들어지는 진통제인 코르티졸 생성에 관여하고, 세포 조직을 재생시키는 줄기 세포의 생성을 촉진한다는 것이 그의 주장이다.

오늘날 여러 운동 요법에서 건염과 척추 통증, 골절 치료를 위해 갸르릉테라피를 적극 활용하고 있다. 요양원들 또한 갸르릉테라피를 환자 치료에 도입하고 있다. 장이브 고셰에 따르면 고양이의 이 특별한 파동은 치매 초기 단계인 노인들이 생각을 정리하고 집중력을 키울 수 있게 도와준다고 한다.

『상대적이고 절대적인 지식의 백과사전』 제12권

55

미로

피타고라스는 분명히 내가 우는 걸 봤을 거야.

다른 고양이들은 어떤지 모르지만 나는 감정에 대해 이중적 견해를 가지고 있다. 도움도 되지만 방해도 된다고.

나는 스스로를 무엇보다 행동주의자로 규정한다. 일단 행동부터 하자는 게 내 철학이다.

행동은 정신에 여유를 주지만 성찰은 악순환을 불러와 끝내는 죄책감을 유발하고 만다는 것이 내 생각이다.

어쨌든 내 개인적 견해니까 모두가 동의할 필요는 없다.

나는 흐르는 눈물을 혀로 핥아 닦고 나서 몸을 퍼들거린다. 어서 안젤로와 다른 생존자들을 찾아 나서자고 동행들을 재촉한다.

나, 피타고라스, 나탈리, 로망, 샹폴리옹 이렇게 우리 다섯 일행은 지하로 이동하기 위해 지하철역 계단을 내려간다. 쥐들의 야간 기습 공격 후 설치했던 철제 방화문이 디지털 잠금장치가 달린 채로 우리를 막아선다.

우리는 비밀번호를 눌러 문을 열고 들어가 암흑 같은 터널로 내려선다. 나탈리와 로망이 스마트폰을 꺼내 앞을 비춘다. 나는 고양이와 인간의 냄새를 쫓아 조심조심 발걸음을 옮긴다.

제법 강한 냄새가 아직 공기 중에 남아 있다.

파라다이스의 마지막 생존자들이 남긴 냄새야.

주변의 움직임을 포착하기 위해 내 수염이 팽팽히 옆으로 퍼진다.

터널 속을 나아갈수록 다른 냄새들이 섞이기 시작한다.

쥐들도 여기 있었다는 뜻이야.

혹시 아직도 이 근방에 있는 건 아닐까.

아니면 도망자들을 추격하면서 지나갔나?

우리 일행은 오로지 냄새를 좌표 삼아 칠흑 같은 터널 속을 걸어간다. 또다시 불길한 예감이 나를 사로잡는다.

쥐들이 언제 어디서 튀어나올지 몰라. 좁은 통로에서 공격당하면 도망칠 방법이 없을 텐데, 어쩌지.

쥐 냄새가 갈수록 진해져 발걸음이 무겁지만 겁쟁이로 보이기는 싫다.

별안간 터널 끝에서 쉭쉭 소리가 들려온다. 나는 뚝 멈춰 선다.

쥐들인가?

소리가 다시 들린다. 결전을 각오하는 순간 휘파람 같던 소리가 푸드덕거리는 날갯짓으로 바뀌더니 새까만 형체들이 몰려온다.

박쥐 떼가 머리 위를 스치듯이 날아 지나간다.

우리 일행은 안도의 한숨을 내쉬면서 지하 터널을 따라 계속 앞으로 나아간다. 격자형 덮개 사이로 하수구 냄새가 내려와 동족들의 냄새를 뒤쫓는 추적 작업에 혼선을 불러일으킨다. 옆에서 나란히 걷고 있는 샴고양이에게 내가 말한다.

「내 옆에 딱 붙어 있어.」

겁 많은 피타고라스지만 갑자기 쥐들이 공격해 오면 방패 역할은 할 수 있을 테니까. 쥐들이 그에게 달려드는 동안 나는 도망치면 되겠지.

「이제야 내 생각을 해주는 거야?」

그가 묻지만 나는 못 들은 척 앞만 보고 걸음을 재촉한다.

또다시 들려오는 이상한 소리에 가슴이 조마조마해진다. 나탈리가 머리 위쪽에서 통로를 하나 찾아내 여는 순간 바퀴벌레들이 우박처럼 쏟아져 내린다. 인간들이 괴성을 지르며 뛰기 시작하고 우리도 몸을 마구 털면서 따라 뛴다.

바퀴벌레도 컴컴한 지하도 질색이야. 긴장의 연속은 더 질색이야.

드디어 우리는 출구를 찾아 밖으로 나온다. 나와 피타고라스는 몸을 흔들어 털에 붙어 있는 벌레들을 떼어낸다.

지금부터는 침착함을 되찾고 강해져야 해. 나는 아무것도 두렵지 않아. 난 여왕이야. 새로운 문명의 도래를 준비하는 고양이 폐하야.

「우린 방금 센강 지류를 건너왔어. 여긴 샤틀레 역이야. 여기서도 흔적이 느껴지니, 바스테트?」 나탈리가 묻는다.

나는 지하철역 출구를 가리키며 소리친다.

「저쪽이야!」

우리는 마침내 광명의 세계와 마주한다. 원래 어둠을 싫어하는 데다 터널 안에서는 높이 날 수 없어서 답답했던 샹폴리옹이 제일 먼저 쌩 날아올라 밖으로 나간다.

나는 냄새의 흔적을 놓치지 않으려고 천천히 걸음을 뗀다. 피타고라스는 조금 뒤처져 따라온다.

「우리가 있는 곳은 리볼리 거리야.」집사가 눈을 찡그리며 말한다.

대로를 따라 무너진 건물들의 잔해가 보인다. 불에 탄 차들이 도로 한가운데에 뒤엉켜 있고, 간혹 그 안에서 인간 해골이 보인다.

우리는 냄새의 흔적을 쫓아 리볼리 거리를 올라간다. 얼마 후 베르사유 궁전과 비슷한 분위기의 거대한 건물이 눈앞에 나타난다.

근처에서 유독 고양이 냄새가 강하게 풍긴다. 에스메랄다와 안젤로의 냄새가 함께 나, 분명해. 그들이 여길 지나간 거야. 그런데 왜 쥐 냄새는 전혀 맡아지지 않는 걸까. 내가 뒤따라오는 피타고라스를 돌아보며 묻는다.

「왜 쥐들이 보이지 않지?」

비슷한 생각을 하고 있었는지 샴고양이가 제법 확신에 찬 목소리로 대답한다.

「쥐 군단이 북쪽 정벌에 나선 것 같아. 급수탑 고양이들과 시테섬에 이어 다음 목표물은 혹시 몽마르트르인가……. 어쨌든 천하무적의 대군이 강한 결집력을 유지한 채 이동을 계속하고 있는 것만은 분명해.」

계속 냄새를 쫓아가던 우리 앞에 투명 유리로 만든 피라미드가 나타난다. 그 건축물을 마주하는 순간 이유를 알 수 없는 친근함과 편안함이 느껴진다. 피라미드 뒤로 웅장한 건물들이 우뚝우뚝 솟아 있다.

「엘리제궁과 베르사유궁처럼 여기도 한때 인간 우두머리들이 살았던 곳이야. 루브르라는 이름으로 불리는데, 지금은 박물관으로 쓰이고 있어. 아주 큰 박물관이지.」 나탈리가 상기된 얼굴로 피라미드를 바라보면서 말한다.

「박물관?」

「일종의 예술의 신전이야.」

흠, 모든 게 예술과 유머와 사랑이라는 세 개의 수수께끼로 귀결되는군. 내가 이 세 개의 수수께끼를 풀어 진화를 이루게 하는 것이 나를 위한 우주의 은밀한 계획임이 틀림없어.

우리는 투명 피라미드 안으로 걸어 들어간다. 계단을 내려가자 바닥에 대리석이 깔린 넓은 방에 인간 시체들이 나뒹굴고 있다. 시신들이 풍기는 악취 속에 고양이 냄새가 섞여 있다.

그들이 분명히 여길 지나갔어.

나는 간절한 목소리로 아들의 이름을 불러 본다.

「안젤로!」

피타고라스도 가세해 고양이들을 찾는다.

「에스메랄다! 우리가 왔어! 다들 어디 있는 거야?」

난장판이 된 화장실에서 갑자기 냄새가 뚝 끊긴다. 생존자들이 비누로 몸을 씻어 냄새를 감추려 시도한 모양이다. 그런 제안을 한 걸 보면 누군지 몰라도 꽤 신중한 인간임이 틀림없어.

「그들을 영영 잃어버린 것 같아.」 피타고라스가 낙담한 얼굴로 말한다.

「루브르는 굉장히 넓은 곳이야. 반드시 찾을 수 있을 테니 걱정하지 마.」 나탈리가 샴고양이를 위로하며 쓰다듬어 준다.

예술의 신전은 천장이 높고 빛이 들어올 뿐 지하철 터널과 크게 다르지 않다. 끝없이 이어지는 복도들을 따라 거대한 방들이 늘어서 있는 미로.

우리는 커다란 그림 앞에서 일제히 걸음을 멈춘다. 나는 자석에 끌리듯 그림 앞으로 다가가며 나탈리에게 묻는다.

「이건 뭐예요?」

옆에 서 있던 로망이 대신 대답해 준다.

「제리코라는 화가가 그린 〈메두사호의 뗏목〉이야.」

로망도 나처럼 이 그림에 끌리는지 앞으로 다가갔다 뒤로 물러났다를 반복하면서 그림을 쳐다보고 있다.

「먼바다에서 배가 난파한 뒤 뗏목을 타고 바다를 표류하던 사람들 이야기를 그린 거야. 뗏목에 탔던 사람들 대부분이 죽고 급기야는 서로 잡아먹었다고 해. 당대에 큰 충격을 일으켰던 실제 사건이 이 그림의 모티브가 됐어. 그런데 이 작품은 실화를 화폭에 담은 것 이상의 의미를 보여 주고 있어. 알레고리로 읽히거든. 멸망 위기에 처한 인류가 살아남기 위해 서로를 죽이고 죽게 될 것이라는 예언이 담겨 있어.」

나는 지구를 찍은 사진을 보면서 느꼈던 감정과는 사뭇 다른 감정에 휩싸인다. 예술의 존재 이유가 감동만은 아닌 모양이야. 우리를 각성시키는 것 또한 예술의 역할인가 보다.

나는 망망대해에 떠서 굶주린 채 나무판자 하나에 몸을 의지하고 있는 내 모습을 상상하며 몸을 소스라뜨린다. 나는 붙박인 듯 서서 그림에서 시선을 떼지 못한다.

칼라스와 비발디, 바흐에 이어 이번에는 제리코라는 인간 예술가가 내 마음에 발자국을 남기고 있다.

나는 가슴이 벅차올라 피타고라스에게 묻는다.

「인간의 예술처럼 우리도 고양이 예술을 만들 수 있

을까?」

「지금이 그런 고민을 할 때라고 생각해?」

「두려움이나 다스리려고 애쓰는 평범한 고양이가 아니라 미안해. 나는 미래를 가슴에 품지 않곤 살 수 없어.」

나는 비장한 얼굴로 숨을 크게 들이쉬고 나서 덧붙인다.

「고양이 문화의 개념을 세우지 못하면 우린 고양이라는 종에 걸맞은 문명을 세울 수 없어. 고양이 예술이야말로 인간 문명의 후계자로서 가진 우리의 가능성을 보여주는 거야. 우리 고양이들이 단순히 생존과 영토 정복을 목표로 삼는 동물이 아니라 인간 문명의 정수를 취해 새롭게 발전시킬 수 있는 역량을 가졌다는 걸 보여 줘야 하지 않을까? 쓸모없어 보여도 인간이 이룩한 최고의 성취 중 하나가 바로 예술이야. 난 그렇게 믿어.」

피타고라스가 고개를 갸웃갸웃하는 품새가 내 말에 흥미를 느끼기 시작하는 것 같다. 나는 금방 말끝을 단다.

「언젠가 우리도 그림을 그리고 조각을 만들고 음악을 작곡할 수 있어야 인간 못지않은 문명의 패권을 쥘 수 있지 않을까.」

여전히 묵묵부답인 피타고라스 앞에서 내가 핏대를 세운다.

「쥐들이 먼저 이 위업에 뛰어들지 않길 바라. 위협적인 경쟁자가 될 게 분명하니까.」

지금 같은 급박한 상황에서 한가하게 웬 예술 타령이냐고 해도 솔직히 할 말은 없다. 안젤로한테 무슨 일이 생겼을지 모른다는 불안감을 희석하기 위해 이런 생뚱맞은 소리를 한다는 걸 나도 인정한다. 나는 다시 목청을 높인다.

「과학도 마찬가지야. 당연히 고양이 과학을 만들어야지.」

샴고양이가 그제야 고개를 끄덕인다. 그러면 그렇지, 이 대목에선 넘어올 줄 알았어.

「인간의 기술을 베끼기만 할 순 없잖아. 인간들이 멈춘 자리에서 다시 시작해 우리가 계승 발전시켜야지. 지식의 진화를 이루어 내야지. 그러려면, 무에서 유를 창조하지 않으려면 인간들이 지금까지 축적한 지식을 발판으로 삼아야 해. 결국 이야기는 고양이 백과사전으로 귀결되는 셈이야.」

피타고라스와 나는 수염을 팽팽히 뻗은 채 박물관 복도를 누빈다. 드디어 독백이 끝나고 대화가 시작될 모양인지 피타고라스가 슬쩍 말을 걸어온다.

「고양이 예술, 그래 좋아. 그런데 어디서부터 어떻게

시작할 거야?」

「예술의 첫 단계는 무조건 이야기야. 인간들이 그걸 어떤 이름으로 부른다고 했지?」

「문학.」

「그래, 바로 그거야. 우린 앞으로 고양이 문학을 만들어야 해. 한편으로는 백과사전이라는 이름하에 유용한 정보들을 모으면서 다른 한편으로는 등장인물과 서사가 있는 이야기를 만드는 거야. 그동안 우리한테 일어났던 일을 들려주는 게 그 이야기의 시작이야. 그것을 통해 만들어 가는 거지, 우리만의…….」

「……신화?」 피타고라스가 마치 가려운 곳을 긁어 주듯 단어를 알려 준다.

「그래, 〈묘류의 신화〉.」

「그런데 넌 소설가 체질이야, 시인 체질이야?」

피타고라스의 빈정대는 기질이 또 발동하는구나. 암컷들을 무시하는 수컷 일반에 대한 분노가 치밀어 한 대 쥐어박고 싶은 걸 가까스로 참는다.

「난 진지해. 내 이야기를 언젠가 꼭 책으로 쓰고 말 거야.」

「어떻게 할 건데? 고양이 알파벳이 없는 상태에서 책을 쓴다는 건 불가능한 일이지.」

「일단 내 이야기를 말로 들려줄 거야. 나중에는 내가 글 쓰는 법을 배워서 인간들의 글자로 직접 쓰거나, 아니면 누군가를 시켜 내 이야기를 받아 적게 할 생각이야.」

「꿈꾸는 건 자유지만 현실은 똑바로 직시해야지. 우리는 인간이 아니라 고양이야. 우리에겐 손이 없어. 인간 문명이 아무리 쇠락했어도 예술에 있어선 인간과 경쟁하는 게 아직 불가능해.」

나는 그의 말을 되받아치는 대신 생각에 잠긴다. 이 지구를 지배하는 종이라면 힘과 지능을 과시하는 데 그쳐선 안 돼. 예술을 통해 그 힘과 지능에 아름다움을 불어넣을 줄 알아야 해. 그러려면 당장 나부터 미의 개념을 폭넓게 이해해야 해. 단순히 고양이의 기준이 아닌 보편적인 미의식을 갖추어야 한다는 뜻이야.

우리는 미술 작품들이 벽에 빼곡하게 걸려 있는 미로를 따라 이동을 계속한다.

별안간 울음 섞인 비명이 들린다.

소리가 나는 곳으로 달려가 보니 집사가 한 그림 앞에 서서 울먹이며 몸을 떨고 있다. 그림 속 여인의 눈에 커다란 구멍이 두 개 뚫린 게 보인다. 내가 영문을 몰라 피타고라스에게 묻는다.

「어떻게 된 거야?」

「놈들이 인간 예술품 중 가장 유명한 작품을 손상시켜 버렸어. 지금 눈이 뚫린 이 그림은 레오나르도 다빈치가 그린 〈모나리자〉야. 누군가 눈을 파 가서 구멍만 두 개 남은 거야.」

「누가 이런 못된 짓을 했을까?」

「전쟁 중에 벌어진 일일 거야. 아름다운 걸 파괴하면서 쾌락을 느끼는 인간들이 적지 않으니까.」

나는 여전히 피타고라스의 말뜻을 다 이해하지 못한다.

「그래, 누가 일부러 그림을 손상했다는 건 알겠어. 그런데, 다른 그림들도 많은데 왜 하필 이 그림이었을까. 내 눈엔 대단해 보이지도 않는 물건인데 말이야.」

「아니, 이건 특별한 물건이었어. 세상에서 가장 아름다운 작품이라고 알려져 있었지.」 피타고라스가 안타까움을 드러낸다.

「어떤 그림이었길래?」

「보는 사람을 응시하는 한 여인의 모습이 담겨 있었어. 그녀의 미소는 지극한 평온함에 도달한 미소였어.」

아무리 봐도 내 눈에는 「메두사호의 뗏목」만 못한 것 같은데, 피타고라스가 대단한 그림이라니 그런가 보다.

「어서 안젤로와 생존자들을 찾아보자.」

예술 작품이 아무리 감동을 주고 의식을 고양시켜도 생명을 지켜 주지는 못하나 보다 생각하며 나는 발걸음을 옮긴다.

우리는 아직 목에 카메라가 걸려 있는 관광객의 시신들과 착용한 제복과 모자로 짐작하건대 경비원이 분명한 시신들 옆을 지나간다. 나는 바닥으로 향하는 시선을 거두어 벽에 걸린 그림으로 향하게 하려고 안간힘을 쓴다.

우리가 프랑스 전시실과 이탈리아 전시실을 지나 이집트 전시실에 들어와 있다고 로망이 친절하게 설명해 준다.

이 방 역시 유리가 산산조각으로 깨져 있고 조각상들이 바닥에 넘어져 있다. 갑자기 로망이 나를 향해 큰 소리로 말한다.

「여기 봐, 너랑 이름이 같아.」

그가 검은 석상을 가리킨다.

「이 조각상은 바스테트 여신이야. 5천 살을 먹은 작품이지.」

나는 인간의 몸이 달린 우아한 암고양이 앞으로 다가간다. 그녀의 머리에서 내 이마에 뚫린 구멍과 비슷한 구멍을 발견하는 순간 온몸에 소름이 돋는다.

5천 년 전에 어떻게 나를 이런 모습으로 표현했을까.

이게 가능한 일인가?

돌연 내 몸이 알 수 없는 반응을 일으킨다. 낯설지만 강렬한 감정이 나를 휘감는다. 연민도 아니고 웃음도 슬픔도 아닌 이 감정은 대체 뭘까.

다리에 맥이 풀리고 눈앞이 핑 돈다. 나는 의식을 잃고 바닥에 쓰러진다.

눈꺼풀이 감기는 순간 내 의식은 루브르 박물관을 빠져나간다.

나는 새로운 풍경 속으로 던져진다.

그 속에서 나는 팔이 달렸다. 팔 끝에 손가락이 붙어 있다. 화려한 팔찌를 주렁주렁 차고 있고 손가락마다 반지를 끼고 있다.

이런 꿈을 처음 꾸는 게 아닌데 이상하게도 이번만큼은 꿈처럼 느껴지지 않고 현실감이 강하다.

내 상반신을 덮은 하늘하늘한 천 밑에 가슴 두 개가 봉긋이 솟아 있다. 발을 내려다보니 샌들을 신고 있다. 정면에 흰 기둥 하나, 검은 기둥 하나, 이렇게 거대한 돌기둥 두 개가 보이고, 그 뒤로 끝이 보이지 않는 인파가 나를 향해 엎드려 있다.

나는 확인할 마음으로 얼굴에 손을 갖다 댄다. 손끝에 부드러운 털과 수염이 만져진다. 머리는 고양이 그대로 인데 하반신은…… 인간이 됐어! 내 유연한 척추가 뻣뻣한 등으로 바뀌어 있다. 이마에 있는 제3의 눈 자리에는 보석이 끼워져 있다.

여기가 어딘지 이제 알겠어. 나는 5천 년 전, 부바스티스 신전에 와 있다.

「바스테트! 바스테트!」

나를 숭배하는 인간 군중이 머리를 조아린 채 내 이름을 연호하고 있다.

내가 팔을 들어 올리자 비로소 함성이 잦아든다. 내가 그들을 내려다보며 말한다.

「그대들…… 방금 나한테 믿을 수 없는 일이 벌어졌소. 트랜스 상태에서 나는 미래를 보았소. 저 바다 건너, 북쪽 땅에 있는 나라에서 인간 친구들과 박물관이라는 곳에 있는 내 모습을 만났소. 내 온몸이 고양이의 모습을 하고 있었지만 이름만은 그대로 바스테트였지.」

숭배자들이 웅성거리기 시작한다.

「지금은 존재하지 않지만 미래에 생겨날 도시를 보았소. 파리라는 이름의 그 도시에서 나는 환생하게 될 것이야. 인간 세상은 무너지고, 세상의 패권을 차지하기 위해 쥐들이 횡행하고 있는 그 세상을 구하러 내가 세력을 규합하고 있었소.」

나의 예지력에 감탄한 이집트 백성들이 경배의 마음으로 일제히 다시 머리를 조아린다.

「내 장담하지. 언젠가 우리 고양이들이 인간 대신 세상을 지배할 날이 올 것이오. 그때 나는, 희고 검은 털이 섞인 암고양이로 태어나 인간과 고양이 간의 권력 이양을 통솔하게 될 것이야.」

내 이름을 연호하는 소리가 또다시 부바스티스 신전에 울려 퍼진다.

「바스테트! 바스테트!」

번뜩 깨달았다. 세상을 구할 임무는 다른 누구도 아니라, 바로 여신의 현현인 내 것이라는 사실을.

56
스탕달 증후군

스탕달 증후군은 프랑스 작가 스탕달이 이탈리아 여행 중 실제로 겪은 일에서 유래했다.

스탕달은 1817년 르네상스 예술의 요람이었던 이탈리아 피렌체를 여행했다. 그는 산타크로체 성당에서 브론치노의 작품 「그리스도께서 고성소로 내려가심」을 보게 된다.

그림을 마주하는 순간 그는 갑자기 눈에 눈물이 차오르고 심장 박동이 빨라짐을 느꼈다. 눈앞이 아찔해지고 다리에 맥이 풀렸다.

스탕달은 넘어질 듯 비틀비틀 가까운 벤치를 찾아 앉았다. 그는 마음을 다스리기 위해 시를 한 편 읽었다. 하지만 이 시는 몸의 반응을 가중시켰다. 미술의 아름다움에 문학의 아름다움이 더해지자 예술적 감동은 더욱 급

상승했다고 스탕달은 그때의 경험을 회고했다.

그는 결국 병이 나 침대 신세를 져야만 했다. 훗날 스탕달은 〈일종의 엑스터시를 느꼈었다〉고 고백한다.

이로부터 40년이 지난 뒤 영국의 작가 버넌 리도 보티첼리의 그림 「봄」을 감상하면서 유사한 경험을 했다고 밝힌다. 〈예술 작품이 내 존재를 취했고 나는 희열을 느꼈다〉고 그녀는 말한다.

1979년, 이탈리아 정신과 의사인 그라치엘라 마게리니는 피렌체를 방문한 관광객들 중에서 스탕달 증후군을 경험한 사례를 2백 건가량 발견했다고 발표했다.

그녀에 따르면 관광객들은 감상 중인 예술 작품의 심오한 의미와 창작자의 천재성에 감동해 일종의 급성 트랜스 상태에 빠졌고, 현기증에서부터 히스테리 발작에 이르기까지 다양한 증상을 보였다고 한다.

스탕달 증후군의 가장 가볍고 흔한 증상은 손에 땀이 나고 호흡이 가빠지면서 눈앞이 흐려지고 속이 울렁거리는 것이다. 심할 경우에는 온몸에 경련이 일어나고 착란 증세를 보이기도 하며, 한동안 불면증에 시달리기도 한다.

『상대적이고 절대적인 지식의 백과사전』 제12권

57
흐르는 강물처럼

태어나는 순간 미래는 이미 우리에게 각인되어 있다고 나는 믿는다. 삶의 우여곡절은 첫 숨을 토해 내기 전부터 그렇게 정해져 있는 길을 우리에게 가리키는 표지판일 뿐이라고.

이 명백한 삶의 여정을 망각할 때 우리에게는 불현듯 어떤 순간이 찾아온다. 때때로 그것은 꿈으로, 어떤 징표로, 혹은 직관으로 나타나 우리의 길을 일러 준다.

방금 나는 주삿바늘이 따끔하듯 그런 순간을 경험했다.

이토록 구체적이고 생생할 수가!

내가 천천히 눈꺼풀을 들어 올리자 부바스티스 신전은 온데간데없이 사라졌다. 피타고라스가 아들 안젤로와 함께 나를 내려다보고 있다.

팔이 있던 자리에는 다시 다리가 달려 있고, 발에는 넣었다 뺐다 할 수 있는 발톱이 달려 있다. 등은 예전의 유연함을 되찾았고 가슴이 솟았던 자리는 다시 평평해졌다. 몸에 둘렀던 옷과 화려한 장신구들, 샌들은 보이지 않는다.

나한테 무슨 일이 일어났던 걸까?

예술의 위력이 이 정도일 줄이야.

검은 석상이 5천 년 전의 나와 접속하게 해줬다. 얼마 동안 정신을 잃고 쓰러져 있었던 걸까. 모르겠다. 꽤 긴 시간이라고 짐작만 할 뿐.

엄마가 살아 있는 것에 안도한 아들이 자꾸 얼굴을 핥아 준다. 나 역시 살아 있는 안젤로를 보니 더없이 기쁘지만 얼굴이 침 범벅이 될까 봐 발로 슬쩍 밀어낸다. 익숙한 얼굴들이 하나씩 눈에 들어온다. 주변 풍경도 낯설게 변해 있다.

나란히 줄을 맞춰 놓여 있는 의자들이 보이고, 그 뒤에 있는 두꺼운 유리창 밖에서 풍경이 움직이고 있다. 루브르 박물관이 아닌 것만은 분명하다.

「괜찮아?」 피타고라스가 걱정스러운 얼굴로 묻는다.

「여긴 어디야?」

「유람선이야. 네가 쓰러져서 처음엔 당황했는데, 심장

이 뛰는 걸 확인하고는 잠시 기절했다고 판단해 여기로 옮겼어. 샹폴리옹이 루브르의 로마 시대 전시실에서 생존자들을 발견해 우리한테 알려 줬고.」

「말은 바로 해야죠. 내가 새를 보고 우리를 찾으러 왔구나 하고 알아차렸다니까요!」

어떤 상황에서도 자기가 주인공이 되어야 직성이 풀리는 안젤로가 어김없이 나선다.

「그렇게 만나서 같이 루브르를 빠져나와 강변으로 왔어. 다행히 연료통이 가득 채워져 있는 유람선이 한 척 있어 그걸 타고 이렇게 가고 있는 거야.」

어, 에스메랄다도 있구나.

「유람선이라고 했어? 그게 뭔데?」

「투명한 지붕이 덮여 있는 배의 일종이야. 관광객들을 태우고 강을 오가지. 우리가 다 탈 수 있을 만큼 아주 큰 배야.」

집사가 보이지 않아 고개를 쭉 빼서 주변을 둘러보니 선수 쪽에 로망과 함께 있다. 키를 잡은 로망의 곁에 딱 붙어 서서 내게는 눈길조차 주지 않는 것 같다. 평소라면 당연히 잘못을 따져야 할 일이지만 지금은 봐주지. 그래, 좋아하는 인간 수컷과 잘되어 가는 모양이니 한 번은 내가 눈 딱 감고 넘어가 주자.

피타고라스가 다정하게 코를 비비고 나서 상황을 상세히 설명해 준다.

「이 배에 있는 식당에서 통조림을 찾아서 아사 직전의 생존자들을 먹이는 중이야.」

얼굴이 낯익은 고양이들과 인간들이 접시에 담긴 갈색 음식을 게걸스럽게 먹는 모습이 눈에 들어온다.

「생존자가 총 몇이야?」

「고양이 193마리, 인간 16명이야.」

이제는 파라다이스라는 이름이 무색한, 요새 역할도 못 하는 시테섬을 빠져나와 우리 공동체 식구들이 이렇게 살아서 함께 배에 타고 있다는 사실이 안도감을 준다.

초췌한 몰골의 인간들이 접시에 얼굴을 박고 있다. 핏기 하나 없는 얼굴에 피골이 상접한 몸은 상처투성이다. 고양이들도 갈비뼈가 앙상히 드러나 보인다. 털은 푸석푸석하고 코는 말라 있고 꼬리는 힘없이 축 처져 있다. 눈은 공포로 가득하다. 쥐들과 육탄전을 벌였는지 몸이 성한 데가 없다.

〈시테섬 공동체의 마지막 생존자들〉이다.

안젤로는 촐싹대며 돌아다니고 있다. 녀석을 보면 어린 고양이가 폭력에 노출되는 건 해로운 일임이 분명하다. 어쩌면 평생 지워지지 않는 트라우마로 남을 수도 있다. 하지만 안젤로의 눈빛만은 예전의 오만함을 그대로 간직하고 있다. 저 녀석은 가끔 자기가······ 나라고 착각을 하는 것 같아. 하긴, 스스로 영웅이 되어야 지금 같은 난세에서 살아남을 수 있지. 나는 미처 하지 못한 질문들을 계속한다.

「트럭에 실려 있던 장비들은?」

「로망이 남쪽 강변으로 가서 트럭을 몰고 왔어. 네가 기절한 사이에 우리가 고압 철조망과 비행선 제작에 필요한 재료와 각종 장비들을 다 배로 옮겨 실어 놓았어.」

피타고라스가 귀를 움직여 포장을 덮어 놓은 곳을 가리킨다.

「우리를 방어하고 도망치는 데 필요한 것들은 다 갖춰진 셈이야.」 에스메랄다가 거든다.

역시 로망, 늘 솔선수범하지. 나는 그제야 내 신상에 관해 궁금한 점을 물어본다.

「대체 나한테 무슨 일이 일어났던 거야? 왜 기절했던 거지?」

「스탕달 증후군 때문일 거야. 그건 그림이나 음악 등의 예술 작품을 접하는 순간 스스로 통제 불가능한 트랜스 상태에 빠져 의식을 잃게 되는 걸 말해. 백과사전에 나와 있는 항목을 예전에 읽은 적이 있어.」

박식함을 과시하기 좋아하는 피타고라스가 설명해
준다.

내 목에 걸린 ESRAE에 모든 것의 해답이 들어 있구
나. 피타고라스가 잘난 체하며 덧붙인다.

「네 경우 바스테트 석상이 일으킨 반응은 기시감과도
연관이 있을 거야. 기시감은 과거의 경험을 재현할 때 느
끼는 감정을 말하지.」

그래, 바로 그거였어, 예전에도 비슷한 느낌을 느꼈던
적이 있어. 다만 그때는 지금처럼 정신을 잃지 않았을 뿐
이야.

갑자기 샹폴리옹이 배를 덮은 유리창 지붕 밑으로 날
아 들어오며 소리친다.

「**쥐들이다!** 비상! 쥐들이 몰려온다!」

「어떤 쥐들 말이야?」

샴고양이가 눈을 동그랗게 뜬다.

「티무르의 쥐 군단이지 누구야! 놈들이 강 북쪽에서
움직이기 시작했어. 우리를 뒤쫓고 있다고.」

「어차피 우리가 탄 배가 놈들보다 더 빠를 텐데 뭐.」 내
가 침착한 어조로 대답한다.

「지금은 그렇지만 나중에 분명히 우리가 멈출 수밖에
없는 순간이 올 거야. 그때 놈들이 따라붙어 공격해 올

거야.」에스메랄다가 끼어든다.

꼭 이렇게 초를 친다니까.

내가 앞으로 펼쳐질 상황을 머릿속으로 그린 다음 단언하듯 말한다.

「멈추지 않으면 아무 문제 없어.」

「이론적으로는 그래.」피타고라스가 내 말을 받는다. 「그럴 경우 우리는 센강 하류에 도달하게 돼. 르아브르라는 센강 하구 도시에 말이야.」

「그럼 다 해결되는 거네.」내가 대답한다.

「아니, 꼭 그렇진 않아. 적들이 거기까지 우리를 뒤쫓아 올 테니까.」

「그러면 배를 타고 계속 항해하면 되지.」

「그게 말이야, 르아브르를 지나면 지금 같은 강물이 아니야, 거기부턴 바다로 나가게 돼 있어…….」

「우린 지금 물에 뜨는 배를 타고 있잖아. 이 배는 바다에서도 떠 있는 거 아니야?」

「이 배는 강을 오가는 배지 바다로 나갈 수 있는 배가 아니야. 이런 유람선으로 먼바다의 파도를 넘으며 항해하기는 불가능해. 용골이 있어야지.」

이건 또 무슨 소리람. 나는 새로운 어휘를 받아들일 정신이 없어 그를 멀뚱히 쳐다보기만 한다.

「용골은 일종의 평형추 같은 거야. 그게 있어야 파도를 만나도 배가 기울지 않고 똑바로 서 있을 수 있어.」피타고라스가 내 생각을 읽기라도 한 듯 궁금증을 풀어 준다.

우관을 한껏 펼친 샹폴리옹이 극도로 불안한 모습으로 유리 지붕 밑을 왔다 갔다 날아다닌다.

「적들이 수적으로만 우세한 줄 알았는데 인제 보니 지능도 갖춘 것 같아.」피타고라스가 걱정스러운 표정으로 샹폴리옹을 올려다보며 묻는다. 「눈으로 봤으니까 알겠지. 적들의 숫자가 얼마나 될 것 같아요?」

앵무새가 머리를 한 번 털고 나서 대답한다.

「족히 수만 마리는 돼 보여요. 덩치도 내가 알던 그 쥐들이 아니야. 훨씬 커요.」

피타고라스가 앵무새의 대답을 분석해 설명해 준다.

「놈들의 병력이 많아진 건 티무르가 여러 무리를 연합해서 대군을 꾸렸기 때문일 거야. 적병들의 덩치가 커진 건 정벌할 때마다 식량을 확보해 잘 먹어서 그런 거고.」

샴고양이가 숨을 깊이 들이마신다.

「스핑크스 말이 맞았어. 시간은 쥐들의 편이야. 인간은 짝짓기를 해봤자 아홉 달 만에 겨우 아이 하나를 낳고 고양이도 배 속에 두 달을 품고 있다 여섯 마리를 낳지. 그런데 쥐는 3주 만에 새끼를 일곱 마리나 세상에 내놓아. 이건 무슨 의미겠어. 저들의 수가 급속도로 늘어나는 걸 막을 방법이 없다는 거야.」

나는 절망하지 않으려고 안간힘을 쓴다. 「쥐는 상황에 따라 자기 조절을 하기도 해. 먹이가 부족하거나 포식자가 지나치게 많으면 스스로 개체 수 증가 속도를 줄이지. 아예 멈추기도 해.」

「지금은 놈들한테 극도로 유리한 상황이잖아. 먹을 건 넘쳐 나고 포식자는 존재하지 않으니 말이야. 그러니 놈들이 늘어나는 걸 막을 길이 없는 거네.」 에스메랄다가 또 아는 체를 하며 끼어든다.

「게다가 놈들은 인간의 기술까지 섭렵했어. 발가락 네 개가 붙은 조그만 발을 손처럼 움직여 도구를 사용하고 있다는 징후가 포착되고 있어. 결론적으로 우리가 나서지 않으면 놈들은 다른 동물종들을 차례로 제압하고 세상을 지배하게 될 거야.」

고양이들끼리 치열한 토론을 벌이는 사이 로망과 나탈리는 눈앞에 닥친 위험을 인식조차 못 한 듯 나란히 선수에 앉아 있다.

답답해, 왜 사랑을 나누지 않는 거야? 당신들의 짝짓기에 인간종의 생존이 달려 있다는 걸 정말 모르는 거야?

생각이 꼬리에 꼬리를 물고 이어진다.

인간들이 저렇게 아무 생각 없이 굴면 공룡처럼 지상에서 영원히 사라지는 게 당연한 일인지도 몰라. 반대로 약삭빠른 쥐들이 인간들을 대체하는 것은 순리인지도 몰라.

만약 미래가 쥐들의 것이라면? 쥐들은 오로지 위계질서에 따라 움직이는 냉혹한 세계를 구축할 거야. 약자를 제거하고 강자는 공포 정치를 펼치겠지.

그동안 내가 그려 온 이상적인 미래는 아니지만 쥐들의 지배는 이미 현실이 되어 가고 있는지도 모른다. 뛰어난 지략가의 지휘를 받으며 철저한 위계질서에 따라 일사불란하게 움직이는 대군을 어느 누가 막을 수 있단 말인가.

58

쥐들의 위계질서

로렌 대학교 낭시 캠퍼스에 있는 행동 생물학 연구소의 디디에 드소르 교수는 쥐의 수영 능력을 테스트하기 위해 쥐 여섯 마리를 케이지 하나에 가두었다. 케이지에는 문이 하나밖에 없었고 이 문을 열고 나가면 곧바로 수영장 물로 떨어지게 되어 있었다. 먹이가 담긴 통은 수영장 건너편에 놓여 있어, 쥐들이 먹이를 먹으려면 수영장을 헤엄쳐 건널 수밖에 없었다.

실험 시작 뒤 얼마 후 흥미로운 사실이 관찰되었다. 쥐들이 먹이를 찾아 한꺼번에 물로 뛰어들지 않고 자기들끼리 역할을 분배한 듯한 행동을 보인 것이다.

쥐들은 수영하는 쥐-피착취형 두 마리, 수영하지 않는 쥐-착취형 두 마리, 수영하는 쥐-단독행동형 한 마리, 수영하지 않는 쥐-잉여형 한 마리로 나뉘었다.

우선 피착취형 쥐 두 마리는 수영장을 헤엄쳐 건너가 먹이를 물고 돌아왔다. 이들이 케이지에 도착하면 착취형 쥐 두 마리가 달려들어 이들의 먹이를 빼앗아 먹었다. 착취형 쥐들은 배부를 때까지 실컷 먹고 남는 게 있으면 피착취형 쥐들이 먹게 해주었다. 착취형 쥐들은 절대 물에 뛰어들지 않고 오로지 수영하는 피착취형 쥐들을 겁박해 식량을 확보했다.

단독행동형 쥐는 헤엄을 잘 치고 맷집이 좋아서 물고 돌아온 먹이를 착취형 쥐들에게 뺏기지 않았다. 그는 자기 노동의 결과물을 온전히 혼자 누렸다.

마지막 잉여형 쥐는 헤엄을 치지도 못하고, 헤엄치는 피착취형 쥐들을 괴롭힐 재주도 없어 늘 사료 부스러기에 만족했다.

이후 케이지를 스무 개로 늘려 진행된 실험에서도 드소르 교수는 똑같은 결과를 얻었다. 그는 케이지 속 쥐들이 거의 똑같은 방식으로 역할을 분배한다는 것을 알게 됐다. 착취형 두 마리, 피착취형 두 마리, 단독행동형 한 마리, 잉여형 한 마리.

쥐들의 위계질서를 좀 더 자세히 살펴보기 위해 드소르 교수는 착취형 쥐 여섯 마리를 한 케이지에 넣어 관찰하기로 했다. 이 여섯 마리는 케이지 안에서 밤새 혈투를 벌였다. 다음 날 아침, 이들 사이에 다시 똑같은 방식으로 역할이 나뉜 것이 확인되었다.

드소르 교수는 피착취형 여섯 마리, 단독행동형 여섯 마리, 잉여형 여섯 마리를 각각 한 케이지 안에 넣고 진행한 실험에서도 같은 결과를 얻었다. 결국 구성원의 종류에 상관없이 쥐들 사이에서는 항상 같은 방식의 역할 분배가 이루어진다는 사실을 확인한 것이다. 드소르 교수는 똑같은 실험을 규모를 늘려 다시 해보기로 했다. 쥐 2백 마리를 한 케이지에 넣고 관찰했더니 역시나 밤새 싸움이 벌어졌다. 아침이 되자 쥐 세 마리가 죽은 채, 심지어 사체가 훼손된 채로 발견되었다. 개체 수가 늘어날수록 잉여형 구성원에 대한 다른 구성원들의 가혹 행위가 심해진다는 것을 보여 주는 실험이었다. 또 하나 발견된 흥미로운 사실은, 대형 케이지 속 착취형 쥐들이 우두머리를 따로 추대했다는 것이다. 이 우두머리 밑에는 그를 모시는 행동파 부하들이 있어, 그는 굳이 행동에 나설 필요가 없었다.

드소르 교수와 연구팀은 이 실험의 연장선에서 실험 대상 쥐들의 뇌를 분석해 보았다. 그 결과 뜻밖의 사실이 발견되었다. 스트레스를 가장 많이 받은 쥐는 놀랍게도 잉여형 쥐나 피착취형 쥐가 아니라 착취형 쥐들이었다.

이들은 현재 누리는 특권적 지위를 잃게 되는 순간에 대한 걱정 때문에 노심초사했던 게 분명하다.

『상대적이고 절대적인 지식의 백과사전』
확장판(ESRAE) 제1권

59

뜻밖의 장애물

이미 말했지만, 나는 사소한 결점이 꽤 있다. 하지만 남들한테 없는 큰 강점이 하나 있다. 자신을 객관적으로 바라보고 반성할 줄 아는 것, 이게 내 강점이다.

생각해 보니 집사한테 더 직설적으로 말하지 못한 게 잘못인 듯해서 지금이라도 바로잡기로 했다.

나는 유람선 선미에 집사 혼자 앉아 있는 걸 보고 기회다 싶어 다가간다.

「로망이랑 짝짓기를 하지 않고 미적거리는 이유가 대체 뭐예요?」

목에 뭐가 걸린 것처럼 그녀가 한참 캑캑거린다. 그녀가 헛기침을 하고 나서 내 머리를 쓰다듬어 준다.

「그게 너랑 무슨 상관이야?」

「이봐요, 집사, 그동안 같이 살면서 당신이 좋은 사람이라는 걸 알게 됐어요. 그래서 행복하길 바라요. 당신이 나한테 인간처럼 되고 싶으면 세 가지가 필요하다고 했 었잖아요. 예술, 유머, 사랑. 그런데 인간식의 사랑은 아 무리 봐도 쉬운 걸 일부러 어렵게 만드는 것 같아요. 당 신 둘을 보고 있으면 답답해 미치겠어요. 당사자인 당신 들한테도 시간 낭비지만, 지켜보는 우리도 짜증이 나 죽 겠어요.」

「시간을 충분히 가져야 서로에 대한 확실한 감정을 알 수 있어.」

「충분한 시간? 만난 지 벌써 며칠이나 됐잖아요. 게다 가 언제 죽을지도 모르고.」

「서로에게 맞는 짝이 아니면 어떡해?」

「그러니까 허송세월하지 말고 일단 행동하라고요. 그 래야 알죠. 무슨 충고를 어떻게 해줘야 할지 모르겠는데, 어쨌든 나라면 당장 행동에 나설 거예요. 인공적인 향수 로 몸 냄새를 감추지 않고 당장 내 냄새를 맡게 해줄 거 예요. 페로몬을 발산해 그의 코를 마비시켜 버릴 거예요. 어서 내 말대로 해요. 엉덩이를 보여 주라고요. 」

그녀가 자지러지게 웃어 댄다. 내가 정곡을 찌르니까 할 말이 없어서 이렇게 억지웃음을 꾸미는 거야.

나의 생득적 지혜를 인정하기 싫은 거야. 그래서 괜히

날 비웃는 거지.

「아니, 난 진지하다니까요. 알몸을 보여 주는 게 짝짓기의 첫 단계라고요. 옷에 가려 몸 냄새가 상대의 코에 닿지 못하니까 후각 소통이 안 되는 거예요.」

나탈리가 팔을 뻗어 나를 안으려고 한다. 이것 역시 소유욕의 표현이야. 나를 여전히 인형 취급하는 거지. 아니면 주인한테 쓰다듬어 달라고 구걸하는 개와 동급으로 보는 것이든지. 나는 팩 몸을 빼 달아난다.

「어디 가니? 돌아와, 바스테트!」

「나탈리, 당신 때문에 짜증 나! 얼마나 짜증 나는지 상상도 못 할 거야.」

그녀가 나를 쫓아오며 뒤통수에 대고 소리를 지른다.

「내가 어떻게 하면 좋겠니?」

나는 마지못해 몸을 돌려 그녀를 바라본다.

「인간들은 입술만 포개져도 흥분한다면서요. 그럼 그거부터 해봐요. 해보면 알겠지만 복잡할 거 하나 없어요.」

그녀가 함박웃음으로 대답을 대신한다.

아이, 짜증 나, 짜증 나, 짜증 나.

계속 답답하게 굴면 나탈리를 버리고 암컷이든 수컷이든 더 적극적이고 약삭빠른 집사를 새로 구하는 것도 고려해 봐야겠어. 어쩜 사람이 이렇게 맹탕일까…….

갑자기 유람선의 사이렌이 울리기 시작한다.

나는 황급히 선수를 향해 달려간다. 멈춰선 바지선 열 댓 척이 뒤엉켜 뱃길을 막고 있다.

「이번에는 정말 빠져나갈 방법이 없네.」 에스메랄다가 혼잣말하듯 중얼거린다.

무슨 일이 생길 때마다 패배주의적 관점으로 보는 이유가 뭘까. 시테섬이 공격당한 이후 객관적 판단력을 상실한 걸까.

내가 로망 옆으로 다가가며 묻는다.

「우리한테 남은 선택이 뭐가 있죠?」

「지금까지 온 길로 계속 가는 건 불가능해. 어쨌든 이건 확실해.」

인간 둘이 해결책을 찾느라 분주하다. 뇌가 돌아가는 소리가 들리는 듯하다.

뒤늦게 뛰어온 피타고라스가 바지선 장벽을 걱정스러운 눈으로 쳐다본다.

「쥐들이 우리를 다 죽일 거야. 시테섬에서 그랬던 것처럼.」 에스메랄다가 안절부절못한다.

일을 해결하는 데 아무 도움이 안 되는 이런 소리를 왜 자꾸 하는 걸까.

「우리 엄마가 최고니까 분명히 방법을 찾아낼 거예요!」

안젤로의 쓸데없는 소리도 짜증스럽기만 하다.

내 옆에는 어쩜 이렇게 도움이 안 되는 고양이들만 있을까.

나는 망원경을 꺼내 들고 선미에서 주변을 살피고 있는 나탈리 곁으로 걸어간다.

「아까 상류 쪽에서 큰 섬을 하나 지나왔는데, 거기로 다시 돌아가면 어떨까. 그 섬에 진지를 구축하고 방어벽을 세우는 것도 방법이 될 수 있을 것 같아.」 나탈리가 말한다. 「철조망과 비행선 제작에 필요한 장비도 다 있으니까 해볼 만한 것 같은데.」

「그건 라크루아섬이라고, 루앙시(市)에 속하는 가장 큰 섬이에요. 가본 적이 있어요.」 로망 웰즈가 다가오며 설명해 준다. 「거기 아이스 링크가 아주 유명해요. 우리한테 도움이 될 만한 다른 시설들도 꽤 있을 거예요. 아까 지나올 때 보니까 마침 섬으로 연결되는 다리들도 다 끊긴 것 같았어요.」

라크루아? 우리를 십자가형에 처하려는 놈들에게 쫓기는 마당에 이름이 너무 불길하게 느껴지네.[5] 하지만 배

5 라크루아Lacroix에는 십자가라는 뜻이 있다.

를 돌려 그 섬으로 가는 것 말고는 다른 선택의 여지가 없다.

가까이 다가와 보니 시테섬에 비하면 라크루아섬은 아주 작은 섬이다. 반면에 건물들은 훨씬 현대적이다. 로망의 말대로 섬과 강변을 이어 주는 다리 세 개가 다 무너져 있다. (아니면 전쟁 당시 누군가가 고의로 파괴했든가.)

섬은 육지로부터 완전히 고립돼 있다.

로망이 어린 인간들을 데리고 섬을 빙 둘러 울타리를 치기 시작한다. 한참 만에 전기 철조망 방벽이 완성되자 그가 변압기를 연결해 전기를 흘려보낸다. 다행히 루앙시의 전기 공급이 차단되지 않아 고압 철조망 작동에는 문제가 없다고 그가 알려 준다.

숨 돌릴 겨를도 없이 멀리서 먼지구름이 일어나는 게 보인다.

쥐들이 도착했다.

나는 적의 동태를 살피러 나탈리와 함께 한 빌딩 옥상으로 올라간다. 그녀가 먼저 적들의 움직임을 살펴보고 나서 내게 망원경을 건넨다. 예상대로 수만 마리가 진군해 오고 있다. 멀리서도 쥐 군단의 강한 체취를 맡은 내 콧구멍이 물 끓는 주전자 뚜껑처럼 발름댄다.

「솔직히 이렇게 많으리라고는 예상 못 했어.」 당황한 나탈리가 옥상을 서성인다.

베르사유 궁전에서 같이 봐놓고도 이런 소리를 하네. 참, 인간들은 가끔은 세상 물정 모르는 어린애 같다니까.

우리의 건너편 강둑에 도착한 쥐 군단이 정예병들을 파견한다. 쥐 수백 마리가 일제히 강물로 뛰어든다. 센강 지류를 헤엄쳐 섬에 당도한 정예병들은 전기 철조망에 닿는 족족 감전사한다. 하지만 적 지휘관들은 아랑곳하지 않고 계속해서 신규 병력을 투입한다.

「고압 철조망에 닿는 순간 타버리는 걸 보면서도 공격을 멈추지 않는 게 정말 신기하네.」

「저렇게 죽음조차 두려워하지 않는 적을 과연 우리가 상대해 이길 수 있을까.」 나탈리가 한숨을 내쉰다.

적들이 꼬리에 꼬리를 물고 강을 헤엄쳐 건너온다. 섬에 도착해서는 마치 시체로 산을 쌓아 장벽을 넘으려는 듯이 앞다투어 전기 철조망에 몸을 던지고 있다.

로망이 다가와 전황을 분석해 준다.

「여기까지 헤엄쳐 오느라 젖은 쥐들의 몸이 일종의 전도체가 됐어. 그런 몸으로는 당연히 전기 장벽을 넘을 수가 없지.」

적들이 결국 수백 마리의 희생자만 내고 병력을 철수

시킨다. 그들은 장기전에 돌입하기 위해 섬 맞은편 강둑에 진지를 세운다.

「이번에도 영락없이 포위됐어.」에스메랄다가 피타고라스, 안젤로와 함께 걸어오며 볼멘소리를 한다. 「저길봐. 놈들이 벌써 상류 쪽에 물막이를 설치하고 있어. 시테섬에서 통한 전략이 여기서도 통할 거라고 확신하는거야. 이제 어떡하지? 이번에도 굶으면서 저들이 공격해오기를 기다려야 하는 거야?」

인간들이 믿는 미신은 터무니없다고 생각했는데, 인간들 미신대로 검은 고양이는 불행을 가져오는 걸까? 그렇지 않고서야 어떻게 이렇게 에스메랄다가 있는 곳마다우연처럼 나쁜 일이 생기는 걸까. 나는 초록색 눈으로 그녀의 노란 눈을 노려보면서 선언 같은 한마디를 내뱉는다.

「나한테 방법이 있기는 해.」

모두의 시선이 일제히 내게로 쏠린다. 나는 스스로 소명이라 여기는 단어를 비장한 목소리로 내뱉는다.

「소통.」

에스메랄다가 호기심이 발동했는지 귀를 움찔거린다.

「누구랑?」

「티무르.」

「어떻게?」이번엔 나탈리가 묻는다.

「샹폴리옹을 통해서. 얼마든지 가능한 일이에요. 하지만 나는 지금 그보다 더 직접적인 방식을 염두에 두고 있어요. 저쪽도 나도 제3의 눈을 가졌다는 점을 활용할 생각이에요. 내가 그의 정신에 접속해서 직접 대화하는 방식을 써보려고요. 그렇게 해서 양측 모두 받아들일 수 있는 합의안을 만들어 보는 거죠.」

「우리를 절멸시키려는 자와 협상을 하겠다고?」에스메랄다가 펄쩍 뛴다.

「적과의 사이에서 만들어 내는 게 평화야.」나는 말이 통하지 않아 답답한 마음을 억지로 누른다.

「놈은 보통 쥐가 아니야. 파괴에 굶주린 놈이야. 너를 만나는 순간 죽이려 들 거고, 그다음 차례는 우리겠지.」검은 고양이가 야옹거리며 듣기 싫은 소리를 해댄다. 「네가 시테섬 학살 때 없어서 소통 가능성을 믿는 모양인데, 그놈은 절대 대화로 접근할 수 있는 놈이 아니야.」

피타고라스가 뒷다리로 목덜미를 긁으면서 내 제안의 장단점을 저울질하고 있다.

「불가능할 건 없지.」그가 한참 만에 입을 연다.

고개를 갸웃갸웃하는 걸 보니 인간 둘은 회의적인 눈치다. 샹폴리옹이 적극적으로 나선다.

「결정만 내리면 만남은 내가 성사시킬 수 있어요. 강둑으로 날아가 당신 제안을 적장에게 전할게요. 공중에 떠 있으면 쥐들의 앞니 공격에 당할 위험은 없으니 걱정하지 말아요.」

「쥐들의 말을 할 줄 알아요?」

「생쥐 언어만 조금 해요. 어차피 같은 설치류니까 크게 다르진 않을 테고, 상황에 따라 요령껏 하면 돼요.」

이 앵무새는 갈수록 우리 공동체에 필요한 존재로 느껴진다. 소통 매개자로서의 능력과 지상의 적들로부터 자유로울 수 있는 비행 실력을 갖춘 이 새를 내 부하로 삼아야겠어.

나는 좌중의 동의를 기다리지 않고 결정을 내린다.

「지체하지 말고 어서 날아가, 샹폴리옹!」

앵무새가 즉시 날아올라 적진으로 향한다.

「이제 우리 의견 따윈 중요하지도 않다는 거야?」에스메랄다가 노란 눈을 부릅뜨며 화를 낸다.

「결정은 내가 해. 좋든 나쁘든 결과도 내가 책임질 거고. 그래야 일의 진척이 빨라져.」

안젤로가 어미를 지지한다는 뜻으로 연신 고개를 끄덕인다. 언젠가는 이 녀석에게 분위기를 파악하는 법을 가르쳐 줘야겠어.

「네가 지금 호랑이 굴로 뛰어든다는 걸 알기는 해?」

나는 그녀의 시선을 외면한다. 상대가 나만큼 머리가 좋지 않으면 꼭 이런 문제가 생겨. 내 말을 듣지도 않을 뿐더러 명백한 사실에 대해 자꾸 설명을 요구해 시간을 낭비하게 만들지.

한때는 이 노래 잘하는 암고양이한테 호의도 느꼈는데 이젠 안쓰러울 뿐이다. 그녀는 과거의 공포에 갇혀 새로움과 역동성을 거부하는 퇴행적 모습을 보이고 있다.

불쌍한 에스메랄다, 당신이 아니라 내가 여왕이라서 얼마나 다행인지 몰라. 당신은 아무것도 제안하지 않으면서 오로지 남의 제안을 비판할 궁리나 하지. 그런 사고로는 위대한 승리를 거머쥘 수 없어.

나는 설득에 시간을 낭비하지 않고 망원경을 꺼내 든다. 적진으로 날아간 앵무새가 지상 1미터 상공에 떠 있는 모습이 렌즈에 잡힌다. 그의 아래쪽으로 하얀 실루엣이 하나 보인다.

〈놈〉에게 이야기하고 있어.

몇 분 뒤 앵무새가 힘찬 날갯짓을 하며 다시 우리 쪽으로 돌아온다. 그가 유람선 난간에 내려앉더니 몸을 푸르르 턴다.

「뭐라고 해요?」

「처음에는 내가 중간자 역할을 맡은 게 마뜩잖은 눈치였어요. 그래서 내가 우리 쪽에도 제3의 눈을 가진 고양이들이 있다고, 그러니 얼마든지 정신 대 정신으로 투명하고 직접적인 대화가 가능하다고 설득했죠. 그래도 응하지 않기에 다른 논거를 더 대면서 설득을 계속했어요.」

장하다, 샹폴리옹!

「다른 논거 뭐?」 앵무새의 성과를 인정하고 싶지 않은 듯 에스메랄다가 딴지를 건다.

보다 못한 내가 나서 앵무새 대신 대답한다.

「중요한 건 이제 우리가 지금 상황을 어떻게든 돌파할 수 있는 실마리가 마련됐다는 거야.」

「지금부터는 안전하고 중립적인 장소를 물색해서 아무런 불상사 없이 만남이 이루어지게 해야 해.」 피타고라스가 덧붙인다.

앵무새가 즉시 의견을 개진한다.

「돌아오는 길에 우리 섬과 저쪽 강둑 사이에서 수초에 걸려 있는 폐선 한 척을 봐뒀어요. 고양이 한 마리와 쥐 한 마리가 회동하기에는 충분한 크기예요.」

에스메랄다가 고개를 절레절레 흔들자 앵무새가 못 본 척 우관을 높이 세운다. 나탈리와 로망도 망설이는 모습이 역력하다. 피타고라스와 나는 목을 길게 빼서 앵무새가 부리 끝으로 가리키는 지점을 바라본다.

「좋아, 내가 갈게.」 피타고라스가 먼저 입을 연다. 「어차피 나한테 제3의 눈이 있으니까.」

「아니, 내가 갈 거야.」 선수를 빼앗긴 것 같아 내가 소리를 빽 지른다. 「제3의 눈은 나한테도 있어.」

격분한 샴고양이가 평소답지 않게 핏대를 세운다.

「내가 아니라 네가 가야 한다는 이유가 뭐야?」

「내가 암컷이기 때문이야. 심리전으로 흐를 가능성이 농후한 이런 만남에는 내가 적임자야. 그리고 무엇보다 이번 회동을 구상한 게 바로 나잖아, 아니야?」

속이 빤히 들여다보이는 수컷은 상대의 심리전에 말릴 위험이 크다는 얘기를 내 입으로 또 해줘야 해?

「놈한테 죽을까 봐 무섭지 않아?」 에스메랄다가 노란 눈을 동그랗게 뜨고 묻는다.

「두려움은 아무것도 해결해 주지 못해. 난 천성적으로 두려움보다는 호기심이 많은 고양이야.」

나는 어미가 신화의 주인공이 된 듯 경탄해 마지않는 아들의 시선을 느낀다. 안젤로를 생각해서라도 고집을 꺾지 말아야겠어.

「알았어. 그럼 네가 가.」 피타고라스가 마지못해 양보한다.

마치 허락이라도 해주는 말투다.

내 신변이 걱정된 나탈리가 자꾸 등을 쓰다듬어 주며 말한다.

「이제 우리 운명은 네 발에 달렸어, 바스테트. 꼭 성공하고 와.」

막 물로 뛰어들려는데 피타고라스가 내 어깨에 발을 얹으며 제지한다.

「바스테트, 잠깐만, ESRAE는 두고 가. 가서 무슨 일이 생길지 모르니까.」

「무슨 소리야? 티무르는 전혀 눈치채지 못할 거야. 그냥 목걸이에 달린 펜던트인 줄 알 거야.」

「그걸 굳이 목에 걸고 가겠다고?」 샴고양이가 물러서지 않는다.

이제 알겠어, 피타고라스는 처음부터 인류의 지식을 자기 목에 걸고 싶었던 거야. 나 대신 왕이 되고 싶은 속내를 이런 식으로 드러내는구나.

〈불행의 원인은 두 가지란다. 권태감과 질투심. 권태감은 위험이 따르는 행동에 나서는 것으로 극복할 수 있어. 하지만 질투심은 포기하는 것밖에는 다른 약이 없단다.〉 엄마의 이 말씀이 백번 맞아. 위험은 내가 감수할 테니까 너 자신을 위해 포기하라고 피타고라스를 설득하는 수밖에 없어.

이제 피타고라스도 진실을 외면해선 안 돼. 내가 자기보다 더 자유롭고 더 독창적이며 더 빠르게 진화하고 있다는 걸 받아들여야 해. ESRAE를 책임지고 맡을 고양이는 세상에 단 하나, 바로 나라는 사실을 인정해야 해. 나는 ESRAE를 누구와 공유할 생각도, 누구에게 빌려줄 생각도 없어.

이렇게 대놓고 말할 수는 없으니 피타고라스가 상처받지 않도록 부드럽게 얘기할 수밖에.

「이걸 목에 걸고 있으면 왠지 안심이 돼. 괜히 좋은 일이 생길 것 같아 힘도 나고. 마치 부적같이 느껴져.」

「아무리 그래도…….」 피타고라스가 여전히 포기하지 못하고 야옹거린다.

「잘 생각해 보면 이게 더 신중할 전략일 수도 있어. 만에 하나 내가 협상을 벌이는 동안 이 섬이 적들에게 포위된다면, 나라도 도망쳐 ESRAE를 지켜야 하지 않겠어?」

「그런 생각이라면 하는 수 없지. 그럼 그건 네가 계속 보관하기로 하고, 대신 외교적 협상에 필요한 충고를 몇 가지 해줄 테니 잘 들어. 첫째, 놈이 자기 이야기를 꺼낼 수 있는 분위기를 만들어. 누구든 자기 자신의 신화를 이야기하고 나면 그걸 들어 준 상대를 파괴할 마음이 생기진 않아. 자기 이야기를 한다는 건 자신의 일부를 상대에게 내어 주는 것이나 마찬가지이기 때문이야. 이야기를 듣는 상대가 덜 낯설어지는 거지. 둘째, 상대를 절대 과소평가해선 안 돼. 티무르는 수많은 경쟁자를 물리치고 왕이 됐어. 힘뿐만 아니라 뛰어난 지능도 갖췄을 게 틀림없어. 셋째, 어떤 순간에도 통제력을 잃어서는 안 돼. 다시 말해, 어떤 상황에서도 놀라거나 당황하면 안 돼. 설령 그러더라도 철저히 장막을 치고 감정을 조금이라도 밖으로 드러내선 안 돼. 반대로 그의 감정을 촉발할 방법은 끊임없이 찾아야 해. 그게 놀라움이든 만족감이든 실망감이든 분노든 상대의 감정을 이끌어 내야 해. 감정이 개입하면 누구나 효율적인 사고가 불가능해지니까.」

한마디 보태겠다는 생각인지 다시 에스메랄다가 끼어든다.

「놈이 우리한테 한 짓을 똑똑히 기억해. 놈은 가학을 즐기는 학살자야.」

검은 고양이가 노랗고 깊은 눈으로 나를 응시하며 덧붙인다.

「기회가 오면 주저하지 말고 그를 죽여!」

60

코르테스와 목테수마의 만남

두 문명이 만나는 순간은 늘 미묘하다. 그것이 두 우두머리 사이의 만남인 경우에는 더더욱 그렇다.

1517년, 아스테카 왕국의 지배자인 목테수마(나우아틀어로 〈얼굴을 찡그리는 자〉라는 뜻을 가진 이름이다)는 큰 산 세 개가 바다에 떠서 다가오고 있다는 보고를 받았다. 그러나 외부인들은 해안에 상륙해 말을 타고 농부들에게 다가갔다가 말이 통하지 않자 다시 돌아갔다. 이것이 첫 번째 만남이었다.

1519년, 1천여 명으로 이루어진 스페인 원정대가 멕시코 해안에 도착했다. 하지만 그들은 원주민들이 신성시하는 장소들을 약탈했고, 이 사실은 곧바로 목테수마 왕에게 보고되었다.

목테수마 왕은 그들의 우두머리가 누군지 물었다. 목

테수마는 침입자들의 우두머리인 에르난 코르테스에게 선물을 보냈지만, 원정대가 내륙으로 들어오는 것은 허락하지 않았다.

그러자 코르테스가 직접 원정대를 꾸려 아스테카 문명의 수도로 찾아가 왕과의 면담을 요청했다.

코르테스와 목테수마는 해발 2천 미터에 위치한 테노치티틀란에서 만났다. 아래위로 검은색 옷을 입은 코르테스는 말에서 내려 가마를 타고 온 왕을 향해 걸어갔다. 화려한 옷을 걸친 목테수마가 가마에서 내렸다. 양탄자가 깔리고 두 사람이 서로를 향해 천천히 다가갔다.

코르테스가 목테수마의 목을 껴안으며 포옹을 시도하자 왕의 호위병들이 즉각 제지하러 나섰다. 잠시 격앙됐던 분위기가 가라앉자 두 지도자는 선물을 교환한 뒤 각각 대동하고 온 통역을 통해 덕담을 주고받았다. 코르테스는 아스테카 궁전에 머물렀다.

두 번째 만남은 목테수마의 궁전에서 이루어졌다. 코르테스는 자신의 요구 사항을 구체적으로 밝혔다. 더 이상 인간을 희생물로 바치지 말 것, 기독교로 개종할 것, 황금을 상납할 것. 코르테스는 즉석에서 목테수마에게 종교 강의를 하기도 했다. 세상의 기원을 설명해 주고 아담과 이브, 아브라함과 노아, 모세의 일화, 그리고 예수

그리스도의 얘기를 들려주었다.

왕은 흥미를 갖고 그의 얘기를 경청했다. 원만해 보이던 둘의 관계는 목테수마의 부하들이 스페인 원정대를 습격하면서 틀어졌다. 분노한 코르테스가 목테수마를 찾아가 그를 포로로 잡겠다고 선언했다.

총으로 위협을 당한 목테수마는 결국 코르테스의 포로가 되었다. 왕이 당한 수모에 분노한 백성들이 봉기를 일으켰지만, 목테수마는 그들 앞에 나서서 그것은 자신의 결정이었다고 말한다.

코르테스는 왕권을 스페인에 귀속시키겠다는 연설을 강제로 목테수마에게 시킨다. 분노한 군중이 던지는 돌멩이를 맞으며 연설을 하던 왕은 갑자기 쓰러져 며칠 뒤 숨을 거두었다. 이후 코르테스는 아스테카 왕국을 정복하고 그 부를 약탈했다.

『상대적이고 절대적인 지식의 백과사전』 제12권

61

정신의 결투

〈이왕 물방울일 바에는 잔을 넘치게 하는 마지막 한 방울이 되렴.〉

드디어 우리 엄마의 말을 가슴에 새길 중요한 순간이 왔어.

나는 네 발로 물을 힘차게 저으며 강을 건너간다. 물에 공포를 느꼈던 과거의 나를 떠올리자 피식 웃음이 나온다. 극한의 상황에서 나도 몰랐던 능력을 발견하게 됐었지. 이렇게 성장한 내가 자랑스러워.

제3의 눈을 장착한 뒤로 삶은 편견을 부수는 과정이자 새로운 발견의 반복이라는 믿음이 더욱 굳어졌다.

옛날의 나였다면 티무르 같은 자와의 만남이 무슨 득이 되겠냐고, 너무 순진한 발상이 아니냐고 비웃었을 거야.

ESRAE가 행운을 가져다줄 거야. 난 그걸 믿어. 이 장치에 방수 기능에 있어 얼마나 다행인지.

나는 천천히 배를 향해 다가간다. 위험을 너무 과대평가해서도, 그렇다고 너무 과소평가해서도 안 된다. 샹폴리옹의 말대로 작은 플라스틱 배가 키 높은 수초들과 나뭇가지들 사이에 끼어 있다.

나는 아직 티무르가 도착하지 않았음을 확인하고 배 위로 몸을 끌어 올린다.

잠시 후, 흰 점 하나가 배를 향해 다가오는 게 보인다. 기다란 꼬리가 프로펠러를 연상시키며 물을 박차고 있다.

몸이 물에 흠뻑 젖은 흰 쥐가 뱃전에 걸쳐져 있는 밧줄을 잡고 위로 올라온다.

우리는 약속이라도 한 듯 동시에 몸을 푸들거려 물기를 털어 낸다. 같은 동작을 하는 상대를 보니 친근함마저 느껴진다. 우리는 서로의 냄새를 맡으면서 탐색에 들어간다. 그는 내 예상보다도 더 체구가 작다. 새빨간 눈이 화로 속 불씨처럼 이글거린다. USB 케이블이 든 비닐봉지가 그의 목에 걸려 있다.

역시나 만반의 준비를 하고 왔군.

우리는 인간이 모자를 벗듯이 제3의 눈에 덮인 덮개를

벗겨 바닥에 내려놓는다.

티무르가 익숙한 발놀림으로 비닐봉지를 연다. 그는 발가락 네 개가 달린 발을 마치 인간의 손처럼 자유자재로 쓰고 있다.

그가 USB 케이블을 펼치더니 한쪽 끝을 제3의 눈에다 꽂아 넣는다. 그러더니 역시 케이블 다른 쪽을 내게 건넨다. 나는 그 케이블을 받아 내 제3의 눈에 끼운다. 이걸로 우리 둘은 정신 대 정신의 직접 소통을 할 준비를 마쳤다.

USB 케이블이 내 머리에 꽂히는 순간 티무르의 생각이 감지되기 시작한다. 극도의 홍분이 전해져 온다.

그는 이 만남에 만족하고 있어. 내가 누군지 궁금해하고 있어. 적의는 전혀 느껴지지 않아.

지금부터 나는 어떠한 편견도 없이 그를 대해야 한다. 에스메랄다의 충고는 잊고, 그가 아군의 여섯 정예병, 스핑크스 무리, 그리고 늑대들에게 가한 잔혹한 행위들을 머릿속에서 지워야 한다. 한니발과 볼프강의 처참했던 마지막도 잠시 잊어야 한다.

지금부터는 오직 우리 공동체를 살리고 더 나은 미래를 건설해야 한다는 목표만 생각해야 한다.

나한테서 호의적인 기운이 나오는 걸 느낀 티무르 역시 놀라는 눈치다.

나에 대한 증오심을 키워 왔을 그를 나는 지금부터 최대한 다정하게 대해야 한다. 어떻게든 대화의 물꼬를 터야 한다.

「반가워요, 쥐.」

「반갑소, 고양이. 당신 이름이 바스테트라고 들었소. 인간 암컷의 몸에 고양이 머리가 달린 이집트 여신에게서 따온 이름이라지. 그쪽이 인간보다는 고양이에 가깝길 바라오.」

「그쪽은 티무르 왕. 당신 이름은 과거의 인간 정복자에서 따 왔다고 들었어요. 잔인함으로 악명이 높았던 그 인간과 달리 그쪽은 평화주의자이길 기대해요.」

나는 그가 듣기 좋게 일부러 이름에 〈왕〉을 붙인다.

「만나서 반갑군요.」

「나도 반갑소.」

대화의 속도에 대한 서로의 생각이 비슷한 것같이 느껴진다.

「쥐와의 대화는 내게 신기한 경험이에요.」

「고양이와의 대화는 내게 신기한 경험이오.」

상대는 섣불리 자신의 의도를 드러내지 않기 위해 내 말을 따라 하는 모방 전략을 취하고 있다.

그가 자신의 이야기를 하게 만들라고 했던 피타고라

스의 조언을 떠올리며 내가 먼저 본격적인 대화의 시동
을 건다.

「티무르 왕, 당신의 〈실체〉는 뭐죠?」

그가 작고 동그란 귀를 바짝 세우는 것으로 보아 적잖
이 당황한 눈치다.

「당신은 나에 대해 뭘 알고 있소, 바스테트 여왕?」

흠, 이미 한발 늦었어. 내가 먼저 선수를 쳤지. 신뢰부
터 쌓으려는 내 작전에 상대가 넘어오고 있어. 일단 지금
같은 분위기를 계속 끌고 나가자. 놀랄 만큼 정중하게 대
해 주는 거야. 고양이가 이런 태도를 보일 줄은 상상도
못 했겠지.

「그쪽이 경쟁자들을 모두 물리쳤고, 베르사유 궁전에
머물고 있으며, 헌신적이고 유능한 군대를 재건해 지휘
하고 있다는 사실을 알고 있죠.」

그의 코끝이 떨리고 이따금 앞니가 드러나 보이기도
한다.

「난 부모가 누군지도 모르오. 이미 아는 사실이겠지만
오르세 대학 사육장에서 태어났소. 새끼 때부터 톱밥이
깔린 투명한 유리방 안에서 다른 쥐들과 함께 살았지. 해
를 보지 못하고 형광등 불빛만 받고 살았소. 알갱이 음식
만 먹었지 생식은 해본 적도 없었고. 한마디로 난 인간에

게 괴롭힘을 당하기 위해 태어난 존재였소. 그들이 나한테 한 짓은 일일이 다 열거할 수 없지만, 한 가지만 말해 준다면, 무슨 조작을 할 때마다 내 꼬리를 잡아 거꾸로 들어 올렸지.」

그 기억을 상기하는 것만으로도 괴로운지 그가 치를 떤다. 나는 그가 꼬리를 잡혀 거꾸로 들어 올려지는 걸 극도로 싫어한다는 정보를 머리에 입력해 놓는다.

이걸로 일단 내가 선취점을 올린 셈이야. 하지만 끝까지 긴장을 풀어선 안 돼.

「인간들이 당신한테 어떤 실험을 했나요? 내 친구인 피타고라스는 오르세 대학에서 중독 실험에 사용되었어요. 인간들이 당신한테 한 실험은 다른 종류였겠죠.」

「난 희망에 관한 실험에 사용되었소. 절차에 따라 실험 조교가 쥐 1백 마리를 투명한 표본 병에 하나씩 넣었소. 유리병에 물이 절반쯤 채워져 있었는데, 도무지 이빨과 발톱을 걸 데라곤 없었소. 그 조교 녀석이 우리가 물에 빠져 버둥거리는 모습을 카메라로 촬영하더군.」

「쥐들은 수영할 줄 안다고 알고 있는데, 아닌가요?」

「물론 수영은 할 수 있소. 하지만 잠깐만이라도 쉴 수 있는 지지대가 없는 곳에서 헤엄을 치다 보면 결국은 기진맥진하게 되지. 대부분은 그렇게 15분을 버티다 익사하고 말았소.」

「그쪽한테 붙어 있는 제3의 눈을 이용해 인간들이 실험을 지켜봤겠군요?」

「맞소. 무선 송수신기를 통해 그 죽음의 과정 동안 우리 뇌에서 어떤 일이 벌어지는지 다 관찰할 수 있었지. 인간들은 우리가 포기하는 순간, 그러니까 〈희망이 사라지는 순간〉 뇌가 어떤 반응을 보이는지 알고 싶었던 거요.」

이때 건너편 강둑에서 우리를 지켜보고 있는 쥐 무리가 눈에 들어온다.

침착하자. 연민 외에 다른 감정은 드러내면 안 돼. 그냥 지금처럼 대화를 이어 나가야 해.

「하지만 티무르 당신은 이렇게 살아 있잖아요…….」

「똑같은 실험의 두 번째 절차에 따라 이번에는 쥐 1백 마리를 정확히 14분 동안, 다시 말해 삶의 희망을 포기하기 바로 직전까지 물에 빠트려 놓더군. 그러고 나서 우리를 병에서 꺼내 몸을 말려 주고 먹이를 주더니 쉬게 해줬소. 우리가 체력을 회복하자 그들은 우리를 도로 유리병에 집어넣었소. 이번에는 20분을 버텼지.」

「한 번 구해 줬으니 다시 구해 줄 거라는 희망이 있었기 때문이겠죠?」

「맞아요, 그 희망이 쥐들을 독하게 만든 거요. 인간 과학자들은 익사한 실험 쥐들의 머리를 잘라 — 단시간에 많은 쥐의 머리를 자를 수 있는 전기 작두를 가지고 있더군 — 희망을 버리는 순간과 구해 주리라는 기대를 품는 순간에 각각 뇌에서 분비되는 물질을 추출했소.」

「그걸 어디다 쓰려고?」

「우울증 치료제를 만드는 게 목적이라고 들었소. 당신도 잘 알겠지만 인간이란 끝없는 불안에 시달리는 존재요. 그런 불안 증세는 피부 트러블과 편두통, 변비에서부터 심하게는 불면증과 위궤양, 척추 통증 등을 유발하지. 그래서 치료제를 개발하려는 거요.」

「그걸 개발하려고 쥐들을 익사시킨다는 말인가요?」

「그렇소. 절망의 순간과 낙관의 순간에 쥐의 뇌에서 분비되는 물질을 추출하려 한 거요. 필요한 물질을 발견하거나 발견했다는 확신이 들면 인간들은 약부터 만들어 팔지. 그리고 그걸로 엄청난 돈을 벌어. 그 약이란 게 결국은 자신들의 암담한 처지를 견딜 수 있다는 인위적인 희망을 불어넣는 물질에 불과한 거요.」

「잔인하군요.」

「인간적인 거지.」 이것이야말로 누구에게 할 수 있는 가장 모욕적인 표현이라는 듯, 그가 입을 앙다문다.

티무르가 배 가장자리로 옮겨 가 앉더니 나탈리가 TV 를 볼 때 늘 하는 자세를 취한다.

「인간들은 어지간한 결과에는 만족하지 않았소. 스트 레스 저항력을 최대한 높여 주고 절대적 낙관을 불어넣 을 수 있는 물질을 합성하기 위해 그들은 실험을 계속했 소. 그 과정에서 헤아릴 수 없이 많은 쥐가 계속 물에 빠 져 죽고 목이 잘렸다는 사실은 굳이 내가 말하지 않아도 짐작할 거요. 그리고 그렇게 죽은 쥐들은 쓰레기봉투에 담겨 버려지거나 연구소 내 파충류 사육장의 뱀들에게 먹이로 던져졌지.」

「그런 가운데서도 티무르 왕, 당신만은 살아남았군 요…….」

이것은 당신이나 내가 보통의 존재와는 다르다는 의 미지. 우린 운명의 선택을 받은 자들이라는 뜻이야.

「나는…… 21분을 버텼소.」

고통스러운 기억이 떠오른 듯 그가 침을 꿀꺽 삼킨다.

「그런 나를 보더니 인간들이 표본 병에 빠트리는 시간 을 점점 늘리기 시작했소. 23분을 버티자 심지어는 나를 챔피언 카테고리로 따로 분류해 관리하기 시작하더군. 그때부터 자신들의 챔피언을 희생시키고 싶지 않다는 마 음도 생겨난 것 같소.」

202

내가 연민의 감정을 체득해서일까, 그가 짠하게 느껴진다.

상상만으로도 끔찍해. 부모가 누군지도 모르고 태어나 평생 인간들을 위한 우울증 치료제 개발에 쓰이는 고통스러운 삶을 나는 감당할 수 있었을까. 누가 내 꼬리를 잡아 들어 올리고, 물속에서 15분을 버둥거리며 헤엄쳐야 하는 상황이라니. 그런 조건에서 난 오래 견디지 못했을 거야. 아마 금방 포기했을 거야. 아니지, 아냐…… 나는 강을 헤엄쳐 건너가는 것도 해낸 고양이지.

「다른 쥐들은 15분에서 20분 만에 포기했는데 23분을 버텼으니 참 대단하군요! 어떻게 그럴 수 있었죠?」

내 말에서 그를 향한 존경심이 느껴지게 하려고, 꾸민 게 아니라 진실한 감정이라고 그가 믿게 하려고 애를 쓴다. 그가 자신의 이야기를 하게 유도하는 것만으론 충분하지 않다. 지속해서 그를 치켜세워야 해, 너무 티 나지 않게 은근한 방식으로.

티무르가 빠드득 이 갈리는 소리가 들릴 정도로 턱을 앙다문다.

「나는 내가 당한 그대로 인간들에게 되돌려 주겠다는 일념으로 버텼소. 절망에 빠지지 않은 채 분노를 간직하는 이런 마음의 상태를 인간들은 〈회복력〉이라는 이름으로 부르더군. 스스로 부족함을 메꾸는 방법을 찾아내는 특별한 능력이지.」

회복력? 멋진 말이네. 내 어휘 사전에 당장 추가해야 겠어.

「당신이 물속에서 버둥거리는 23분 동안 그들은 당신을 관찰했다고 했죠……. 대체 그 고문을 몇 번이나 가하던가요?」

「세어 보진 않았소. 오직 복수만 다짐했지. 그들의 마음을 사로잡아야겠다고 결심하고는 덩치 큰 인간들을 우러러보는 작고 귀여운 쥐 행세를 하기 시작했소.」

그가 숨을 크게 들이마신다. 가느다란 수염이 신경질적으로 떨리고 눈에서 섬뜩한 광채가 빛난다.

「인간 과학자들이 다 나를 좋아하게 됐지. 사실 그건 엄청난 노력이 필요한 일이었소. 그들이 실험실에 들어오면 유리에 바짝 붙어 아는 체를 하고 뒷다리로 일어나 걸으면서 고개를 까닥거렸지. 다들 좋다고 웃더군. 나는 그들의 기분을 살피면서 영리하게 행동했소. 체취에도 감정이 실려 전해지는 게 인간이오. 동공의 움직임으로도 나는 그들의 기분을 쉽게 파악할 수 있었지.」

그의 세계를 향해 나를 열어야 해, 내가 그가 되어 그의 존재의 고갱이를 파악해야 해. 그의 생각을 온전히 느낄 수 있어야 해. 그의 눈으로 보아야 해. 그의 눈을 통해 나를, 바스테트를 보아야 해. 그것만이 적인 그를 이해하는 유일한 방법이야.

「필리프 사르파티라는 오르세 대학 학장이 나를 거두었소. 친구인 여성 과학자가 USB 단자가 있는 고양이를 키운다는 얘기를 듣더니 재미 삼아 따라 해보고 싶었던 모양이었소. 인터넷에 연결된 쥐와 고양이 중 누가 더 똑똑한지 내기하는 심정이었을까.」

「그 고양이가 바로 내 파트너인 샴고양이 피타고라스일 거예요. 이제야 퍼즐이 맞춰지기 시작하네. 결과적으로 피타고라스가 당신의 변화에 간접적 원인을 제공한 셈이군요.」

「필리프가 자신의 컴퓨터에 내 머리의 USB 단자를 연결해 주었소. 그렇게 자신의 세계를, 아니 이 세계 전체를 보여 주더군. 그때부터 인간의 역사를 배우게 됐소. 그러다가 티무르를 알게 되고 내 이름으로 삼았지. 그자야말로 인간적인 게 무엇인지를 단적으로 보여 준다고 생각했으니까…….」

……인간이 지닌 파괴적 본성 말이겠지.

티무르가 자기 얘기에 집중하느라 내 생각을 포착하지 못한 눈치다.

「이름 하나가 생겼을 뿐인데 나를 바라보는 시각이 완전히 달라졌소. 나는 이전의 실험 쥐 366번이 아니라, 챔피언에 희망의 승자인 위대한 티무르가 됐지.」

그가 조금씩 달리 보이기 시작한다. (피타고라스에게 한 짓과 똑같이) 인간들은 그를 변이 동물로 만들었고, 그는 살아남기 위해 자기 종에 없던 특별한 능력을 스스로 개발해 키운 것이다.

나는 그의 입장이 되어 그의 이야기에 최대한 공감하려고 애쓴다.

그를 안심시키는 게 우선이야.

「당신이 지금의 자리에 올 수 있었던 이유를 이제 알겠어요. 당신만이 가진 인내심과 끈기, 철저한 감정 조절 능력이 당신을 살아남게 한 거예요.」

그가 탄식 같은 한숨을 내쉬고 나서 다시 말을 쏟아낸다.

「인간들은 자신들의 지식과 기술에 대단한 자부심을 느끼는 모양이오. 하위 종들에게 그것을 자랑하기 위해 〈자신들의〉 인터넷에 접속하게 해준 거요. 그 오만함이 치명적인 독이 될 줄은 모르고 말이야.」

갑자기 엄마가 했던 말이 생각난다. 〈남들이 너한테 하는 비난을 자세히 들어 보면 그들의 약점을 파악할 수

있단다.〉

엄마 말대로 변태들이 도덕을 운운하고, 겁쟁이들이
비겁함을 지적하며, 거짓말쟁이들이 진정성을 추앙하지.

우리는 그야말로 역설이 판치는 세상에서 살고 있다.

쥐 선생, 당신 약점을 알려 줘서 고마워. 그건 바로 오
만함이지.

「그래서, 그다음엔 어떻게 됐어요, 티무르 왕?」

「처음에는 필리프가 나를 케이지에서 꺼내 주더니, 아
예 사육장에서 집으로 데려가더군. 그때부터 나는 필리
프의 아파트에서 살게 됐소. 살균된 좁은 공간에서 벗어
나 세상 밖으로 나갔을 때의 그 경이로움을 어떻게 말로
표현할 수 있을까! 창문을 넘어 들어오는 햇살, 신선한
공기, 꽃과 나무의 향기, 알록달록한 색깔, 새들의 노랫
소리, 풀벌레들의 울음소리, 내가 태어나 생전 처음 본
여러 동물들. 세상은 복잡하고 무한해서 경이로운 곳이
더군.」

「그거 봐요, 인간들이 다 무자비하고 잔인하진 않
아요.」

「필리프는 나를 쓰다듬고 안아 주기까지 했소. 처음엔
나도 그를 좋아하는 척하느라 애를 많이 썼지. 하지만 인
터넷을 통해 인간들이 내 동족에게 여전히 악랄한 짓을

하고 있다는 걸 알고는 도저히 참을 수가 없었소. 우리에게 내출혈을 일으키는 쥐약을 놓고 박멸 캠페인을 벌이더군. 시골에 사는 인간 아이들은 우리를 잡아 등을 가르고 소금을 뿌린 다음 다시 꿰매는 잔인한 짓도 서슴지 않아. 그런 짓을 당한 쥐들은 고통을 참지 못하고 몸부림치다가 제 무리로 돌아가 결국 동족을 죽이지. 당신이야 이런 걸 알 리가 없겠지만……」

정말 가슴 아픈 일이긴 하지만 소와 거위, 돼지의 기구한 사연을 들은 터라 이제 웬만한 인간들의 잔혹 행위에는 눈도 깜짝하지 않게 되었어.

「내가 필리프에게 특별한 악감정을 느낀 건 아니오. 어쨌든 그는 나를 구해 주고, 감옥에서 꺼내 주고, 집으로 데려가 정보에 접속하게 해주고, 교육을 시켜 줬으니까. 하지만 나는 그라는 인간이 대변하는 세계를 공격하고 싶었소. 그래서 어느 날 그를 죽일 생각으로 달려들어 이마를 세게 물었지.」

「아, 필리프의 이마에 난 상처가 그 때문?」

티무르가 고개를 끄덕인다.

「그러고 나서 그의 아파트에서 도망쳐 도시에 사는 다른 쥐들을 찾아갔소. 그들은 여전히 시뉴섬 전투 패배의 충격에서 헤어나지 못하고 있었지. 그들에게서 인간과 손잡은 고양이들이 어떻게 아군을 격파했는지 들었소. 불이라는 이름의 가증스러운 무기를 사용했더군. 결국 쥐들이 무지해서 졌다는 걸 알게 된 나는 왕이 되어 형제들의 패배주의를 씻어 주기로 결심했소. 하지만 권력은 원한다고 주어지는 게 아니라 쟁취하는 것이라고, 그게 쥐들의 질서라는 대답이 돌아오더군. 그래서 왕권에 도전하려는 경쟁자들과 결투를 벌이게 된 거요.」

「결국 당신은 경쟁자들을 모두 물리쳤죠.」

「그들이 내 눈에 빤히 읽히는 수를 썼으니까. 미리 시선을 던져 나한테 타격 지점을 일러 주더군. 형세가 불리하게 돌아가면 어찌나 초조함을 드러내던지. 그저 맹렬히 달려들기만 하면 이긴다고 착각하는 자들이었소. 한마디로 내 손바닥 위에 있었지. 나는 즉위 즉시 우리가 정착할 터를 잡아야 한다고 무리를 설득했소.」

「그래서 베르사유 궁전으로?」

「그 성의 역사를 알았기 때문에, 막강한 인간 독재자가 살았던 그곳이라면 내 동족들에게 강한 인상을 심어 줄 수 있다고 확신했지.」

「엘리제나 루브르도 있는데 왜 하필 베르사유였죠?」

「베르사유 궁전 정도의 위용과 화려함은 돼야 하수구와 쓰레기장밖에 모르는 다른 쥐들의 시선을 압도할 수 있다고 판단했소. 물론 도시 외곽이라는 지리적 특성도 고려했지. 상대적으로 통제가 쉽다는 이점이 있으니까. 거기로 장소가 정해지자 일부 쥐들에게 백작, 후작, 공작 등의 작위를 부여해 귀족 계급을 만들었소. 루이 14세 때의 왕정 체제를 그대로 본떠 만들었지. 하지만 군대만은 나와 이름이 같은 위대한 티무르의 방식을 참고했소.」

「그렇게 천하무적의 쥐 군단을 만들 계획이었군요?」

나는 그와 똑같은 자세를 취해 우리 둘이 다르지 않다는 신호를 계속 무의식적으로 상대에게 전달한다.

「그렇소, 바스테트 여왕.」

방금 또 〈바스테트 여왕〉이라고 불렀지? 내 환심을 사려는 거구나.

「우선 적들에게 심리적 충격을 안기는 게 목적이었소. 전쟁에선 공포만 한 무기가 없지. 두려움에 사로잡히는 순간 생각이 흐트러져 버리거든.」

「십자가 처형도 그런 의도로 만든 거군요, 티무르 왕?」

「무력시위라는 거요. 적에게도 그렇지만 내부 결속을 위해서도 무력이 필요했소. 귀족들이 언제 어디서 왕위 찬탈 음모를 꾸밀지 모르니 아예 사전에 차단해 버려야 했소. 공포는 안팎으로 모두 통하는 전략이오. 그것이 바로 인간 티무르가 이룬 눈부신 위업의 밑바탕이기도

했고.」

「해골 피라미드도 그런 차원이군요?」

「맞소. 시테섬으로 옮겨 간 당신들 공동체를 다분히 의식해서 한 행동이었소, 바스테트 여왕. 당신들의 방어력을 테스트하기 위해 정예 부대를 파견해 지하철 통로를 통한 야간 기습 공격을 감행했지만 실패로 끝났소. 그 패배 이후 강력한 쥐 연합군을 구축할 때까지 시간을 벌어야겠다는 생각이 들었소.」

「그래서 우릴 포위하기 시작했다?」

「당신이라는 존재에 우리 형제들이 느끼는 적대감 덕분에 많은 병력을 단시간에 확보할 수 있었소. 당신 덕분이오. 고맙다는 인사를 해야겠어.」

어떤 상황에서도 절대 냉정을 잃어선 안 돼. 부정적이든 긍정적이든 감정을 드러내서도 안 돼. 그냥 농담처럼 받아넘기자.

「원, 별말씀을…….」

「그런데 포위 중이던 아군이 첩보를 하나 입수했소. 한 무리가 시테섬을 탈출해 오르세 대학에 도착했다는 거였소. 우리도 즉시 그곳으로 향했지만, 한발 늦었지. 먼저 도착한 인간들이 대학을 쑥대밭으로 만들어 놨더군.」

「광신주의자들이죠…….」

「누가 누군지 난 모르오. 아니, 관심 없소. 내 눈엔 다 그놈이 그놈이니까.」

「검은 수염을 기른 인간들이에요.」

「어쨌든 폐허로 변한 오르세 대학에서 우연히 컴퓨터 한 대를 찾았소. 인터넷은 끊겼지만 그 못지않게 흥미로운 정보가 들어 있었지. 로망 웰즈가 쓴 일기 파일이.」

내가 살짝 당황하는 걸 상대가 눈치채고 흡족해하는 게 감지된다.

「1제타옥텟짜리 USB 메모리에 저장된 세상의 모든 지식을 되찾으러 고양이 한 마리와 급히 떠난다고 로망 웰즈가 일기 마지막에 적어 놓았더군.」

저런, 나랑 출발하기 직전에 몇 줄 써서 남겨 놨구나. 자신이 평생을 걸고 해온 일이 혹시 잊힐까 봐 두려웠던 거야.

「웰즈와 동행한 그 고양이는 바로 바스테트 여왕, 당신이지. 아닌가?」

티무르가 잠시 숨을 고르고 나서 말끝을 잇는다.

「내 추측이 맞는지 들어 보시오. 당신들은 광신주의자들한테서 기억 장치를 되찾았어. 그렇지 않았다면 놈들이 오르세 대학을 쑥대밭으로 만들어 놓을 이유가 없지.

놈들은 그 보물을 찾으러 왔던 거야.」

자신의 추리에 내가 감탄할 시간을 주려는 듯 그가 잠시 다시 말이 없다.

「뭘 말하고 싶은 거죠, 티무르 왕?」

「당신들 배에 타고 있는 누군가가 인류의 지식이 모두 담긴 그 USB를 가지고 있다고 앵무새가 나한테 확인해 줬소.」

이럴 수가, 샹폴리옹이 나와 피타고라스의 대화를 엿듣고 티무르와의 독대를 성사시키기 위해 USB를 미끼로 쓴 거야. 이번 회동을 성사시킨 배경에는 이런 일이 있었구나!

「바스테트 여왕, 당신한테 한 가지 거래를 제안하겠소. 당신들의 공동체를 살려 줄 테니 첫째, 당신들이 가지고 있는 ESRAE를 우리한테 넘기시오. 둘째, 우리의 하위 종임을 인정하고 복종하는 것을 받아들이시오. 이 두 가지 조건만 수용하면 여기를 자유롭게 떠날 수 있게 해주겠소. 더 이상 당신들을 뒤쫓지 않…….」

그의 제안을 듣는 순간 한 가지 생각이 퍼뜩 머릿속을 스친다.

저자가 우리한테 ESRAE가 있는 건 알지만, 설마 나한테…….

상대가 내 생각을 읽을 수 있다는 두려움에 나는 급히 생각을 멈춘다. 티무르가 내 반응을 포착하고 즉시 따져 묻는다.

「지금 무슨 생각을 하고 있는 거요?」

「아무것도 아니니까 하던 얘기 계속해요, 티무르 왕.」

그의 귀가 옴찔거리고 코가 바르르 떨리기 시작한다. 그가 미심쩍은 표정으로 나를 뚫어질 듯 응시한다.

「내 말은 말이오, 바스테트, 이 두 조건을 수락하면 당신들은 원하는 곳 어디든 가서 공동체를 재건할 수 있단 거요. 우리가 평화를 보장해 주겠단 말이야.」

슬쩍 〈여왕〉이라는 호칭을 떼버렸어. 벌써 날 하대하고 있다는 뜻이야.

「자, 다시 묻겠소. 조금 전에 무슨 생각을 했소?」

티무르가 내 뇌에 접속해 있으니 절대, 〈내가 생각해서는 안 되는 것〉에 대해 생각해선 안 돼. 내 뇌를 함락 불가능한 요새로 만들어야 해. 어서 화제를 돌려 저자의 정신을 분산시키지 않으면 안 돼.

「복종을 대가로 주는 평화. 그쪽이 급수탑 고양이들한테도 썼던 전략 아닌가요, 티무르?」

「그 털 없는 흉한 고양이가 이끌던 무리 말이오? 맞소, 그들은 그 조건을 수락했지.」

「내가 알기론 참담한 결과로 끝났죠.」

「〈복종〉이라는 표현의 함의에 대해 이견이 있었던 모양인지 그자들이 협상하려 들더군…… 그럴 위치가 아닌 걸 모르고 말이야. 하지만 당신들은 협상이 가능하오, 바스테트.」

나는 시간을 벌 방법을 찾는다.

「고민할 시간이 필요해요.」

아무 생각도 하면 안 돼. 아무 생각도 해선 안 돼.

「당신이 아무 생각도 하지 않아야 한다고 생각하는 것 같아 궁금해졌소. 대체 어떤 생각을 하지 않으려고 그토록 애를 쓰는 거지?」

이 질문으로 티무르의 정신이 내 정신을 찍어 누르는 느낌이 든다. 머리에서 시작된 통증이 온몸으로 뻗어 내려가는 것 같다.

아무 생각도 하지 마. 아무 생각도 하지 마.

「아무 생각도 안 해요.」

「아니, 하고 있는데. 느껴져. 당신한테…… 비밀이 있어. 내가 절대 알면 안 되는 어떤 비밀이.」

아무 생각도 하지 마. 아무 생각도 하지 마.

그의 정신이 뾰족한 바늘이 되어 내 정신을 후비고 들어오는 것 같다. 이 상태로 더 이상 버티기는 불가능하니

속히 분위기를 바꿀 묘안을 찾아야 한다. 폭발이 일어나듯 머릿속에서 생각을 일으켜야 한다. 지푸라기라도 잡는 심정으로 스핑크스의 꼬리를 떠올리는 순간 나도 모르게 피식 웃음이 나온다.

「스핑크스의 꼬리를 생각하는 당신의 의도가 뭐지? 그 이상야릇한 감정을 느끼는 이유가 대체 뭐냐고?」

아하, 상대는 유머를 모르지. 어쩌면 웃음이 나를 구해줄 수도 있겠어.

나는 스핑크스의 꼬리에 생각을 집중하면서 키들거린다.

「지금 당신은 어떤 생각으로부터 도망치려 하고 있지, 바스테트?」

당장 접속을 끊고 싶지만 내 발가락은 티무르만큼 정교하지 못하다. 내가 제3의 눈에 꽂힌 USB 케이블을 어설픈 동작으로 당겨 빼려 하자 그가 발가락 네 개로 꾹눌러 제지한다. 내 뇌에 들어와 있는 침입자 같은 물건을 빼버릴 방법이 도저히 없다.

「무슨 생각을 하는지 묻잖아?」

스핑크스의 꼬리. 스핑크스의 꼬리. 스핑크스의 꼬리. 이것만은 절대 생각해선 안 돼, 내 목에…….

「ESRAE. 당신 목에 걸려 있는 ESRAE!」

망했다.

티무르가 잽싸게 발을 뻗어 목걸이를 잡아채려 한다. 나는 앞발 펀치를 휘둘러 그를 멀리 내동댕이친다. 그 바람에 USB 케이블이 빠져 비로소 그와의 접속이 끊긴다.

이제야 나는 온전히 혼자만의 정신으로 돌아온다. 내가 내 정신을 부릴 수 있게 됐다.

하지만 상대는 천하무적의 티무르. 그가 벌떡 일어나더니 긴 꼬리를 채찍처럼 휘두르며 나를 향해 다가온다. 공중에서 빙글빙글 8자를 그리던 꼬리가 내 콧잔등을 후려친다.

아야.

따가운 느낌이 온몸에 퍼진다. 미처 내가 방어 태세를 갖출 새도 없이 놈의 공격이 재개된다. 꼬리에 눈을 맞는 순간 나는 불에 덴 듯 몸을 오그라뜨린다. 나는 눈을 감은 채 허공을 향해 실속 없는 발길질을 날린다.

역시나 몸놀림이 민첩한 놈은 내 날카로운 발톱 공격을 번번이 피해 가며 정확히 나를 가격한다.

나는 형세가 불리하다고 판단하고 일단 몸을 빼 뒤로 몇 발짝 물러난다. 그런 다음 상대를 위축시킬 요량으로 털을 최대한 부풀린다.

흰 쥐가 갑자기 뒷다리로 일어서며 새로운 공격 자세

를 취한다. 나 역시 뒷다리로 몸을 일으켜 체격 면에서는
내가 훨씬 유리함을 과시한다.

그의 눈알이 지금까지와는 다른 섬뜩한 광채를 발하
기 시작한다. 우리 사이에 연민의 감정이 설 자리는 사라
졌다는 의미다. 우리는 상대를 죽여만 살 수 있는 철천지
원수가 되었다.

방금 전처럼 꼬리 공격을 위해 다가오는 것 같던 그가
갑자기 내 옆을 휙 지나 등 뒤에서 발톱 공격을 가한다.
등에 발톱이 꽂히는 것과 동시에 그의 앞니 두 개가 내
목덜미에 와 박힌다.

다행히 놈의 이빨은 피부를 깊게 뚫고 들어가지는 못
한다. 내 목을 보호해 주는 두툼한 털 덕분이다. 스핑크
스한테는 없는 내 장점이 바로 이 풍성한 털이지.

그의 긴 꼬리가 순식간에 내 목을 휘감는다. 숨이 쉬어
지지 않는다.

죽기 살기로 발을 뻗어 공격을 시도해 보지만 등 뒤에
있는 적은 내 부정확한 공격을 손쉽게 막아 낸다.

숨이 막히고 서서히 힘이 달린다.

피타고라스 말을 들었어야 했어. ESRAE를 몸에 지니
고 오겠다고 고집을 부리는 게 아니었어.

어리석고 잘난 척하는 고집불통에 근시안은 바로 나

야. 그 대가를 지금 치르고 있는 거야. 내가 죽으면 저놈이 ESARE를 차지하게 되겠지.

홀륭해, 바스테트, 아주 잘하는 짓이야…… 이 어리석은 존재 같으니. 그동안의 성과를 이렇게 물거품으로 만들어 버리고 말다니.

마지막으로 한 번 더 발톱을 세워 뒤로 날려 보지만 내 등에 상처만 남기고 만다.

애초에 여기 온 것부터가 잘못이었어.

발버둥 칠 힘도 사라졌다고 느끼는 순간, 뒤에서 푸드득 하는 소리가 들리더니 머리 위에 그림자가 드리워진다. 내 목을 조르던 압력이 순식간에 사라진다. 난데없이 나타난 앵무새가 티무르를 발톱으로 낚아채 하늘로 날아오른다.

잘했어, 샹폴리옹!

앵무새가 적장을 붙잡아 하늘 높이 데려간다. 불행은 공중으로 날아올라 사라져 버린다.

높이 날아오른 앵무새가 잡고 있던 쥐를 강물로 떨어뜨린다.

이런, 땅에 떨어뜨렸어야지. 그래야 티무르의 존재가 영원히 제거되지. 생각이 짧아도 너무 짧아! 앵무새가 하는 짓이 다 그렇지 뭐. 저 종으로선 이 정도만 해도 대단한 거야.

나는 이 틈을 타 재빨리 라크루아섬을 향해 헤엄쳐 간다. 강둑에 있던 쥐들이 즉시 강으로 뛰어들어 나를 추격하기 시작한다.

멀리서 망원경으로 상황을 지켜보던 로망이 내가 접근해 오는 걸 확인하고 급히 전기 철조망 시스템을 해제해 나를 통과시킨 다음 다시 가동한다.

필사적으로 나를 뒤쫓아 오던 쥐들은 그대로 전기 철조망에 몸이 닿아 감전사한다.

피타고라스와 안젤로, 에스메랄다가 달려 나와 나를 맞는다.

나는 그제야 안도하며 몸을 푸들거린다. 긴장을 풀기 위해 몸 구석구석을 핥기 시작한다.

「하마터면 티무르한테 ESRAE를 뺏길 뻔했잖아!」 샴고양이가 보자마자 듣기 싫은 소리부터 야옹거린다.

험한 일을 겪고 온 나한테 이렇게 비난부터 해야겠어?

「가지 못하게 더 적극적으로 말렸어야지. 네 잘못이야. 너 때문에 하마터면 일을 그르칠 뻔했네.」

하지만 나도 안다. 방귀 뀐 놈이 성내는 꼴이라는 걸.

고생한 나를 다독여 주기는커녕 에스메랄다도 비난에 가세한다.

「앞으로 쥐들이 더 집요한 공격을 펼쳐 올 텐데, 어쩌지.」

꼭 이렇게 속을 뒤집어 놓는다니까. 누가 나한테 죄책감을 느끼게 하는 건 참을 수가 없어.

잘난 너희들이 티무르와 담판을 짓지 그랬어.

「적들은 다시 포위를 시작할 거야. 우리를 서서히 옥죄어 올 거라고. 이제 우리를 기다리는 건 죽음뿐이야.」에스메랄다가 죽는소리를 한다.

또 저 소리! 무슨 도움이 된다고 매번 저러는 걸까. 실제로 그런 일이 벌어지면 하는 수 없고, 그런 일이 벌어지지 않으면 쓸데없는 걱정으로 기운만 빼는 거잖아. 물을 채운 표본 병에 에스메랄다를 넣고 실험을 했으면 어떤 결과가 나왔을까. 그녀는 15분도 버티지 못했을 거야.

샹폴리옹이 의기양양하게 날개를 퍼덕이며 날아온다. 윤기가 흐르는 깃털을 자랑하며 공중에 떠서 우리를 내려다본다. 나는 앵무새의 콧대를 꺾어 놓을 생각으로 선제공격에 나선다.

「왜 티무르를 땅에 떨어뜨리지 않았어요?」

「미안. 아까는 미처 그 생각을 못 했어요.」앵무새가 금방 풀죽은 표정이 되어 고개를 숙인다.

「상시적인 위험 요소가 될 티무르를 제거할 수 있었는

데 당신 때문에……」

「앞으로 명심할게요, 바스테트. 다시 그를 공중에서 떨어뜨릴 기회가 오면 그때는 잊지 않고 꼭……」

「그런 기회는 다시는 오지 않아요.」

이런 말 하기 뭣하지만, 나는 남에게 죄책감을 느끼게 하면서 은근히 기쁨을 느끼는 성향이다.

심리 작용이라는 게 참으로 묘해서, 누가 당신한테 잘못을 지적하면 무의식적으로 과거에 일어난 유사한 경험을 떠올리면서 일단 미안하다는 말부터 하게 된다.

그러니 나처럼 권력을 쥐게 되면 일단 꼬투리를 잡아서 상대를 질책하는 게 살길이라는 걸 명심해 둬. 내가 잘못한 경우라면 이건 더더욱 절대적인 진리지.

나는 결정타를 날려 앵무새를 회복 불가능한 상태로 만든다.

「당신이 제대로만 했으면 우리가 안심하고 살 수 있는데.」

내 생명의 은인이 로망의 어깨 위에 앉으며 기어들어가는 목소리로 말한다.

「내가 저지른 실수를 어떻게 만회해야 하는지 방법을 모르겠어요.」

「그 방법은 스스로 찾아야지.」 나는 계속 그를 몰아붙인다.

「내가 나가서 응원군을 찾아보면 어떨까요?」

「응원군?」

「돼지들의 왕 아르튀르가 당신 말에 어느 정도 공감했던 것 같은데, 그를 다시 찾아가 설득해 데려오면 어떨까요.」

옳거니! 그런 해결책이 있었네! 아르튀르 왕과 돼지 무리가 있었어! 아르튀르는 이미 우리와 아는 사이고, 상황도 파악하고 있고, 어느 정도 군사력도 갖추고 있지.

나는 반색하는 모습을 보이지 않으려고 절제된 어조로 대답한다.

「돼지들만으로는 충분하지 않아. 우리한테는 더 많은 응원군이 필요해요.」

「돼지 사냥으로 오는 길에 여러 동물을 만났을 거 아니에요. 누가 있었는지 곰곰이 생각해 봐요.」 앵무새가 말한다.

「안타깝게도 급수탑 고양이들은 이제 아무 도움이 안돼.」 나는 스핑크스의 마지막 뒷모습을 떠올리며 안타까운 목소리로 말한다.

「인간 광신주의자들이야 당연히 제외해야지.」 피타고라스가 한마디 한다.

「개들이 있잖아! 개들의 마을에서 만났던. 우리를 도와준 거 기억 안 나?」나탈리가 갑자기 생각난 듯 소리를 지른다.

「독수리도 있긴 하지. 공중 전력의 중요성을 방금 확인했으니 독수리도 잠재적 지원군 리스트에 꼭 포함해야해.」

별안간 앵무새가 불안한 기색으로 우관을 곤추세운다.

「아…… 그건 좀…… 앵무새들은 독수리들과는 그다지 좋은 관계가 아니라서.」

「그냥 독수리가 아니라 나를 생명의 은인으로 여기는 독수리예요. 가서 내가 누군지 얘기하고 상황을 설명하면 설득해 데려올 수 있을 거예요.」

「일단 접근이 가능해야 말이죠.」

천적과의 만남을 상상하기만 해도 끔찍한지 앵무새가 몸을 소스라뜨린다.

「샹폴리옹, 당신은 우리를 도와줘야 해요. 당신이 어떤 방법을 써서 티무르한테 회동 수락을 받아 냈는지 알아요. 우리한테 ESRAE가 있다는 걸 당신이 그에게 말했잖아!」

앵무새가 고개를 들지 못한다.

「사실이에요, 내가 죽을죄를 지었어요. 만남을 성사시

키겠다는 일념으로 그랬어요.」

「그 결과가 어땠나요?」

「입이 열 개라도 할 말이 없어요.」

「미안하다는 말만 되풀이하지 말고 실수를 만회할 방법을 찾아요. 어서 가요, 샹폴리옹. 나도 철천지원수와 담판을 벌였으니 당신도 얼마든지 독수리를 설득할 수 있어요! 어설픈 걸로 모자라 겁쟁이란 말은 내 앞에서 하지도 말아요.」

그가 몸을 부르르 턴다.

내가 자존심을 제대로 건드린 거야.

앵무새가 끝이 노란 우관을 높이 펼친다. 마음을 다잡는 눈치다.

「노력할게요.」

「그럼 개하고 돼지, 독수리는 정해졌고. 또 누가 우리를 도와줄 수 있을까?」 피타고라스가 고심하기 시작한다.

「수염 난 사내들의 공격을 피해 인근으로 달아나 있을 오르세 대학 과학자들은 어떨까…….」

샹폴리옹이 고개를 끄덕인다.

「알았어요. 최선을 다해 볼게요……. 어쨌든 늦어도 3일 안에는 쥐들의 포위망을 밖에서 뚫을 수 있는 응원군을 데려온다고 약속해요.」

앵무새는 벌써 하늘로 날아올라 날갯짓을 하고 있다. 우리의 희망도 그를 따라 날아오른다.

한참 앵무새의 뒷모습을 바라보던 시선이 강둑을 향하는 순간 나는 티무르와 눈이 마주친다. 멀리서도 사무친 원한과 증오가 느껴져 몸에 소름이 돋는다.

나는 한 비디오에서 본 적이 있는 인간의 전형적인 도발적 몸짓을 흉내 내 그를 향해 혀를 쏙 내민다.

에스메랄다가 야단을 치며 야옹거린다.

「쓸데없이 놈을 자극하는 짓 좀 그만해! 네가 시테섬 학살을 지휘하는 놈을 못 봐서 그래. 놈은 보통 적이 아니라 죽음과 파괴의 화신이야. 저 흰 쥐가 살아 있는 한 우린 절대 편히 발 뻗고 잘 수 없다는 걸 명심해.」

62

티무르의 저주

티무르의 무덤에는 다음과 같은 글귀가 새겨져 있었다고 한다. 〈누구든 내 무덤에 손을 대는 자는 나보다 더 끔찍한 침략자를 만나게 될 것이고, 세계는 벌벌 떨게 되리라.〉

소련 사람들은 이 저주를 미신쯤으로 치부하고 있었다. 1941년 6월, 소련의 독재자 이오시프 스탈린은 인류학자이자 법의학자인 미하일 게라시모프를 우즈베키스탄 사마르칸트에 보내 전문가들과 함께 티무르의 무덤을 파보라고 지시했다.

사마르칸트 주민들이 무덤에 관해 떠도는 오래된 저주를 상기시켰지만, 게라시모프는 아랑곳하지 않고 무덤을 열기 위한 장비를 설치했다. 6월 20일부터 파묘가 이루어졌고, 전 과정은 카메라로 촬영되었다. 게라시모프는 현장에서 수습한 뼈를 맞춰 티무르의 신체를 재구성하기에 이르렀다. 그의 키는 당시 몽골인으로서는 장신인 172센티미터 정도였다. 게라시모프는 알려진 대로 그가 절름발이라는 사실도 확인했다.

6월 22일, 독일의 독재자 아돌프 히틀러가 3백만 명의 대군을 이끌고 소련을 침공해 왔다.

12세기 신성 로마 제국 황제였던 프리드리히 바르바로사의 이름을 따 바르바로사 작전으로 명명된 침공이었다. 십자군 원정길에 올라 예루살렘을 해방시키려다 죽은 바르바로사 황제는 실제로는 죽지 않았으며, 언젠가 다시 깨어나 독일인들에게 과거의 영광을 되찾아 줄 것이라는 신화를 가진 인물이었다.

바르바로사 작전은 독일이 이전부터 은밀히 준비해 온 것이었지만, 침공 날짜가 티무르 무덤의 파묘와 우연히 겹치자 어쨌든 대중은 놀라움을 금치 못했다.

바르바로사 작전으로 소련 측에서는 2천만 명의 희생자가 발생했다. 이것은 티무르의 정벌이 낳은 1천7백만 명의 사망자를 훨씬 뛰어넘는 숫자였다.

결국 티무르의 저주에 관한 미신이 무시할 것이 아니라는 결론을 내린 스탈린은, 1942년 11월 수습한 유골을 다시 넣고 무덤을 닫으라는 지시를 내린다.

며칠 뒤, 소련 군대는 스탈린그라드 전투에서 독일군을 상대로 승리를 거둔다.

이 또한 순전히 우연의 일치에 불과한 일이었겠지만, 이후로 누구도 다시는 티무르의 무덤을 파볼 생각을 하지 않게 되었다.

『상대적이고 절대적인 지식의 백과사전』 제12권

63

잔을 넘치게 하는 샴페인 한 방울

〈네가 남에게 시켜 오늘 당장 할 수 있는 일은 절대 내일로 미루지 말거라.〉 우리 엄마의 주옥같은 말이다.

내가 직접 나서야 할 때와 남에게 시켜야 할 때를 구분할 줄 아는 게 지도자의 덕목 중 하나 아닐까.

어쨌든 나는 당분간 편안히 휴식을 취하면서 신하들이 나의 뜻을 받드는 모습을 지켜볼 생각이다.

방벽 보강은 인간 집사들이 도맡아 하고 있다. 일상의 자질구레한 일들은 동족 고양이들이 맡았다. 그들은 사냥으로 끼니를 마련하고, 청소를 한다. 가장 중요한 동맹군을 확보하는 일은 일단 샹폴리옹에게 시켜 놨으니 기다려 볼 생각이다. 내가 신임을 주었으니 앵무새가 그에 걸맞은 행동을 보이겠지.

공동체 식구들은 라크루아섬에 있는 집들 중 마음에

드는 곳을 하나씩 골라 거처로 삼고 있다.

고압 철조망 방어 체계가 계속 작동하는지 확인하기 위해 때때로 쥐들이 기습 공격을 감행해 오지만, 천재 인간 기술자인 로망 웰즈가 고안한 방어벽의 효과만 확인하고 돌아간다.

샹폴리옹이 떠나고 엿새가 흘렀다.

나는 라크루아섬에서 제일 높은 건물 지붕에 올라가 아침 햇살을 받으며 지평선을 바라본다. 아직 앵무새의 모습은 보이지 않는다. 피타고라스와 안젤로, 에스메랄다가 지붕으로 올라온다.

「인내심을 가지고 기다리는 수밖에 없어.」 내가 혼잣말하듯 말한다.

「적들의 숫자가 점점 불어나고 있어.」 피타고라스의 목소리에 불안감이 묻어난다.

「저들은 동맹군이 도착했는데, 우리는…….」 에스메랄다가 또 나선다.

「다 무찌를 수 있으니 걱정할 필요 없어요. 우리가 힘이 더 세요! 엄마, 내가 친구들을 데리고 적진으로 돌격하게 허락해 줘요. 내 캣권도 실력으로 깝죽대는 저 흰쥐를 잡아다 엄마 앞에 바칠게요!」 흥분한 안젤로가 핏대를 세운다.

「샹폴리옹이 3일 안에 돌아오겠다고 했는데 아직 감감 무소식이야. 예감이 좋지 않아.」

피타고라스가 이 말 끝에 내가 절대 듣고 싶지 않은 말을 내뱉는다.

「네가 항복하고 놈의 요구를 들어주는 게 낫지 않았나 싶네.」

「나한테 처칠이라는 인간이 했다는 말을 가르쳐 준 게 바로 너였어. 뭐였더라, 그게? 아, 맞아, 〈당신은 전쟁과 불명예 중에서 불명예를 선택했소. 그리고 곧 전쟁이 일어나게 될 것이오!〉 스핑크스가 당한 걸 보고도 그런 소리를 해?」

피타고라스가 귀를 납작하게 붙인다.

「솔직히 난 두려워.」 그가 내 시선을 피한다.

어쩌지, 에스메랄다의 패배주의가 모두에게 전염되는 모양이야. 다들 왜 나만큼 담력이 없을까? 어서 무슨 수를 찾아야지 안 되겠어.

「혹시 누가 샴페인 좀 구해 줄 수 있어?」

좌중이 깜짝 놀라 나를 쳐다본다. 순식간에 화제를 돌린 것만으로도 벌써 절반은 성공이다.

「취하고 싶어서 그래?」 그 물질의 효과를 잘 아는 것처럼 에스메랄다가 걱정스럽게 묻는다.

「볼프강이 죽어 가면서까지 권한 음료가 혹시 내 정신의 문을 열어 줄 수 있는지 확인해 보려고 그래. 정상적인 상태에서는 놓치는 생각들이 있지 않나 해서.」

피타고라스와 나탈리가 진지하게 상의하더니 집사가 잠시 사라졌다 돌아온다. 그녀가 근처 아파트에서 찾았다며 샴페인 병을 내민다.

「이거 한 병밖에 못 찾았어. 고급 샴페인도 아니고 미지근한데 어쩌지.」

이거라도 시도해 보는 수밖에. 볼프강이 무슨 의도로 숨이 넘어가는 순간까지 나한테 샴페인 얘기를 했는지 궁금해.

집사가 큰 그릇에 샴페인을 가득 따라 내 앞에 내민다. 코를 대보니 냄새가 고약한 게 예전에 마신 것보다 영 못하다. 나는 조심스럽게 혀끝을 술에 담근다. 웩.

아이디어가 솟아나려면 참고 조금 더 마셔야 해. 내 생각을 가로막고 있는 벽을 부수고 새롭게 창문을 만들어야 우리 공동체를 살릴 해결책을 생각해 낼 수 있어.

이걸 반드시 마셔야 해.

볼프강과 우리 공동체를 위해서, 모두의 미래를 위해서.

마시고 싶다고 스스로 주문을 걸어 보자. 자, 마시자.

나는 어렵게 한 모금 목으로 넘긴다. (톡 쏘는 느낌이 없으면 영락없는 오줌 맛인) 술을 억지로 몇 모금 더 넘기다 눈을 질끈 감고 꿀꺽꿀꺽 들이켠다. 순간 꺼억 하고 트림이 올라온다.

지난번처럼 어지럽고 속이 울렁거리기 시작한다. 독성 물질이 주입된 듯 몸이 거부 반응을 일으킨다.

볼프강이 뭘 잘못 알았던 건 아닐까? 어쩌면 술은 그에게만 효과가 있는 게 아닐까.

세상이 빙빙 돌고 눈앞에서 섬광이 터진다.

머릿속에서 거품이 빠글빠글 일어나는 느낌마저 든다.

드디어 찾아오는 환각.

나는 눈을 감는다.

내가 사는 행성을 찍은 사진과 바스테트의 조각상을 봤을 때와는 차원이 다른 경험이다. 강에서 소용돌이에 휘말렸을 때처럼 나는 몸에 대한 통제권을 상실했다.

에라, 모르겠다, 계속 마셔 보는 수밖에.

나는 다시 샴페인을 들이붓다 옆으로 쓰러진다. 딸꾹질이 멈추지 않는다는 생각을 하는 순간, 내 정신은 몸을 떠난다⋯⋯.

나는 이집트 여신 바스테트 앞에 서 있다. 그녀의 머릿속에 들어가 있는 게 아니라, 그녀와 마주 보고 서 있다.

그녀가 나를 보자마자 다짜고짜 소리친다.

「넌 우리 이야기를 글로 써야 해! 그게 너의 진정한 소명이야.」

「인터넷 페이지를 만들고 컴퓨터 파일에 저장하라는 거죠?」

「아니, 반드시 종이책이어야 해. 그 책이 네게 왕의 권위를 부여할 거야.」

「그러는 당신은, 당신은 책을 썼나요?」

「아니! 그래서 내가 네 몸으로 환생한 거야. 내가 이루지 못한 걸 네가 이루게 하려고. 그 소명을 일러 주려고 그동안 네 꿈이나 직관을 통해 끊임없이 너와의 접촉을 시도했단다.」

「난 고양이예요. 글을 쓸 줄 몰라요.」

「너한테는 그걸 해낼 수 있는 재능이 있어. 내가 나탈리의 꿈을 통해 나와 똑같은 이름을 네게 지어 주라고 암시했지. 제3의 눈을 통해 나에 대해 알고 있는 고양이 피타고라스를 네 삶의 여정에 배치한 것도 나였어. 네가 인간의 지식에 접근할 수 있도록 수술을 받게 한 것도 나였어. 그 모두가 내 의도였지. 책이 쓰이게 하기 위한 내 계획이었어. 난 네가 인간의 어휘를 익혀 추상적인 생각이 가능하게 만들었어. 호기심을 타고난 너는 추상적인 개

넘들과 언어의 뉘앙스에 기대 이상의 흥미를 보이더구나……. 다시 말하마. 그동안 네게 일어난 모든 일들은 단 하나의 목표를 위한 것이야. 고양이에 의해 쓰이는 최초의 책. 인간의 지식에 고양이의 지식까지 담은 고양이 백과사전, 그리고 이것을 포함할 책. 네가 쓸 책, 네 작품, 네 소명이자 운명 말이야!」

「음, 글을 쓰라니…….」

「글을 쓴다는 건 세상 어떤 것보다도 큰 권력이란다. 그 어떤 강렬한 쾌감도 승리의 환호도 글쓰기에 비견할 바가 못 돼. 글로 흔적을 남긴다는 건 자기 생각이 경계를 뛰어넘어 불멸성을 획득하게 만든다는 의미니까.」

「하지만…….」

「그 〈하지만〉 소리 좀 그만해. 내 말 잘 들어, 〈자신의 잠재력이 뭔지도 모르는 내 미래의 환생〉, 이 답답한 고양이야.」

「감히 어떻게…….」

「미래의 나를 내 입으로 모욕한다고? 못할 것도 없지!」 바스테트 여신이 비아냥거린다.

과거의 내가 인간의 실루엣을 이용해 거만하게 나를 내려다보며 말한다.

「넌 글을 써야 해!」

「열심히 듣고 있으니까 너무 조바심치지 말아요.」

「너 자신을 위해서라도 글쓰기는 꼭 필요하단다. 그걸 명심해. 글을 쓰는 순간 네 생각이 정리되고 흐름이 생기면서 단단해지는 걸 느낄 거야. 글쓰기는 네 정신에서 약한 것은 내보내고 옹골찬 것만 남겨 주어 네가 가진 진정한 힘이 뭔지 깨닫게 해줄 거야. 네게 닥치는 불행을 숙성시켜 이야기로 다시 태어나게 해줄 거야. 글쓰기는 그 어떤 깊은 대화나 성찰보다도 너를 더 멀리 도약하게 해주지. 글을 쓰는 동안 잊고 있었거나 일부러 감추고 있었던 네 내면의 지층들을 탐색하게 될 거야. 그러면서 그동안의 자기 성찰이 너 자신에 대한 표면적 이해에 불과했음을 깨닫게 될 거야. 글로 쓰지 않는 한 네 생각은 모호하고 불완전한 채로 사라져 버리고 말 거야. 명심해. 너는 그 가치도 모른 채 그저 사소한 생각들이 머리를 스쳐 지나가거니 생각할 거야. 하지만 네 감정이 문장이라는 형태를 갖추는 순간 그때 비로소 너라는 존재는 예민한 수신자이자 강력한 발신자가 되는 거야.」

바스테트 여신이 내 가슴팍을 검지로 누르면서 말끝을 잇는다.

「네 머리에서 일어나는 생각을 글로 고정해 놓지 않는다면 생각이라는 게 무슨 소용이 있을까? 그건 그저 쓸모

없는 생각일 뿐이야! 넌 쓸모없는 삶을 살 뿐이야! 너 자신은 쓸모없는 존재일 뿐이야!」

「말뜻은 알겠지만, 나한테는 손이 없는걸요. 손가락도 없고 마주 보는 엄지도 없는 내가 어떻게 인간처럼 책을 쓸 수 있어요?」

「무언가를 진정으로 바라면 우주가 나서서 도와주게 돼 있단다. 내가 도와주마.」

「그건 그렇고, 난 지금 위험에 처해 있어요. 잘못하다 간 우리 모두 쥐들한테 잡혀 죽을지도 몰라요…….」

「그런 시시한 소리를 계속해야 하니? 어떤 시대에나, 그 누구에게나 위험은 찾아오게 되어 있어. 내 시대의 위험은 네가 안달복달하는 그 〈시시한〉 쥐들과는 비교할 수도 없는 끔찍한 것들이었단다. 이제 네가 존재하는 이유를 깨달았으면 하찮은 고민에 시간 낭비하지 말고 네게 주어진 사명을 완수하렴. 너를, 그리고 나를 불멸의 존재로 만들 작품을 쓰기 시작하거라. 그래야 고양이 문명이 존재할 수 있어. 모름지기 세상 모든 문명의 중심에는 책이 하나씩 있지. 『오디세이』, 『성경』, 『바가바드기타』, 『포폴 부』, 『자본론』과 『마오쩌둥 어록』, 이런 책은 수많은 인간에게 영향을 끼쳤지! 이제 네가 우리 고양이들의 가치를 이야기에 새길 차례야. 책 제목은 〈내일은 고양이)[6] 어떨까.」

「아니, 그게…….」

「날 실망시키지 말거라, 바스테트. 네가 나의 마지막 기회라는 걸, 나의 아홉 번째, 그러니까 마지막 환생이라는 사실을 명심해. **책을 써! 그건 내 뜻이야! 명령이야.**」

바스테트 여신이 눈썹을 찡그리며 얘기가 끝났음을 알린다. 나는 주눅이 들어 기어들어 가는 목소리로 묻는다.

「당장 우리의 생사가 걸린 문제에 대해선 혹시 조언해 주실 게 없나요?」

「이전처럼 이번에도 공중으로 탈출을 시도하렴.」

---

6 베르베르의 소설 『고양이』의 원제가 〈내일은 고양이*Demain les chats*〉이다.

64

바스테트 숭배

바스테트 여신은 이집트 도시인 부바스티스(〈바스트〉는 바스테트를 가리킨다) 사람들이 숭배하는 신이었다. 1887년 고고학자 에두아르 나빌은 카이로에서 북동쪽으로 약 80킬로미터 떨어진, 오늘날 텔 바스타로 불리는 도시 인근에서 바스테트를 숭배하기 위해 지어졌던 거대한 신전의 흔적을 발견했다.

화려한 신전 안에는 어마어마한 규모의 고양이 사육장이 있었다. 사제들은 이곳에서 고양이 수천 마리를 키웠고, 심지어는 이웃 국가들에서 학대받던 고양이들을 사서 이집트로 데려오기도 했다.

이집트 제6왕조의 파라오 페피 2세가 집권하면서부터 고양이 숭배 문화는 더욱더 확산되었다.

바스테트는 태양신 라의 딸로 여겨졌다.

바스테트는 고양이 머리가 달린 인간 여인의 모습으로도, 평범한 고양이의 모습으로도 존재했다.

바스테트는 음악의 여신이자 성적 쾌락과 다산을 상징하는 여신이었다. 육체적 사랑을 자극해 새로운 생명을 잉태시키는 마법의 힘을 지녔던 바스테트는 여성을 지키는 신으로도 여겨졌다.

주로 선하고 자애로운 모습을 보였던 바스테트 여신은 자신의 권위가 도전을 받을 때는 불같이 화를 내는 무서운 존재였다고 한다.

그녀를 위해 부바스티스에 지어진 붉은 화강암 신전에서는 매해 축제가 열렸다. 이 축제는 지중해 연안 전역에서 인기를 끌면서 바스테트 여신의 이름을 널리 알렸다. 축제가 시작되면 고양이 분장을 하고, 뾰족한 고양이 귀를 달고, 옷에 긴 고양이 꼬리를 만들어 붙인 이집트인들이 신전으로 모여들었다. 여성들은 고양이처럼 화장을 하고 피부에 일부러 상처를 내 고양이 피를 피부 속으로 흘려 넣기도 했다.

그리스의 역사가 헤로도토스는 이집트를 방문하고 나서 다음과 같이 썼다. 〈70만 명이 넘는 사람들이 매년 바스테트 여신을 숭배하기 위해 부바스티스 신전으로 모여들었다. 이들은 노래를 하고 춤을 추고 음악을 연주하면서 배를 타고 도착했다. 모두가 고양이 변장을 하고 있었는데, 남자들은 피리를 불고 여자들은 심벌즈와 탬버린을 치거나 손뼉으로 흥을 돋웠다. 육지에 발을 딛는 순간 그들은 한 덩어리가 된 듯 희열에 젖었다. 본격적인 축제는 이때부터 시작되었다. 축제 참가자들이 보는 앞에서 죽은 고양이들이 방부 처리되어 관에 넣어진 다음 부바스티스 지하에 있는 방들에 안치되었다. 이 의식이 끝나면 사람들은 옷을 벗어 던지고 술에 취한 채 바스테트 여신을 숭배하기 위해 사랑을 나눴다.〉

『상대적이고 절대적인 지식의 백과사전』 제12권

65

탈출 작전

「우……를 구…… 방……은 찾……어?」

머리가 깨질 듯이 아프다. 피타고라스가 야옹거리는
소리가 마치 노트르담 대성당의 댕댕거리는 종소리처럼
내 머리를 때리고 튕겨 나간다.

아니, 왜 이렇게 악을 쓰는 거야?

나는 다리 사이에 머리를 처박고 귀를 틀어막는다. 또
다시 소리가 웅웅거리는 걸 보니 피타고라스가 같은 말
을 되풀이하는 모양이다. 이제 그의 말이 조금 또렷이 들
리기 시작한다.

「그래, 우리를 구할 방법은 찾았어?」

나는 몸을 한번 푸들거리고 나서 천천히 하품을 해 마
비된 턱관절을 풀어 준다. 드디어 입 밖으로 말이 빠져나
온다.

「응.」

「말해 봐.」

다들 내 입만 뚫어지게 쳐다보고 있다. 내가 자기들 구세주인 줄 아는 모양이지?

하긴 내가 저들의 여왕이니 당연한 거지. 저들도 이제 안 거야, 아니, 오래전부터 알고 있었을 거야. 이렇게 되고 보니 내가 그간 겪은 시련들은 결국 왕위에 오르기 위한 과정이었어. 앞으로 저들은 나를 왕으로 받들어 모실 거야.

고양이 폐하로.

나한테 책을 쓰라고 했지? 아무리 내 과거 환생의 명령이라도 호락호락 시키는 대로 할 필요는 없지. 〈내일은 고양이〉? 좋아, 다 좋지만 당장 〈오늘은 쥐〉 해결이 급선무야. 쥐들에게 잡혀 죽으면 글이고 책이고 여왕이고 아무 소용 없으니까.

나는 주변의 시선을 의식하면서 자세를 가다듬으려고 애쓴다. 멀쩡해 보이게 발음을 똑똑히 해야 해.

「우리 모두 공중으로 탈출하는 거야. 로망이 오르세 대학에서 가져온 장비들이 있으니 그걸로 비행선을 만들면 돼. 이게 내가 샴페인을 마시고 트랜스 상태에서 얻은 해결책이야.」

왠지 좌중의 시선에서 감탄과 회의가 교차하는 것 같다.

저들이 지금 무슨 생각을 하는지 난 알아. 좀 더 빨리 그 이야기를 꺼내지 않았다고 나를 타박하고 있을 거야. 하지만 이 섬에 도착해 자리 잡느라 처음에는 정신이 없었고 나중에는 방어에 신경 쓰느라 탈출은 생각도 못 했지. 누굴 탓할 일이 아니야.

나는 좌중을 뒤로하고 걸음을 뗀다.

저들에게 비틀거리는 모습을 보여선 안 돼.

멀리서 집사와 로망 웰즈가 다정하게 음식을 먹고 있는 모습이 눈에 들어온다. 저들의 구애는 여전히 슬로 모션으로 진행 중인가 보군. 이젠 놀랍지도 않아. 대체 얼마 있으면 교미를 하게 될까? 하루? 일주일? 아니면 한 달? 반년? 1년?

어쨌든 지금은 그런 복잡한 인간 감정의 문제를 따질 계제가 아니야. 탈출을 위한 행동에 나설 때지.

「로, 딸꾹, 망!」

빌어먹을, 샴페인이 정신의 문을 열어 주기는커녕 감각만 둔하게 만든 모양이야. 그렇지 않고서야 이렇게 몸이 휘청대고 생각에 집중하기 힘들 리가 있나.

「로망! 나탈리! 어서 유람선으로 가서 비행선 제작에

필요한 장비를 가져와요!」

단어 몇 개 내뱉기가 이렇게 힘들어서야! 관자놀이가 욱신거려 참을 수가 없네.

「그걸 깜빡하고 있었네.」로망이 반색한다.

인간들의 사기가 슬슬 저하되고 저장 식량도 줄어드는 상황을 그도 걱정스럽게 지켜보고 있었던 모양이다.

이런 시기에는 대형 프로젝트를 추진하는 게 공동체의 사기를 북돋울 수 있는 가장 손쉬운 방법임을 그도 잘 아는 것이다. 공동체 식구들은 즉시 한마음이 되어 〈공중 탈출 작전〉 준비에 돌입한다. 고양이들도 현장에 나와 입으로 연장을 물어 날라주며 일손을 거든다.

우리는 강둑에 진을 친 쥐들이 보지 못하게 모든 제작 과정을 라크루아섬 아이스 링크 안에서 진행한다.

한 조각 한 조각 이어 붙인 유선형 선체가 만들어지고 있다. 가스를 주입해 부풀리면 열기구 풍선의 열 배에 이를 정도로 큰 주머니가 완성된다. 바로 옆에서는 바구니 제작이 한창이다. 열기구에 매달았던 욕조와는 비교가 안 될 만큼 공간이 넓어 우리 공동체 고양이들과 인간들이 다 타고도 남을 정도다.

로망이 완성된 바구니 옆구리에 프로펠러를 하나씩 부착한다. 인간들이 페달을 밟아 프로펠러를 돌리면 휘발유 없이도 움직일 수 있다는 게 내가 이해한 로망의 비행선 추진 방식이다.

앞에는 조종 장치를 설치하고 뒤에는 방향 날개를 붙여 기체를 조립하는 과정을 지켜보니 비행선의 작동 원리가 보다 구체적으로 이해된다.

땅에서 옥신각신하는 자들의 세계를 떠나 얼른 하늘로 날아오르고 싶다. 하늘 위에서 그 가소로운 세상을 내려다보고 싶다.

게으름뱅이 아들 안젤로만 빼고 고양이와 인간 모두가 비지땀을 흘리고 있다.

나는 바느질에 열중하고 있는 집사에게 다가가 머리를 비비대 그녀의 다리에 냄새를 묻힌 다음 갸르릉 소리를 낸다. 그녀가 바닥에 앉자 나는 금방 그녀의 무릎에 자리를 잡는다.

집사가 긴 손가락으로 머리를 쓸어 넘기며 환하게 웃는다.

「너랑 이렇게 대화하는 게 얼마나 대단한 행운인지 잘 알고 있어, 바스테트. 자기 고양이와 얘기하는 게 소원인 사람들이 날 보면 얼마나 부러울까…….」

「자기 집사와 얘기하는 게 소원인 고양이들은 또 날 얼마나 부러워하겠어요…….」

「그러게. 이제야 우리가 서로를 조금씩 알아 가는 것 같아.」

「당신한테 꼭 하고 싶은 말이 있어요. 상황이 조금 특수하긴 해도 난 지금 행복해요. 물론, 내 아파트에서 당신과 살 때도 나름대로 만족했어요. 하지만 박진감 넘치는 모험을 하면서 더 행복하다고 느껴요. 게다가 조금 있으면 구름 위로 날아오르게 되잖아요. 생각만 해도 가슴이 부풀어 올라요. 이 말을 예전부터 꼭 해주고 싶었어요. 당신은 나한테 걸맞은 인간 집사예요.」

「아, 그래…….」

「당신도 나처럼 현재를 즐기고 있기를 바라요. 나를 모시는 집사들도 나름의 기쁨을 누릴 권리는 있으니까. 그런 차원에서 당신한테 짝짓기에 대한 조언도 해줬던 거고……. 하지만 인간들은 우리와 달리 점진적이고 느린 방식으로 사랑에 도달한다는 걸 알게 됐으니 존중할게요.」

나를 쓰다듬던 손이 뻣뻣해지더니 집사가 동작을 멈추고 나를 빤히 내려다본다.

「그 얘길 하러 온 거야, 바스테트?」

「당신이 정해 준 사랑과 유머, 예술이라는 세 가지 목표에 대한 진척 상황을 알려 주러 왔어요.」

그녀의 표정이 살짝 누그러진다.

「한 가지 깨달은 게 있어요. 경험보다 독서가 지식을 얻는 데 더 좋은 방식 같아요.」

「무슨 뜻이야?」

「경험보다 책이 더 강렬한 감정을 일으킨다는 걸 알게 됐어요. 어떤 경험에 대해 우리 모두가 꼭 적확한 언어로 표현할 수 있는 건 아니에요. 그러나 언어 전문가들은, 가령 작가들은 우리가 가진 막연한 느낌이나 감정을 구체적이고 생생한 언어로 포착해 낼 줄 알죠.」

「이런 이야기를 듣는 건 처음이야. 더군다나 고양이 입에서 그런 이야기가 나오니 놀라울 따름이야.」

「우리가 공중 탈출에 성공해 안전한 곳에 정착하면 ESRAE에 저장된 글들을 읽는 법을 나한테 가르쳐 줘요.」

「어떤 종류의 글을 읽어 보고 싶은데?」

「소설을 읽고 싶어요. 정보가 담긴 글도 좋지만 감정을 느끼게 해주는 글을 읽고 싶어요. 막연하게만 느껴지는 것들이 소설 속 주인공들을 통해 구체화하는 모습을 보고 싶어요. 그렇게 소설에 대한 이해가 깊어지면 나중에 내가 직접 말로, 종국에는 글로 소설을 써보고 싶어요. 이게 내가 새로 세운 목표예요.」

그녀가 한동안 말이 없더니 내가 가장 두려워했던 반응을 보인다. 소리를 내며 웃는다! 웃음의 의미를 아는 나로서는 집사가 보이는 반응이 충격 그 자체이다.

지금 날 놀리는 거야. 고양이 주제에 감히 어떻게 글을 읽고 쓸 수 있겠냐는 거지.

당장 불호령을 내리고 싶지만 이번만은 대범하게 눈 감아 주기로 마음먹는다. 앞으로 그녀에게 선생 노릇을 시키려면 이런 조롱은 참고 넘기는 수밖에.

「글을 가르쳐 줄 거죠, 나탈리?」

「글쎄, 그게, 뭐부터 시작해야 하나.」

「일단 알파벳부터 가르쳐 줘요. 그런 다음 단어, 그리고 문장으로 단위를 키워 나가는 거죠! 괜히 모르는 척하지 말아요. 인간들은 글자를 다 외우고 있다고 들었으니까.」

그녀가 웃음을 멈추고 무슨 말인가를 하려고 입을 여는 순간, 로망이 그녀의 이름을 크게 부른다. 와서 도와달라고 소리를 지른다.

이 정도면 내 말뜻을 알아들었을 거야. 일부러 듣기 좋은 소리도 해줬으니 일단 기다려 보자.

비행선이 점점 모습을 갖추어 간다.

샹폴리옹이 떠난 지 25일째 되는 날, 공동체 식구들이

혼신의 힘을 기울여 제작한 비행선이 완성되었다고 로망
이 떨리는 목소리로 발표한다.

큰 배처럼 생긴 바구니와 이 바구니를 매달고 하늘을
날 거대한 가스주머니가 우리 눈앞에 완성된 형태로 모
습을 드러낸다. 로망이 아이스 링크 지붕에서 비행선을
이륙시키자고 제안한다.

인간들이 바닥에 말뚝을 박은 다음 밧줄로 선체를 고
정한다. 로망이 헬륨 가스통을 열어 가스를 주입하자 주
머니가 서서히 부풀어 오르더니 지난번 열기구 같은 공
모양이 아니라 오이 비슷하게 길쭉한 타원형으로 펼쳐
진다.

로망 웰즈의 지휘하에 우리는 본격적인 이륙 준비에
돌입한다. 그는 전문가답게 현장을 완벽히 통제한다.

고양이와 인간이 줄을 지어 탑승하기 시작한다. 공동
체 식구들이 빠짐없이 비행선에 오른 걸 확인한 로망이
신호를 보내자 나탈리가 밧줄을 자른다. 비행선이 공중
으로 두둥실 떠오른다.

열기구처럼 머리 위에서 뜨거운 불을 내뿜는 화구가
없으니 타고 있는 느낌이 훨씬 편안하다. 헬륨 가스가 대
단한 기술적 진보이긴 한 모양이야.

굳은 표정으로 옆에 바짝 붙어 서 있는 안젤로의 긴장

을 풀어 주려고 내가 일부러 말을 건다.

「환상적인 경험을 하게 될 테니 기대하렴. 구름을 뚫고 하늘 위로 올라가면 더 이상 불행이 우리를 쫓아오지 못할 거야.」

「빨리 구름 사이를 지나가면 좋겠어요, 엄마!」

땅에서 멀어진 타원형 비행체가 서서히 고도를 높인다. 바구니 너머로 땅을 내려다보니 쥐들이 얼이 빠져 하늘을 올려다보고 있다. 우리한테 항복을 받아 내려던 계획이 수포로 돌아갔으니 통곡이라도 하고 싶은 심정이겠지.

미안하게 됐어, 쥐들아, 너희들은 지금 인간 문명과 고양이 문명의 합작품을 보고 있어. 불도 그랬듯이 이번에도 우리가 너희를 한발 앞섰어. 우리가 수적 열세를 극복하는 방법은 바로 이런 기술이야.

높은 곳에 서서 우리를 올려다보는 흰 점 같은 실루엣이 하나 눈에 들어온다.

아듀, 티무르. 만나서 반가웠어. 네 앞니 공격을 당하지 않아도 돼 천만다행이야. ESRAE는 내가 가지고 있어. 그걸 네게 줄 마음도, 네 밑으로 들어가 복종할 마음도 없으니 이제 꿈 깨.

너는 패배했고 나는 승리했어.

기체가 상승을 멈추고 수평으로 날기 시작할 무렵 머리 위에서 이상한 소리가 들려온다. 토도독 하는 게 마치 가스주머니에 우박이 떨어지는 것 같다. 어, 똑같은 소리가 다시 들리네.

　로망이 긴 막대기 끝에 거울을 달아 위로 들어 올린다.

　「비둘기 떼야! 한 마리가 아니라 수백 마리야! 부리로 선체를 쪼아 대고 있어!」

　편대를 이루어 고도를 높였다 낮췄다 하면서 부리 끝으로 선체를 공격하는 놈들이 있는가 하면 딱따구리처럼 한 곳만 집중적으로 쪼아 대는 놈들도 있다.

　비행 고도가 급격히 낮아진다.

　「비둘기를 쫓을 방법이 뭐 없을까요?」

　「없어, 비행선 위에서 공격을 해대니 우리로선 손쓸 방법이 없어.」

　「비둘기들이 왜 우리를 공격하는 거죠?」 안젤로가 눈을 동그랗게 뜨고 묻는다.

　그럴 만한 이유가 생각나지만 차마 말하지 못하는 나를 대신해 피타고라스가 대답해 준다.

　「우리를 원망하는 마음 때문이야. 지난번에 열기구를 타고 저들의 영역을 처음으로 침범했을 때 동족 몇 마리를 죽였거든.」

「그건 파리에서 일어났던 일이고 우린 지금 루앙 하늘에 떠 있는데, 비둘기들이 그걸 어떻게 알아요? 설마 비둘기들 간에 원격 통신을 하는 걸까요?」 안젤로가 흥분해서 목소리를 높인다.

어쭈, 녀석이 생각보다 사고의 폭이 넓은걸.

「그럴지도 모르지. 우리가 모르게 정보를 주고받는 방법이 있을지도. 어쨌든 우리가 누구인지 알고 있는 눈치야.」

인과응보다. 사소한 부주의에도 대가가 따른다. 비둘기 열댓 마리를 죽인 행동을 부주의했다고 하는 게 적절한 표현인지는 모르겠지만.

빠지직 소리와 함께 기체가 추락하기 시작한다. 다행히 조종간을 잡은 로망이 비행선이 이륙했던 장소로 그대로 떨어지게 추락 지점을 잡는다. 바닥에 닿는 순간 기체가 부서질 듯 요동친다.

급변한 상황을 눈치채고 쥐들이 우르르 강물로 뛰어든다.

판단력이 빠른 로망이 역시나 잽싸게 바구니 밖으로 뛰어나가더니 고압 철조망 장벽에 전기를 흘려보내는 장치를 다시 가동한다.

순식간에 이미 방어선을 넘어온 쥐 몇 마리가 부서진

비행선을 빠져나오는 우리를 공격하기 시작한다. 우리는 즉시 적들과 육탄전을 벌여 그들을 제거한다.

「이젠 정말로 가망이 없어. 우린 지금까지 헛고생만 한 거야.」에스메랄다가 또 쓸데없는 말로 공동체의 사기를 꺾어 놓는다.

아직 부서진 기체 안에 남아 있는 식구들을 밖으로 나오게 도와주고 있는데 비둘기 떼가 날아와 끈적끈적한 똥을 투하하기 시작한다.

빌어먹을 똥 공격을 피해 우리는 서둘러 아이스 링크 안으로 몸을 피한다.

피타고라스가 머리에 묻은 비둘기 똥을 털어 내며 한숨을 쉰다.

「이제 우리한테 적이 하나 더 생겼어. 이번엔 비둘기. 이놈들도 쥐들 못지않게 숫자가 많아.」

「우리 엄마는 비둘기를 〈날아다니는 쥐〉라고 불렀어. 그 날아다니는 쥐들이 땅에서 우글거리는 쥐들과 합작해 우리를 공격하네.」

공동체 전체가 침통한 분위기에 빠진 걸 보고 내가 즉석에서 새로운 제안을 내놓는다.

「새들이 부리로 쪼아도 찢어지지 않는 가스주머니를 다시 만들면 되지 않을까.」

「그건 불가능해.」나탈리가 대답한다.「가스주머니는 얇고 가벼워야 하기 때문에 어차피 쉽게 구멍이 뚫릴 수밖에 없어.」

「그럼 이제 우린 어떡해?」에스메랄다가 신경질적인 반응을 보인다.

나는 공동체를 안심시키기 위해 차분한 목소리로 말한다.

「일단 샹폴리옹이 응원군을 데려올 때까지 기다려 봐요. 앵무새가 시간이 오래 걸리는 모양이에요.」

당장은 뾰족한 묘수가 떠오르지 않는다. 지금 같은 상황에서는 인간들이 쥐를 실험 대상으로 삼아 만들었다는 그 약이, 낙관주의를 불어넣어 준다는 그 약이 우리에게 필요한지도 모르겠다.

어둠이 깔리고 나서 나는 섬의 가장 높은 건물의 지붕에 올라가 혼자 상념에 잠긴다. 달이 유난히 노랗고 동그란 밤이다.

「이제 우린 어떻게 되는 거예요, 엄마?」안젤로가 다가와 묻는다.

「걱정하지 마, 안젤로, 결국 우리가 이길 거야. 그 이유를 말해 줄까? 바로 우리가 미래에 대한 가장 완벽한 계획을 가졌기 때문이야. 때로 예기치 못한 난관에 부딪혀도 결국 먼 미래를 내다볼 줄 아는 자, 그 혜안을 바탕으로 조화로운 해결책을 제시할 줄 아는 자가 최후의 승자가 되는 거야. 그게 세상의 이치란다. 과거의 관습에 매몰되는 자는 절대 상상력을 가진 자를 이기지 못해.」

「그건 그렇다 치고, 당장 우린 어떻게 되는 거예요? 곧 쥐들이 쳐들어올 것 같은데, 그렇게 되면 미래의 꿈은 사라지는 거 아닌가요?」

「전쟁은 하나의 돌발 상황에 불과해.」

「그게 무슨 뜻이에요?」

「결정적인 영향을 미치지는 않는다는 뜻이야. 쥐들과의 전쟁에서 이기든 지든 우리는 결국 생명의 진화 방향으로 나아가게 되어 있어. 쥐들은 야만성과 수적 우세를 중시하는 구시대의 유물에 불과할 뿐이야.」

「어? 수가 많고 힘이 세면 좋은 거 아니에요?」

「아들아, 내 말 잘 들어. 쥐들은—그리고 이제는 비둘기들까지—과거를 대변하지만 우리 고양이들은 미래를 대변한단다. 묘류는 반드시 세계를 이끌 거야. 그러니 당장은 불리한 일이 벌어지더라도 우리는 정신으로는 이미 승리한 것이나 다름없단다.」

「물질로는 아니고요……?」

조막만 한 게 지금 대드는 거야?

「물질은 늘 정신보다 한 발짝씩 늦지.」

「우린 이제 죽어요? 죽는 거예요?」

어린 녀석이 왜 이토록 부정적일까! 내가 질색하던 제 아비의 답답한 면을 똑 닮았어.

아비 탓이 아닌가? 곰곰이 생각해 보니 내가 여러 수 고양이를 만나고 나서 녀석이 잉태됐어. 그러니 누가 아비라고 단정하긴 쉽지 않지.

아니면 혹시 에스메랄다가 악영향을 미친 걸까. 내가 없는 동안 아들이 에스메랄다를 어른 암고양이의 기준으로 삼고 나 대신 엄마로 여겼을 테니 충분히 그럴 수 있어.

어쩌면 녀석의 오만함도 에스메랄다한테 배운 것일지 몰라.

참 신기하다. 그 노란 눈에 검은 털을 가진 암고양이는 첫인상부터 왠지 골칫거리가 될 것 같았어. 그 느낌은 기시감이었을까, 아니면 직감이었을까?

나는 앞발로 아들의 이마를 다정하게 긁어 준다.

「안젤로, 누구나 언젠가는 다 죽어. 다만 엄마는 그날이 너무 빨리 오지 않게 최선을 다할 뿐이야. 그래야 우리 고양이들이 마음껏 상상력을 펼치며 이상적인 미래를 구현할 수 있으니까.」

「엄마가 그리는 이상적인 미래는 어떤 거예요?」

음, 이제부터 말의 무게를 의식해 한 단어 한 단어 신중히 골라야겠어.

「다음 세대들이 평화로운 세계에서 살아갈 수 있도록 모든 종이 머리를 맞대고 고민한 결과로 생겨날 미래란다.」

「인간들과 고양이들 말이죠?」

「아니, 개들, 돼지와 소들, 양들, 늑대들, 그리고 하늘에 있는 새들, 물에 사는 물고기들, 땅에 사는 곤충들까지, 모든 동물을 포함해서 말하는 거야.」

이번에는 안젤로가 고개를 갸웃하며 나를 이상한 눈으로 쳐다본다. 나는 아랑곳하지 않고 계속 생각을 펼친다.

「나중에는 이 범위를 식물로까지 확대하는 상상도 해본단다.」

「말도 안 돼. 식물은 눈도 없고 말도 못 하잖아요.」

「하지만 영혼은 있지. 그게 중요한 거야.」

「엄마는 식물도 영혼이 있다고 믿어요?」

「살아 있는 모든 것이 영혼이 있단다. 모든 존재를 관통하는 어떤 생명 에너지가 있다고 나는 믿어. 각각의 존재가 가진 최소한의 공통분모가 바로 그 에너지지. 그것에 접속하는 순간 우리는 이미 서로 연결돼 있다는 것을, 지금은 그렇지 않더라도 앞으로 연결 가능하다는 것을 깨닫게 돼.」

나를 뚫어지게 쳐다보는 안젤로의 귀가 옴찔옴찔하고 수염이 바르르 떨린다. 나 같은 대단한 어미를 둔 게 자랑스러운 모양이야.

「그런 다음에는, 생명계가 하나의 거대한 유기체로서 조화롭게 작동하는 것이 모두를 위해 이롭다는 사실을 설득해야 해.」

「유기체가 뭐예요?」

「새로운 어휘에 대한 엄마의 호기심을 너도 물려받았으면 좋겠구나. 유기체라는 건 말이야, 유기물로 이루어진 살아 있는 생명체를 말하는 거야.」

「그러니까 엄마는 살아 있는 모든 것들이 하나의 몸속에 있는 세포들처럼 연결되기를 바란다고요?」

「내가 바라는 건 최소한 그 세포들이 경쟁과 증오와 적대감에 사로잡힌 정신들로 분열되어 상대방의 에너지를 도둑질하려고 싸우지는 않았으면 하는 거야.」

안젤로가 잠시 말이 없다. 꼬리 끝을 살랑살랑 흔드는 걸 보니 깊은 생각에 빠진 게 틀림없다. 아들이 한참 만에 말문을 연다.

「그러면 우리가 쥐들을 쥐어 패서 종간의 소통과 조화의 중요성을 가르쳐 주면 되겠네요?」

나도 모르게 실망 섞인 한숨이 나온다.

「자, 안젤로, 오늘 얘긴 여기까지 하자. 나중에 네가 다시 곰곰이 생각해 볼 기회를 가지면 좋겠구나……. 엄마는 혼자만의 시간을 좀 가져야겠어. 앞으로 우리 공동체의 생존 전략을 고민해 봐야 해.」 나는 짜증을 내지 않으려고 안간힘을 쓴다.

「한 가지만 더 물어볼게요. 엄마는 왜 적들인 쥐와도 소통하려고 해요?」

「그들과 영원히 전쟁을 할 수는 없지.」

나는 깊이 숨을 들이쉬고 나서 독백하듯 말한다.

「물론 서로가 이 생각을 받아들이려면 시간이 걸릴 거야. 그 때문에 소통이 중요해지는 거란다.」

안젤로가 고개를 가로젓는다.

녀석 눈에는 내가 제정신이 아니게 보일 거야. 안젤로에게 쥐들은 죽여야 하는 대상일 뿐이니까. 이 상황에서는 그런 생각도 무리는 아니지.

내 아들인데도 왜 이렇게 짜증스럽기만 할까?

아무리 생각해도 모성애는 타고나는 게 아니라 신화일 뿐이야. 현실은 그것과는 다르지. 자식도 남이라는 걸 인정해야 해. 자식이라도 남과 똑같이 얼마든지 나와 의견이 다를 수 있어.

나는 얼른 자리를 뜬다. 피타고라스를 찾으러 섬을 돌아다니다 에스메랄다와 한창 얘기 중인 그를 발견한다.

어머, 지금 거기서 에스메랄다와 뭘 하고 있는 거야?

나는 한바탕 난리를 피우고 싶은 걸 가까스로 참는다.

아무리 심란해도 그렇지 하필 지금 피타고라스와 사랑을 나누고 싶을 게 뭐람. 다른 파트너를 찾으면 쉽겠지만 왠지 그럴 마음이 없다.

이거 큰일이네, 내 라이벌과 알콩달콩 이야기 중인 저 수컷한테 내 마음을 전부 주면 안 되는데.

스스로 생각해도 난 모순투성이다. 고양이라는 종과 내가 사는 행성 전체를 위한 담대한 포부를 가졌으면서 이렇게 평범한 암고양이한테나 있는 소유욕과 독점욕을 버리지 못했으니.

목에 걸려 있는 ESRAE에 질투심을 없애 주는 방법이 들어 있다면 얼마나 좋을까. 강 건너에 포진해 있는 쥐 군단을 물리칠 해법이 이 속에 들어 있다면 얼마나 좋을까.

아무리 공감과 연민을 들먹이고 소통의 중요성을 외쳐도 나의 적, 빨간 눈의 흰 쥐를 죽이고 싶은 마음은 사라지지 않아.

티무르…….

혹시 전생에 나와 인연이 있었던 건 아닐까. 그러고 보니 저놈을 어디서 한 번 만났던 것 같아. 우리의 인연은 어쩌면 더 오래된 것일지도 모르겠다.

66
기시감

기시감이라는 단어는 1894년 프랑스의 철학자이자 심리학자 에밀 부아라크가 그의 저서 『정신과학의 미래』에서 최초로 사용했고, 이후 철학자 앙리 베르그송에 의해 대중화되었다. 베르그송은 이 현상을 〈현재에 대한 기억〉이라고 지칭한다.

기시감이라는 것은 우리가 어떤 장소, 어떤 사람, 어떤 상황을 경험했을 가능성이 전혀 없음에도 불구하고 그 장소, 그 사람, 그 상황이 친숙하게 느껴지는 현상을 말한다.

사람에 따라 마치 어떤 기억을 떠올리듯이 구체적이고 생생한 기시감을 느껴, 미래에 벌어질 일을 직감적으로 알게 되기도 한다.

앙리 베르그송에 따르면 두 명 중 한 명은 기시감을 경

험한 적이 있다고 한다. 특히 강박증이나 히스테리 증상
이 있고, 노인보다는 젊은이가 기시감을 느낄 확률이 훨
씬 높다.

『꿈의 해석』에서 지크문트 프로이트는 이미 본 것이라
는 뜻의 기시감 현상의 원인이 〈이미 꿈꾼 것〉에 있다고
말한다. 그에 따르면 꿈은 우리에게 평행 현실을 탐색하
게 해주는데, 이 평행 현실은 때때로 기준 현실과 일치하
기도 한다.

『상대적이고 절대적인 지식의 백과사전』제12권

67

눈

내가 지내는 아파트 창밖으로 하얀 물체가 쉼 없이 떨어지고 있다. 나는 이 경이로운 현상에서 눈을 떼지 못한다.

눈.

하얀 꽃 같은 탐스러운 눈송이들이 하늘에서 떨어진다.

밤새 내렸는지 눈이 온 세상을 덮었다. 센강에도 흰 담요가 깔렸다.

나는 몸을 오스스 떨면서 동료들이 있는 아래층으로 내려간다. 모두 벽난로 주위에 모여 불을 쬐고 있다. 땔감으로 쓰기 위해 부서진 의자와 테이블을 옆에 쌓아 놓인 게 보인다.

이렇게 나무를 땔감으로 다 써버리면 쥐들에게 잡혀

도 나무판자에 묶여 처형당하는 일은 없겠네.

「이 날씨를 어떻게 생각해?」 내가 불 가까이 다가가며 피타고라스에게 묻는다.

「하나 좋을 게 없지. 아사의 위험에 설상가상 동사의 위험까지 생겼으니.」에스메랄다가 끼어든다.

「너한테 물은 거 아니야.」

에스메랄다가 당혹해하면서도 되받아치지는 않는다. 인간들 역시 걱정스러운 표정으로 벽난로 앞으로 모여든다.

「방금 나가서 확인하고 오는 길이야. 걸어다녀도 안전할 정도로 강이 밤새 두껍게 꽝꽝 얼었어.」로망 웰즈가 손바닥을 맞비비며 말한다. 「이 정도 강추위가 찾아왔던 건 아마 1954년 12월이 마지막이었을 거야.」

「물이 가로막고 있을 때는 적들의 공격이 느리고 산발적이었지만 앞으로는 대규모 기습 공격을 감행할 거야.」나탈리가 거든다.

「그래요, 공격에 대비해야 해요.」백과사전파 과학자가 고개를 끄덕인다.

「캄비세스의 군대는 불로 무찔렀으니 티무르의 군대는 얼음으로 무찔러 보죠.」내가 받아친다.

신기하게도 말에 역사성이 담기는 순간 그럴듯하게

변해.

「구체적으로 뭘 어떻게 하겠다는 거야?」 짜증 나는 검은 촉새가 또 끼어든다.

「피타고라스가 적들이 걸어서 강을 건너올 거라 하니, 강에 발을 내딛는 순간 얼음에 구멍을 내 차가운 강물에 빠트려 죽이면 되지 않을까?」

참, 내가 말을 꺼내긴 했지만 내가 생각해도 어이없는 제안이긴 해.

「알았어, 알았다고. 이제 우린 죽는다는 거잖아.」 에스메랄다가 울먹인다.

다들 서로를 멀뚱멀뚱 보기만 하는데 갑자기 누군가 큰 소리로 야옹거린다.

「쥐들이 쳐들어온다!」

우리는 즉시 방어 태세에 돌입한다. 인간들이 저마다 무기가 될 만한 것을 하나씩 집어 들고 창가로 다가간다.

로망이 방어 장벽의 전압을 높여야 한다며 황급히 뛰어나간다.

나도 그를 뒤따라 나온다. 흰 눈 속으로 발이 폭폭 빠진다. 발밑에서 뽀도독뽀도독 소리가 난다.

이상하게도 차가운 눈에 닿는 순간 발바닥 젤리에서 화끈거리는 느낌이 든다. 엉덩이 쪽이 축축하게 젖고 내가 지나온 자리에는 오목하게 흔적들이 남는다.

이렇게 추운 건 난생처음이야.

나는 적의 동태를 살피기 위해 아이스 링크 지붕 위로
올라간다.

돌격해 온 쥐들이 고압 철조망에 몸을 던지고 있다. 전
기 철조망의 존재를 모르는 걸까, 아니면 알고도 공포를
느끼지 않는 걸까. 철조망에 몸이 닿는 순간 쥐들의 몸에
서 노란 불꽃이 일어난다. 하지만 저들은 조금도 동요하
는 기색이 없다.

제 몸을 불살라 시체로 다리를 만들겠다는 건가.

순식간에 열 마리, 백 마리가 까맣게 몸이 타버리는 걸
보고도 쥐들은 아랑곳하지 않고 장벽에 몸을 부딪친다.

「여기서 더 버티기는 불가능해. 지금 도망쳐야 해.」 샴
고양이가 아이스 링크 지붕으로 뛰어 올라온다.

「도망? 어디로 가잔 말이야?」

「일단 이 섬에서 제일 높은 건물 옥상으로 올라가자.」

공동체 식구들이 라크루아섬이 한눈에 내려다보이는
테라스로 우리를 뒤따라 올라온다.

상황이 급박하게 돌아가고 있다.

적의 1차 공격진인 자살 특공대 쥐들의 사체가 철조망
앞에 높이 쌓여 일종의 다리 역할을 한다. 그러자 2차 공

격진이 그 다리를 건너 철조망을 넘기 시작한다. 이제 섬의 방어 장벽이 무력해진 것이다.

우리의 위치를 확인한 쥐들이 구름 떼처럼 몰려오기 시작한다. 로망이 각층으로 올라오는 계단에 휘발유를 부어 놓았다가 쥐들이 계단에 진입하는 순간 불을 붙인다.

쥐 군단의 기세는 불 앞에서도 꺾일 줄을 모른다. 놈들은 불이 붙은 몸으로 한 계단이라도 더 올라오려고 기를 쓴다.

「이 상태로 얼마나 더 버틸 수 있을까요?」

「기껏해야 몇 시간이야. 놈들이 이번에도 시체 더미로 불을 덮어 끄면서 올라오면 그마저도 장담할 수 없어.」 로망의 어두운 표정으로 대답한다.

나는 몸을 숙여 아래쪽을 다시 내려다본다.

족히 10만은 넘어 보이는 대군이다.

그런 막강한 군사력과 싸워야 하는 아군의 숫자는 고작 고양이 2백 마리와 인간 수십 명에 불과하다.

「결사 항전하다가 놈들이 여기까지 밀고 올라오면 뛰어내리자. 그러면 최소한 십자가형을 당할 일은 없겠지!」 에스메랄다가 또 쓸데없는 소리로 신경을 긁는다.

「집라인을 이용해 탈출을 시도해 보면 어떨까?」

인간 집사가 조심스럽게 제안한다. 나는 지푸라기라도 잡고 싶은 심정이 되어 묻는다.

「그게 뭔데요?」

「높은 지점과 낮은 지점을 줄로 연결해 놓은 상태에서 줄을 잡고 미끄러지듯이 내려가는 방법이야. 여기서 저 아래 강둑으로 줄을 타고 내려가는 거지.」

이론상으로는 그럴듯해도 현실성이 없게 들려 나는 더 이상 자세히 묻지 않는다.

로망이 벽에 있는 커다란 철제 함을 손으로 가리키더니 문을 열고 호스를 꺼내 보여 준다.

「이건 소방 호스야. 길이도 길고 튼튼해서 집라인으로 써볼 만할 것 같아.」

피타고라스의 얼굴에 갑자기 생기가 돈다.

로망이 둘둘 말린 호스를 풀더니 끝을 옭아매 고리를 만든다. 그가 공중에서 호스를 빙빙 돌리다 건너편 건물의 굴뚝을 향해 휙 던진다.

하지만 호스는 목표 지점의 절반에도 못 미쳐 땅에 떨어진다.

「아, 이럴 때 드론이 있어야 하는 건데. 실험실에 한 대 있는 걸 가져올 걸 그랬네!」

이가 없으면 잇몸이라고, 로망이 투창과 비슷한 막대

기를 하나 만들더니, 뾰족한 막대기에 호스를 묶어 다시 힘껏 던진다. 하지만 조준이 정확하지 못해 고리가 굴뚝에 걸리지 않고 미끄러져 내린다.

다행히 계단에서 불길이 계속 타오르고 있어 적들이 아직 우리를 넘보지는 못한다.

머리 위에서 별안간 날카로운 새 울음소리가 들린다. 어, 귀에 익은 소린데.

〈내〉 독수리가 왔어. 내가 목숨을 구해 준 바로 그 암독수리가.

독수리가 내 옆에 내려와 앉으며 울음소리를 내지만 나는 단 한 마디도 알아듣지 못한다.

샹폴리옹의 설득으로 온 모양인데, 정작 통역을 해줄 그가 없으니 소통할 방법이 없다.

집라인을 이용한 탈출 계획을 독수리에게 어떻게 설명한다?

나는 정신을 집중해 텔레파시 메시지를 보낸다.

이 줄을 물고 저 앞으로 날아가 줘, 부탁이야.

독수리가 머리를 좌우로 흔든다.

예상치 못한 우군의 등장이 반가운 나탈리가 갑자기 손짓 발짓을 동원해 말하기 시작한다. 그녀가 호스를 입에 물고 팔을 아래위로 휘저으며 새가 된 시늉을 하더니 강 건너 굴뚝을 가리킨다.

그제야 독수리가 옆에 붙은 두 눈으로 번갈아 그녀를 쳐다보며 고개를 끄덕인다.

집사가 호스 끄트머리를 내밀자 독수리가 잠시 망설이는 듯하더니 발톱으로 호스를 잡고 날아오른다. 아래쪽 강둑에 위치한 건물에 이르자 날개를 퍼덕이며 공중에서 몇 바퀴 빙빙 돌더니 잡고 있던 호스를 놓는다. 호스 고리가…… 굴뚝 옆에 떨어진다.

하, 실패야.

독수리는 포기하지 않고 다시 호스를 잡아 결국 고리를 굴뚝에 걸고 만다. 우리는 고리가 튼튼하게 걸린 걸 확인한 즉시 집라인 앞에 줄을 선다.

로망이 철사를 구부려 만든 손잡이를 집라인에 매단 다음 제일 먼저 줄을 타고 내려간다. 강 건너 굴뚝에 무사히 도착한 그가 고리 상태를 확인하고 나서 우리를 향해 신호를 보낸다. 스무 명이 조금 넘는 인간들이 배낭에 열 마리씩 고양이를 넣고 집라인을 미끄러져 내려가기 시작한다.

나도 안젤로, 피타고라스, 에스메랄다와 같이 집사의 배낭에 들어가 하강을 시도한다.

탈출 외에는 대안이 없는 위기 상황이다.

쥐들이 벌써 옥상으로 올라와 뾰족한 앞니로 집라인 한쪽 끄트머리를 갈기 시작했다.

맨 마지막에 탈출한 인간과 그의 배낭에 들어가 있던 고양이들이 갑자기 호스가 끊기는 바람에 얼어붙은 강으로 추락하고 만다.

우리는 간발의 차이로 탈출한 것이다.

눈앞에서 우리를 놓친 쥐들이 분을 이기지 못해 휘파람 같은 울음소리를 낸다.

나는 감사의 마음으로 독수리를 바라본다.

처음에는 나와 안 좋은 사이였던 독수리 덕에 살았어. 연민의 감정은 어떤 형태로든 보답받게 되어 있다는 증거일 거야. 앞으로 더욱 이런 공감 능력을 살려 세상의 모든 생명들과 접속해야겠어. 그들과 소통하고 연대해야겠어.

그런데, 혹시, 이 독수리가 우리의 유일한 〈우군〉이면 어떡하지? 갑자기 불안감이 엄습해 온다. 앵무새가 설득한 동맹군이 이 독수리 하나면 어떡하지?

내가 고민에 빠진 사이 어린 인간들은 손에 뭔가를 하나씩 집어 들고 있다. 나는 그제야 우리가 집라인을 타고 와 있는 건물이 스포츠용품 가게라는 것을 알게 된다.

인간들이 스케이트를 신고, 고양이들을 넣을 큼지막

한 배낭을 하나씩 어깨에 둘러메고 밖으로 나간다.

나탈리가 제일 먼저 강으로 내려가 얼음을 지치기 시작한다.

스케이트를 신은 어린 인간들이 발에 날개가 달린 듯 얼어붙은 강 위를 질주한다.

우리는 부서진 바지선들이 뒤엉켜 생긴 장애물을 피해 서쪽으로 미끄러지듯 달린다.

하늘에서 흰 눈송이들이 떨어지고 겨울바람이 울음소리를 내며 내 털을 눕혔다 일으켰다 한다.

나는 거울로 변한 강 위를 쌩쌩 달리는 인간들을 부러운 눈으로 쳐다보며 집사의 귀에 대고 소리친다.

「야옹, 힘을 더 내요. 꾸물거리지 말고 어서 저 설치류 놈들을 따돌려요.」

집사가 내 명령대로 속도를 내는 걸 보면서 나는 우리 공동체가 죽음의 위협에서 아슬아슬하게 벗어난 건 역시나 내 아이디어와 의사 결정 덕분이라고 확신하며 뿌듯함에 젖는다.

내가 암독수리와 우정을 맺지 않았다면 우리 공동체는 어떻게 됐을까? 끔찍해, 생각하기도 싫어. 그런데 공동체 식구들이 나한테 고마운 마음을 느낄까? 혹시 이번 일도 당연하게 여기는 건 아닐까……?

나탈리가 스케이트 뒤축을 얼음에 박으며 급히 멈춰
선다.

동그란 귀들과 톱니처럼 날카로운 이빨들이 우리를
기다리고 있다.

「우리가 장애물을 넘어 올 걸 티무르가 예상한 모양이
야. 정말 대단한 놈이야.」 피타고라스가 중얼거리듯 말
한다.

갑자기 뒤에서, 그리고 양옆에서 쥐들이 나타나기 시
작한다.

「우린 꼼짝없이 포위됐어.」 에스메랄다는 당장 울음을
터뜨릴 기세다.

우리는 얼어붙은 강 한가운데서 눈을 맞으며 적들에
게 포위돼 있다.

고양이들이 얼른 배낭에서 뛰어내려 둥글게 방어 대
형을 짠다. 인간들이 조심스럽게 우리 뒤쪽에 와 몸을 숨
긴다.

아군과 적군은 멀찌감치 떨어진 상태에서 상대편의
전력을 살핀다. 나는 나탈리에게 건네받은 망원경을 들
고 적진을 관찰한다.

쥐 두 마리가 떠받쳐 모시고 있는 티무르의 모습이 렌
즈에 잡힌다. 자세히 보니 그 두 마리를 밑에서 네 마리

가 받쳐 들었고, 그 네 마리를 다시 밑에서 여덟 마리가 받쳐 들고 있다. 그야말로 살아 움직이는 피라미드 위에 적장 티무르가 서 있다.

나는 눈을 찡그려 가며 적들의 규모를 가늠하기 위해 애쓴다. 한눈에 봐도 시뉴섬 전투의 열 배가 넘는 규모다. 수십만의 대군이다.

순간 나는 기도하는 심정이 된다. 누가 머리 위에서 우리의 안위를 지켜 주고 있기를.

기적이 일어나기를.

68

카타리파

카타리파 교단은 12세기경 프랑스 툴루즈 지방에서 생겨났다.

기독교의 한 분파인 카타리파는 바티칸과 교황의 호화스러운 삶을 비난했다.

그들은 바티칸의 위계질서와 사치에 의해 기독교가 타락했다고 주장하며 초기의 기독교 정신으로 돌아갈 것을 촉구했다.

카타리파는 (죽음의 상징인) 십자가 대신 펠리컨을 선호했다. 그들은 그리스도를 정신의 힘으로 물질 위를 나는 펠리컨에 비유했다.

카타리파를 공격하는 사람들은, 카타리파 교인들이 고양이 엉덩이에 뽀뽀를 해 사탄에 대한 복종을 표시한다며 그렇게 불렀다. 정작 카타리파 교인들은 스스로를

〈선한 사람들〉이라고 불렀다.

카타리파는 생명에 대한 무조건적인 존중과 함께 순수함의 추구를 가치로 삼았다. 이들은 동물을 죽이는 것도 금지했다. 〈완전한 사람〉이라는 이름으로 불렸던 카타리파 사제들에게는 성행위와 사적 소유가 금지되었다. 철저한 채식주의자였던 이들은 〈엔두라〉, 즉 장기간 단식을 실천했다. 사제들은 평화를 주창하고 악마의 개념을 거부했다. 카타리파 아이들은 태어나자마자 세례를 받지 않고 이 행위의 의미를 깨달을 수 있다고 여겨지는 열세 살에 세례를 받았다.

교황청은 엔두라가 일종의 자살 행위이며 성적 금욕이 기독교 신도의 재생산을 막는다면서 카타리파를 맹비난했고 1179년 카타리파 금지가 공식적으로 결정되었다.

카타리파를 이단으로 규정한 교황 인노첸시오 3세는 프랑스의 필리프 오귀스트 왕에게 이교도에게 했던 것같이 카타리파에 대한 십자군 전쟁을 벌일 것을 요구했다. 마침 프랑스 왕도 남부 지역의 지배권을 되찾을 방법을 고민하던 터라 교황과 이해관계가 맞아떨어졌다.

하지만 교황의 특사가 카타리파에 대한 십자군 원정을 조직하기 위해 툴루즈에 도착했을 때, 이곳을 다스리던 백작 레몽 6세는 그다지 적극적인 태도를 보이지 않았다. 그는 종교적 신념이 다르다고 해서 자신의 백성을 상대로 전쟁을 벌일 수는 없다고 생각했다. 더군다나 그 전쟁이 같은 기독교인을 상대로 벌이는 십자군 전쟁이라는 데 거부감을 느꼈다.

결국 툴루즈에 파견된 특사가 살해되자, 이 소식을 접한 인노첸시오 3세는 레몽 6세의 파문을 결정했다.

알비 지역을 중심으로 활동했다고 하여 당시 알비파라는 이름으로 불리기도 했던 카타리파 교도들에 대한 십자군 전쟁은 결국 시몽 드몽포르를 필두로 하는 프랑스 북부의 귀족들이 주도했다. 드몽포르는 베지에를 포위해 함락한 후 주민들을 모두 살해했다. 또 카르카손을 공격해 그곳의 자작을 살해하고 주민들을 처형했다. 용케 살아남은 주민들은 재산을 몰수당한 채 알몸으로 쫓겨났다. 드몽포르는 알비를 함락한 기세를 몰아 툴루즈 공격에 나섰으나 결국 실패했다.

상황이 불리하게 돌아가자 툴루즈의 백작은 교황 인노첸시오 3세에게 항복했고, 더 이상 카타리파의 편을 들지 않겠다고 약속했다.

이로써 그에 대한 바티칸의 파문 결정은 취소됐다.

이후에도 이단에 동조했다는 명목으로 이웃 도시들에

대한 포위와 학살은 계속되었다.

북부에서 온 귀족들은 십자군 전쟁을 빌미 삼아 남부 영토를 가로챘다. 이들은 자신들을 전쟁에 파견한 프랑스 왕과 교황에게 충성을 맹세했다.

장장 25년이나 계속되면서 1백만 명의 사망자를 낸 카타리파에 대한 십자군 전쟁은 1244년, 마지막 남은 카타리파 교도들이 은신해 있던 피레네산맥의 몽세귀르 성이 함락되면서 끝이 났다. 215명의 교도들은 산 채로 불탔다.

주민 모두가 카타리파 교도는 아니었던 베지에를 공격하기 전 교황의 특사가 했던 말은 이후 오래도록 회자되었다. 〈그들을 모두 죽여라, 신께서는 당신의 자녀를 알아보실 것이다.〉

『상대적이고 절대적인 지식의 백과사전』 제12권

69

얼음에 흘린 피

내가 옳음을 증명하기 위해 싸우다 보면 지치고 힘든 순간이 찾아온다.

그럴 땐 이렇게 말해 버리고 싶다. 〈자, 됐으니 이제 그만합시다. 날 죽여요. 빨리 끝냅시다. 그동안 번거롭게 했다면 미안해요.〉

애초에 내가 틀렸고 적들이 옳았는지도 모른다는 생각도 든다.

지금이 바로 그런 순간이다. 쥐의 대군이 한 줌도 안 되는 우리 공동체를 향해 돌격해 오는 바로 이 순간이.

이것이 역사가 흐르는 방향이라면? 적들이 승리하고 우리가 패배하는 것이 순리라면? 선한 자들은 죽고 악한 자들이 창궐해 불공정하고 무자비한 질서가 수립된다면? 연민도 유머도 예술도 없는 쥐들의 세상이 온다면?

시퍼렇게 살아 넘실대는 쥐 군단을 고양이의 이 두 앞
발로 어떻게 막아 낸단 말인가? 패배를 인정하긴 싫지만
인정해야 한다.

아듀, 피타고라스, 널 진심으로 사랑했어.

나는 이 말을 차마 입 밖으로 내뱉지 못한다.

격돌. 적의 1차 공격진이 맹렬한 기세로 달려든다. 발
톱이 막으면 앞니가 문다. 고함과 비명이 뒤섞인다.

고양이들이 장렬히 전사할 마음으로 밀려오는 쥐들을
상대한다. 인간들은 우리 위에 거인처럼 서서 다리를 기
어오르는 쥐들에게 발길질을 해댄다. 나는 야옹 기합 소
리와 함께 캣권도 공중 돌려차기로 적들을 쓰러뜨린다.
하지만 아군은 절대적인 수적 열세에 놓여 있다. 고양이
들이 여기저기서 픽픽 쓰러지는 게 보인다.

별안간 탕 소리와 함께 총알이 날아든다. 강 남쪽에서
날아오는 탄환을 맞은 쥐들이 피를 뿜으며 공중으로 솟
구친다.

총성에 이어 거대한 폭발음이 들리더니 얼음이 갈라
져 구멍이 뚫린다. 쥐 수백 마리가 시커먼 강물 속으로
사라진다.

광신주의자들이야! 차에서 내린 수염 난 사내들이 쥐
들을 향해 소총과 유탄 발사기를 난사하며 달려온다.

놈들이 어떻게 여길 알고 왔지?

샹폴리옹.

앵무새가 인간들과 접촉해 보라는 내 지시를 엉뚱하게 알아듣고 불청객을 데려온 모양이다.

놈들의 목적은 내 목에 걸린 ESRAE일 것이다.

인간들이 쥐들을 향해 총을 쏘고 수류탄을 투척하는 광경이 눈앞에서 슬로모션처럼 펼쳐지고 있다.

차악과 최악의 대결. 내 적들끼리 서로 죽고 죽이는 희한한 광경.

갑자기 손 하나가 나타나 내 목덜미를 낚아채 들어 올린다.

우악스럽게 생긴 턱수염 사내.

내 목에 ESRAE가 걸려 있는 걸 알게 된 거야. (아니면 샹폴리옹이 알려 줬던가.)

발톱으로 할퀴고 물어뜯어야 하는데 지금처럼 목덜미가 잡히면 어쩔 도리가 없다. 어린 나의 목덜미를 엄마가 입으로 꽉 물어 나르던 그때처럼.

지금 난 급소를 가격당한 것이나 마찬가지다. 내가 조건 반사를 일으키는 레이저 불빛이나 두루마리 휴지처럼, 꼼짝 못 하고 당하는 수밖에.

사내가 나를 치켜들고 트로피처럼 흔들어 댄다.

멀리서 이 장면을 목격한 티무르가 휘파람 소리를 내자 쥐들이 떼를 지어 우리를 쫓아온다.

다들 나를 잡으려고 난리구나!

왼쪽에서 쿵 충격이 전해져 온다. 소 한 마리에게 옆구리를 들이받힌 납치범이 나를 손에서 떨어뜨린다. 너는? 돼지 사랑에서 만난 소!

내 머리 위에 샹폴리옹이 떠 있는 게 보인다. 샹폴리옹이 투우를 데려온 것이다.

바댕테르가 이끄는 돼지 1백여 마리가 강둑에 모습을 드러낸다. 보더 콜리의 뒤를 따라온 개들도 컹컹 짖으며 전장에 합류한다.

「샹폴리옹! ……해낼 줄 알았어.」

시간 약속을 지켰다면 더 좋았겠지만.

일대 격전이 벌어진다. 쥐들이 무장한 수염 사내들에게 달려들자 총알이 점점 빗나가기 시작한다. 당황한 사내들이 수류탄을 터뜨려 대자 얼음에 커다란 구멍이 뚫리면서 쥐들이 무더기로 얼음장 밑으로 가라앉는다.

대오가 흐트러진 쥐 군단을 상대로 아군 연합군이 격렬한 반격을 펼치기 시작한다. 탄환과 수류탄이 떨어진 수염 사내들은 단검을 꺼내 들고 휘두른다.

다들 축구 경기 중인 선수처럼 나를 차지하려 혈안이

돼 있다. 나는 얼음판 위를 구르는 축구공이 되어 이편저편으로 옮겨 다닌다.

나와 피타고라스, 안젤로를 쥐 떼가 에워싼다. 생포되기 직전 인간 집사가 나타나 스케이트를 신은 발로 적들을 밀치더니 나를 들어 가슴에 안고 달아나기 시작한다.

잘했어, 집사.

광신주의자들이 우리를 뒤쫓다 얼음판에 자빠져 악을 쓴다.

나는 적들의 공통 목표물이 된 이상 ESRAE를 계속 가지고 있는 건 위험하다고 판단해 다가오는 피타고라스에게 묻는다.

「이제 네가 ESRAE를 맡을래?」

「지금 상황에선 네가 더 적임자인 것 같아.」

이런 겁쟁이!

나를 안고 다시 얼음을 지치는 나탈리를 쥐들이 추격해 온다. 잡힐 뻔한 아찔한 순간에 돼지들이 나타나 측면에서 쥐들을 공격한다.

바댕테르가 주둥이를 치켜들어 등에 올라타라는 신호를 보낸다. 내가 얼른 뛰어올라 두툼한 피부에 발톱을 걸고 매달리자 그가 쿵쾅거리며 얼음 위를 내달려 강둑으로 올라간다. 눈이 쌓인 단단한 땅 위에서 추격전이 계속

된다.

바댕테르가 흰 콧김을 내뿜으며 숨을 헉헉거린다. 쥐들이 뒤꽁무니까지 바짝 쫓아와 있다.

「조심해, 이러다 잡히겠어!」

돼지가 내 말을 알아듣는 것 같진 않다.

어디서 나타났는지 고양이와 개, 돼지로 이루어진 아군 연합군이 다가온다.

나 하나를 지키기 위해 모두가 한마음이 됐어.

나도 결전을 위해 지친 돼지의 등에서 뛰어내린다.

적들의 앞니와 꼬리 공격에 발톱 공격으로 맞선다. 내 발길질에 적들이 맥없이 나가떨어진다.

하지만 금세 기진맥진해져 공격의 정확도가 떨어진다.

내가 가쁜 숨을 몰아쉬는 걸 본 투우가 달려오더니 등에 올라타라고 몸짓을 보낸다. 소는 나를 등에 태운 채 쥐들을 발로 짓뭉개고 뿔로 치받으면서 전장을 휘젓고 다닌다. 나는 그에게서 전쟁 기계였던 용맹한 사자 한니발의 모습을 떠올린다.

전투의 혼란 속에서도 나를 향한 티무르의 시선이 느껴진다. 여전히 부하들을 밟고 서서 전투를 지휘하는 그의 빨간 눈의 광채가 내 초록색 눈동자에 와서 박힌다.

눈은 그칠 줄 모르고 쏟아진다. 피아의 구별이 힘들 만큼 시야가 나빠져 있다. 그런 속에서도 적의 신규 병력은 속속 도착하고, 전황은 갈수록 우리에게 불리해진다.

한 무리의 쥐가 투우에게 달려들어 발목을 물어뜯자 그가 걸음을 내딛지 못하고 몸부림을 친다. 나는 황급히 뛰어내려 강둑을 따라 도망친다.

포효하는 소리가 들려 뒤를 돌아보니 내 친구 투우가 무릎을 꺾으며 바닥에 쓰러지고 있다. 창날같이 날카로운 앞니 수백 개가 그에게 달려든다.

아듀, 황소. 너는 끝까지 싸운 투사이자 영웅이야.

쥐들이 육박해 온다.

한 번도 경험하지 못한 공포가 나를 사로잡는다. 하지만 ESRAE를 지키기 위해 난 목숨을 바칠 각오가 되어 있다.

어디서 날아왔는지 샹폴리옹이 나타나 나를 물고 공중으로 날아오른다. 하지만 티무르보다 덩치가 훨씬 큰 나를 들어 올리는 건 불가능에 가깝다. 그가 나를 들었다 떨어트렸다 하며 애를 쓰는 사이 쥐들이 앞니를 드러내며 나를 에워싼다.

「네 힘으론 역부족이야. 어쨌든 넌 최선을 다했어, 샹폴리옹.」

앵무새가 하늘로 날아오르지 않고 알 수 없는 울음소

리를 내자 상공을 맴돌고 있던 독수리가 재빨리 날아 내려온다. 독수리가 나를 낚아채듯 잡아 다시 하늘로 날아오른다.

내 몸이 하늘로 붕 떠오른다.

내가 날씬해서 천만다행이야.

내 머리 위에서 독수리 날개가 퍼드덕거리는 소리가 들린다. 아래를 내려다보니 아군 적군 할 것 없이 놀란 눈으로 나를 쳐다보고 있다. 흠, 고양이 폐하답게 우아한 모습을 보여야겠어.

문득 하늘이 내게는 막다른 골목에 이르렀을 때 나타나는 비상 탈출구인지도 모른다는 생각이 든다. 열기구와 비행선과 집라인이 나를 구해 줬고, 지금은 새와 함께 하늘을 날고 있으니까.

독수리 발톱에 잡힌 등이 피가 날 것처럼 아프지만 지금은 앓는 소리를 할 때가 아니다. 오직 독수리가 나를 떨어뜨리지 않게 해달라고 기도할 뿐. 독수리는 눈도 뜨기 힘든 세찬 눈보라 속에서 쉬지 않고 날갯짓을 하며 앞으로 나아간다.

저 멀리 땅에서는 돼지들과 개들이 여전히 흩어지지 않고 쥐들과 맞서고 있다.

탄환이 떨어진 모양인지 수염 사내들이 뒷걸음질로

달아나 차를 타고 전장을 떠나는 모습이 보인다.

독수리가 나를 루앙 서쪽의 한 고층 건물 옥상에 내려
놓는다.

금세 우리를 뒤따라온 샹폴리옹이 옥상에 내려와 앉
더니 독수리와 대화를 주고받는다.

앵무새가 둘의 대화 내용을 내게 전해 준다.

「독수리도 ESRAE가 얼마나 소중한 것인지 알고 있어
요. 내가 가르쳐 줬거든요. 그 인간 지식의 유산을 자기
형제들에게도 나눠 주면 좋겠대요. 그래서 내가 염려하
지 말라고, 당신이 꼭 독수리들과도 그 지식을 나눌 거라
고 말해 줬어요.」

바람이 거세지고 눈발도 한층 사나워진다. 나는 추위
에 몸을 떨다 새들과 함께 아래층에 있는 아파트를 찾아
내려간다.

「독수리와 난 여기서 기다리고 있을 테니 가서 전황을
살피고 와.」

앵무새가 고개를 끄덕이더니 밖으로 나가 하늘로 날
아오른다.

앵무새야, 넌 정말 대단한 일을 해내고 있어.

70

앵무새에 관한 농담

펫 숍에 들어온 손님이 점원에게 앵무새를 한 마리 사고 싶다고 말한다.

그러자 점원이 1백 유로짜리라면서 멋진 앵무새 한 마리를 보여 준다. 그러고 나서 차례로 2백 유로, 5백 유로짜리 앵무새를 보여 준 다음, 마지막에 깃털이 빠진 늙은 앵무새 한 마리를 내놓으며 1천 유로짜리라고 말한다.

「가격이 이렇게 다른 이유가 뭐예요?」 손님이 점원에게 묻는다.

「1백 유로짜리는 프랑스어를 할 줄 알아요. 2백 유로짜리는 프랑스어와 영어, 두 개 언어를 구사하죠.」

「아, 그렇군요. 그럼 5백 유로짜리 앵무새는 다섯 개 언어를 말하겠군요?」

「네, 맞아요. 프랑스어, 영어, 독일어, 스페인어, 중국어를 유창하게 합니다.」

「이 1천 유로짜리 늙은 앵무새는 당연히 열 개 언어를 하겠네요?」

「아니에요, 손님. 이 회색 앵무새는 사람 말을 전혀 못해요. 그냥 보통 새처럼 깍깍거리고 휘파람 같은 소리를 낼 뿐이죠.」

「아니, 이렇게 늙고 흉한 앵무새가, 할 줄 아는 언어가 하나도 없는 이 앵무새가 제일 비싼 이유가 대체 뭐죠?」 놀란 손님이 점원에게 묻는다.

「아, 그건 말이죠, 다른 세 마리가 이 앵무새를 〈보스〉라고 부르기 때문입니다.」

『상대적이고 절대적인 지식의 백과사전』제12권

71

전투가 끝나고

세상 앞에 나서서 존재를 과시해야 할 때도 있지만, 남들이 서로 물어뜯으면서 죽이는 모습을 숨어서 지켜봐야 할 때도 있는 법이다.

나는 독수리와 함께 인간의 아파트로 몸을 피해 앵무새가 돌아오기를 기다리고 있다. 독수리를 데면데면하게 쳐다보다가 불현듯 정신 대 정신의 소통을 다시 시도해 봐야겠다고 생각한다.

〈당신은 내 목숨을 구해 주고 내 목에 걸려 있는 인간들의 지식을 구해 줬어요. 정말 고맙게 생각해요.〉

독수리가 나를 향해 고개를 트는 걸 보니 대화 의사가 있는 게 분명하다.

〈당연히 나는 독수리들과 ESRAE의 지식을 나눌 생각이 있어요. 독수리뿐 아니라 그걸 바라는 모든 동물종과

말이죠. 물론 쥐들은 예외지만.〉

독수리가 양쪽 눈을 번갈아 굴리며 나를 처다본다.

〈사과하고 싶어요. 당신의 새끼들에게 몹쓸 짓을 했죠. 부끄럽게 생각해요. 그나마 알 하나는 남겨 대가 끊어지지 않은 건 천만다행이에요.〉

독수리가 갈고리 같은 부리를 벌리더니 노란 팔태충처럼 생긴 혀를 밖으로 빼며 소리를 낸다. 혹시 이런 뜻이 아닐까.

〈바스테트, 다 지난 일이니 우리 그 얘긴 더 이상 하지 말아요.〉

슬슬 걱정되기 시작할 때 샹폴리옹이 창틀에 내려와 앉는다. 몸을 푸들거려 털에 붙은 눈을 떼어 내는 앵무새에게 내가 조바심을 치며 묻는다.

「그래, 누가 이겼어?」

「폭설 때문에 전투가 중단됐어요. 시야가 나빠져 아군과 적군 모두 퇴각 결정을 내렸어요. 적장 티무르도 당신이 독수리와 함께 탈출한 사실을 알고 나니 전투에 흥미를 잃은 것 같았어요. 쓸데없이 부하들에게 얼음 위를 뛰어다니게 할 필요가 없다고 판단했겠죠.」

앵무새가 끝이 노란 우관을 계속 펼쳤다 접었다 한다. 꽃 한 송이가 입을 열었다 닫았다 하는 것 같은 신기한 광경이다.

「결국 승자가 없다는 말이야?」

「이런 경우를 체스 게임에서는 〈스테일메이트〉라고
하죠. 주인이 나한테 그 게임을 가르쳐 줬어요.」

「안젤로와 피타고라스는 어떻게 됐어? 나탈리와 로망,
그리고 에스메랄다는?」

「그 소식을 전하려고 내가 눈보라 속을 날아왔죠. 로
망이 르아브르 항구에서 만나자고 했어요. 르아브르는
센강 하구가 바다로 이어지는 곳에 위치한 도시예요. 강
을 쭉 따라 가면 나와요. 길은 내가 안내할 테니 아무 걱
정하지 말아요. 르아브르에 도착하면 옛날 범선들이 정
박해 있는 곳으로 찾아오라고 로망이 말했어요. 큰 돛이
달린 목선들이 여러 척 보일 거래요.」

「그들은 르아브르까지 어떻게 이동할 생각이래? 강이
얼어서 배를 타고 가는 건 불가능할 텐데.」

「휘발유가 남아 있는 대형 트럭 몇 대에 나눠 타고 출
발했어요. 운전은 어린 인간들이 맡아서 한대요.」

「트럭으로? 트럭 몇 대에 고양이 2백 마리와 인간 수십
명이 다 탈 수 있을까?」

「이번 전투에서 꽤 많은 수가 희생되고 인간 12명, 고
양이 150마리만 남았어요.」

「돼지와 개들은?」

「일부는 죽었고, 일부는 원래 살던 곳으로 돌아갔어요. 소수만 남아 고양이들과 같이 트럭에 탔어요.」

「몇 마리가 남았어?」

「바댕테르를 포함한 돼지 열댓 마리와, 나폴레옹이라고 나한테 이름을 가르쳐 준 보더 콜리를 포함한 개 열댓 마리가 전부예요. 우리도 눈발만 조금 약해지면 얼른 출발해요.」

나는 다리를 할짝할짝 핥으며 떠날 준비를 한다.

「또 한 가지, 새로운 적인 비둘기에 대해 당신한테 이야기해 줄 게 있어요. 놈들이 구구거리는 소리를 몰래 듣는 순간 내가 그간 품었던 의심이 확신으로 변했어요. 놈들이 티무르와 손을 잡았어요.」

「비둘기 말도 알아들어?」

「어차피 같은 조류니까 어렵지 않아요. 비둘기는 주로 목구멍소리를 내요.」

「티무르는 대체 어떻게 비둘기들을 설득했을까? 그들과 대화가 통하지 않을 텐데.」

「기본적인 텔레파시에, 손짓 발짓을 동원했겠죠. 같은 목표를 지향하는 두 개의 정신 사이에서는 불가능할 것도 없어요.」

젠장, 나는 아직 애를 먹고 있는데 놈은 소통에 성공하다니. 앞으로 나도 몸짓을 더 연구해 텔레파시와 섞어 써야겠어.

「당신을 찾는 데 혈안이 된 스파이들이 벌써 하늘 곳곳에 떠 있어요, 바스테트. 지금부터는 드러내 놓고 움직여선 안 된다는 뜻이에요. 비둘기 눈에 띄는 순간 쥐들에게 위치가 알려질 테니까.」

비둘기는 날아다니는 쥐라고 말한 우리 엄마는 역시 선견지명이 있었어.

「독수리가 우리를 비둘기들한테서 지켜 줄 수 있어.」

나는 독수리를 흘끗 쳐다본다.

샹폴리옹이 독수리 쪽을 보며 대화를 나누더니 나한테 말한다.

「당신을 도우러 오긴 왔지만 계속 함께 있을 순 없대요. 남은 새끼 하나를 돌보러 돌아가야 한대요.」

알 하나를 남겨 둔 게 이런 결과를 초래할 줄이야.

「그 입장 당연히 이해한다고 전해.」

내가 정중히 대답하자 독수리가 기다렸다는 듯이 창틀에 올라앉더니 여전히 눈이 내리는 창밖으로 날아간다.

「독수리는 이렇게 눈이 와도 날 수 있나 봐?」

「독수리는 나보다 날개 힘이 훨씬 좋아요. 나는 못 하지만 독수리는 구름 위까지 날아오를 수도 있어요.」

「이제 우리 둘만 남았어. 나랑 너, 샹폴리옹.」 내가 한숨을 섞어 말한다.

앵무새가 창가로 가서 바깥 날씨를 다시 확인한다.

「날씨가 좋아지는 즉시 떠나요.」

앵무새를 처다보자니 문득 나에게 벌어진 일련의 사건들이 결국 모두 종간의 소통을 위한 것이었다는 생각이 든다.

소통의 시작은 고양이와 인간이었지만 나중에는 개, 돼지, 소, 독수리로까지 확대됐지. 어떤 측면에서는 전쟁이 일종의 카타르시스 작용을 한다는 생각도 들어. 전쟁이 터지면 과거의 습속에만 집착할 수 없는 상황이 초래되고, 결국 우리는 낯선 존재들에 관심을 가질 수밖에 없지. 쥐들도 혼자서는 승리할 수 없다는 걸 깨달아 비둘기들과 손을 잡았어. 그 모든 일의 중심에는 결국 내가 있었어. 더군다나 쥐들의 왕과 직접 소통한 존재는 하늘 아래 오직 나 하나뿐이야. 어디 그뿐인가. 내 목에 이 세상에서 가장 귀한 물건이 걸려 있어.

「무슨 생각을 그렇게 해요?」 샹폴리옹이 나를 빤히 본다.

「우리한테 벌어지는 모든 일은 결국 우리의 행복을 위한 것이라는 생각을 했어. 불행 역시 우리의 진화를 위한 촉매인지도 모른다는 생각. 그러니 가끔은 불행을 감사하게 받아들여야 한다는 생각.」

앵무새가 날개를 으쓱해 보인다.

「나는 그냥 행복하기만 하면 좋겠는데.」

그건 네가 세상 보는 시각이 좁아서야. 행복은 감각을 잠재우고 불행은 감각을 일깨운다는 걸 네가 알 리 없지. 너나 피타고라스 같은 평화주의자들은 안정과 평온만을 희구하지. 하지만 우리를 앞으로 나아가게 하는 건 긴장과 충돌이야. 그것이 우리의 지능과 용기를 자극해 주거든. 게으른 자들만이 평화에 집착하는 거야.

물론 안젤로같이 단순하고 호전적인 존재들은 이런 말을 곧이곧대로 받아들일 위험이 있으니 조심해야 한다는 걸 나는 안다.

드디어 눈이 조금씩 그치고 있다.

「이제 밖으로 나가요. 명심해요, 날개가 퍼드덕거리는 소리나 구구구 하는 울음소리가 들리는 즉시 몸을 숨겨야 해요.」

우리는 하얀 눈이 소복이 쌓인 루앙 거리로 나선다. 발바닥 젤리가 눈에 닿는 순간 야릇한 느낌이 다리를 타고

몸으로 올라온다. 내가 지나온 자리마다 발자국이 옴폭 옴폭 나 있다. 나는 비둘기들 눈에 띄지 않게 벽에 몸을 바짝 붙이고 걷는다.

나 참, 비둘기를 두려워하는 날이 올 줄이야……

한시도 침묵을 견디지 못하는 샹폴리옹이 머리 위에서 재잘거린다.

「혹시, 장 드 라퐁텐이라는 작가 알아요?」

「아니.」

「예전에 우리 주인이 나한테 라퐁텐의 우화를 읽어 주고 외우게 했어요.」

「그 얘긴 왜 하는 거야?」

「라퐁텐은 자기 시대를 완벽히 이해한 작가였죠. 그런데 왕에게 밉보일까 봐 직설적으로 표현하진 못하고 동물을 알레고리로 삼아 글을 썼어요.」

「〈알레고리〉? 처음 들어 보는 말이야.」

「어떤 걸 표현하기 위해 다른 걸 빌려 오는 걸 말해요. 가령, 라퐁텐 우화 중에 까마귀와 여우가 등장하는 이런 이야기가 있어요. 여우가 부리에 음식을 문 까마귀를 만나요. 까마귀에게 다가가 칭찬을 해대죠. 목소리가 예쁘다는 칭찬을 들은 까마귀는 자랑하고 싶은 마음에 입을 벌리다 그만 물고 있던 음식을 떨어뜨려요. 그러자 여우가 냉큼 그걸 주워 달아나죠. 달콤한 말을 하는 상대를 경계해야 한다는 교훈을 주는 우화예요.」

「여우와 까마귀는 어떻게 얘기를 나눴을까? 중간에서 통역을 해주는 앵무새가 있었겠지?」

「라퐁텐은 소통의 문제를 교묘히 피해 가요. 말은 안 하지만, 모든 동물은 종을 뛰어넘는 소통이 가능하다는 전제하에 이야기를 풀어 나가죠.」

「하나 더 얘기해 줘.」

「이번엔 〈병에 걸린 동물들〉이라는 얘기를 들려줄게요. 치명적인 질병이 동물 왕국에 퍼지자 동물들이 한자리에 모여 일종의 고해 성사를 해요. 동물들이 돌아가면서 그동안 지은 죄를 고백하죠. 왕인 사자가 먼저 나서 영양을 잡아먹었다고 고백하자 늑대는 양을 잡아먹었다고 말하죠. 맨 나중에 차례가 온 당나귀가 자신은 풀을 뜯어 먹었다고 고백하자, 그걸 들은 동물들이 마치 약속이라도 한 듯 씻을 수 없는 중죄를 저질렀다며 당나귀를 비난해요. 그들은 결국 당나귀를 처형하기로 결정하죠.」

「무슨 얘기가 그래?」

「〈개미와 매미〉 얘기도 있는데…….」

「그 둘도 통역 없이 대화를 한다고?」

「맞아요. 그러니까…….」

하나같이 말도 안 되는 소리다. 라퐁텐의 우화는 비현실적이다.

「고양이가 나오는 얘기도 있어?」

「물론이죠. 〈족제비와 토끼와 고양이〉 얘기 한번 들어볼래요? 토끼와 족제비 사이에 싸움이 벌어져요. 지나가던 고양이가 그걸 보고 한심하게 생각하고는…….」

「그런데 자꾸 라퐁텐 우화를 들려주는 이유가 뭐야?」

「그건, 복잡한 문제를 동물의 입을 빌려 해결할 수 있다는 걸 그가 암시했기 때문이에요. 내가 하고 싶은 얘기도 바로 그거예요.」

「우리 또한 일종의 우화 속 주인공이다, 이거야?」

「맞아요.」

「우리가 등장하는 우화의 제목은 〈고양이와 쥐와 앵무새〉가 되겠네?」 내가 비아냥거리며 받아친다. 「미안하지만, 샹폴리옹, 네가 좋아하는 라퐁텐은 현실성이라고는 손톱만큼도 없는 객쩍은 소리나 하는 인간으로 보여.」

나는 바닥을 주시하다가도 수시로 고개를 들어 비둘기가 없는지 확인한다.

혹시 그 장 드 라퐁텐이라는 작가를 만날 기회가 있으면 거짓말을 지어내느라고 시간 낭비하지 말고 나한테 한 수 배우라고, 내가 동물과 실제로 소통하는 방법을 가르쳐 주겠다고 말해야겠어.

동물끼리는 저절로 소통이 되는 게 아니라고, 영혼의 교류가 있어야 가능한 일이라고 똑똑히 얘기해 줘야겠어. 나처럼 제3의 눈이 있거나 앵무새를 통한 통역이 없으면 직접 소통은 절대 불가능하다고.

난데없이 비둘기 한 마리가 머리 위에 나타난다.

샹폴리옹이 즉시 독수리 울음소리와 비슷한 소리를 낸다. 귀를 찢는 듯한 맹금류의 울음소리를 들은 비둘기가 공포에 질려 달아난다.

72

조류 사고

1960년부터 지금까지 새들이 비행기에 부딪히거나 엔진에 빨려 들어가 발생한 비행기 추락 사고는 79건이나 되는 것으로 알려져 있다.

프랑스에서만도 매년 평균 8백 건의 조류 충돌 사고가 일어나며, 그중 15퍼센트는 피해가 아주 심각하다.

이 때문에 프랑스에는 1989년 이후 모든 공항에 〈새를 쫓는 사람들〉이 배치돼 있다.

이들의 역할은 공항 상공을 맴도는 새들을 위협해 쫓아 버리는 것이다. 이들이 총을 쏘거나 고통스러워하는 동물의 울음소리를 모방한 음향을 만들어 스피커로 크게 틀자 처음에는 효과가 있는 듯했다.

하지만 이에 익숙해진 새들이 금세 다시 공항 상공으로 모여들자 기술자들은 독수리를 조련시켜 투입하기 시

작했다. 이 용도로 조련된 독수리들은 공항 상공을 선회
하면서 비둘기, 찌르레기, 댕기물떼새, 말똥가리, 까마귀
같은 새들을 쫓아 버린다.

『상대적이고 절대적인 지식의 백과사전』제12권

73
바다

드디어 르아브르.

바다 내음이 코끝을 찌른다. 목이 칼칼하다. 우리는 항
구를 찾아 비릿한 냄새를 따라 걷기 시작한다. 바람에 밧
줄이 철썩거리는 소리가 마치 종소리처럼 들린다. 그 소
리가 점점 커지는 곳으로 걸음을 옮기자 파란 바다를 배
경으로 낡은 범선들이 서 있다.

생전 처음 본 바다의 광대함에 나는 압도당한다.

음, 바다라는 걸 어떻게 설명하면 좋을까. 아직 바다를
못 본 고양이들한테 뭐라고 묘사해 주지? 처음 강을 봤을
때 너무 커서 할 말을 잃었는데, 바다에 와 보니 그건 아
무것도 아니었어.

바다는, 끝이 보이지 않는 물로 덮여 있어. 파란색 카
펫이 무한히 펼쳐져 있는 것 같아. 쏟아져 내린 눈을 물

이 다 삼켜 버렸는지 하얀 흔적조차 남아 있지 않아.

순간 〈미시감(未視感)〉에 휩싸였던 내 앞에 범선들이 모습을 드러낸다. 유람선보다 더 크고 웅장하고, 아름답다. 아름드리나무처럼 하늘로 솟은 돛대에 나뭇잎처럼 매달린 돛들이 바람에 너울춤을 추고 있다.

공동체 식구들의 흔적을 쫓아 르아브르 항구의 선창을 걸어다니던 나는 익숙한 냄새 앞에서 걸음을 멈춘다.

피타고라스의 오줌 냄새야!

내가 올 걸 예상하고 미리 후각 표식을 남겨 놓은 거야.

냄새를 따라가자 파란색 범선이 한 척 보인다. 벌써 앵무새는 배 위를 맴돌고 있다.

「다들 여기 있어요!」 앵무새가 소리를 지른다.

내가 트랩을 지나 갑판으로 뛰어오르자 라크루아섬 전투의 생존자들이 달려 나와 나를 맞는다. 피타고라스와 안젤로, 나탈리, 로망, 에스메랄다, 돼지 바댕테르, 그리고 개 나폴레옹…….

안젤로가 제일 먼저 다가와 얼굴을 핥아 준다.

「엄마, 왜 이렇게 늦었어요.」

녀석이 만나자마자 타박이야.

「어서 여길 떠나요, 엄마. 배에 타고 있는 게 무서워요. 바다도 싫고 항구 냄새도 질색이에요.」

또 시작이군.

「엄마가 나한테 조금 더 신경을 써주면 안 돼요?」

나 참, 요구 사항도 많네.

마음 같아서는 한 대 쥐어박고 야단치고 싶지만 꾹 참고 다정하게 대하려 한다. 혹시 내게 숨어 있을지 모를 소위 모성 본능이라는 것을 찾아내려고 안간힘을 쓴다.

나는 아들의 이마를 몇 번 핥아 주고 나서 앞발로 슬쩍 밀어낸 뒤 동료들과 반갑게 머리를 부딪친다.

피타고라스가 다가와 머리를 비비댄다.

「네가 궁금해할 것 같아 말해 줄게. 현재 남아 있는 우리 식구는 고양이가 144마리, 인간이 12명, 돼지 65마리, 개 52마리야. 우리가 타고 있는 배에는 〈마지막 희망〉이라는 이름을 붙였어.」

피타고라스와 나는 서로 몸을 핥아 주며 익숙한 냄새를 확인한다.

로망 웰즈가 다가오더니 내 목에 ESRAE가 걸려 있는지, 깨지지는 않았는지 확인한다.

내가 아니라 목걸이 걱정을 더 했다는 걸 노골적으로 티 내네.

샹폴리옹이 날개를 퍼드덕거리며 뱃전에 내려앉아 감격스러운 상봉 분위기를 깨트린다.

「비상! 쥐들이 나타났다!」

어째 놈들은 우리를 잠시도 가만히 놔두질 않을까.

「어서 트랩을 걸어! 닻줄을 감고 돛을 올려!」

나탈리가 능숙한 선장처럼 지시하자 인간들이 일사불란하게 움직이기 시작한다.

나탈리는 벌써 키를 잡고 서 있다. 나는 피타고라스와 함께 선미 쪽으로 뛰어가 적들의 동태를 살핀다. 잿빛 덩어리들이 파도처럼 밀려오고 있다.

공포의 티무르 군단.

놈들이 거침없이 전진해 오는 광경에 나는 또다시 기가 질린다. 적들의 머리 위에는 연합 비행 편대가 떠 있다. 필시 비둘기들이 쥐들에게 우리 위치를 알려 주었을 것이다.

저주를 퍼부어도 시원치 않을 이 날아다니는 쥐 떼.

비둘기들이 범선 상공에서 끈끈한 똥을 투하하기 시작한다. 어깻죽지에 떨어진 똥이 어찌나 점착력이 강한지 나는 결국 입으로 털을 한 움큼 뽑아낸다.

샹폴리옹이 독수리 울음소리를 내지만 통하지 않는다. 그러자 그는 낯선 새의 울음소리를 흉내 내기 시작한다.

파란 하늘에 털이 하얗고 부리가 긴 새들이 떼를 지어 나타난다.

샹폴리옹이 갈매기를 불렀구나.

갈매기들의 등장에 비둘기들이 떠나갈 듯이 구구거리기 시작한다.

「우리 연합군의 범위가 다시 한번 확대되는 순간이야.」내가 감격해 샹폴리옹을 쳐다보며 소리친다.

잠시 대오가 흐트러졌던 비둘기들이 전열을 정비하고 수적 우세를 이용한 공격을 펼치기 시작한다. 놈들은 무리에서 조금 떨어져 있는 갈매기를 집중 포위해 무차별 부리 공격을 가하는 전략을 구사한다.

영역 다툼은 땅에서만 벌어지는 게 아닌 모양이야.

마지막 희망호 상공에서 비둘기 떼와 갈매기 떼가 격돌한다. 비둘기들의 공격이 날렵하다면 갈매기들의 공격은 저돌적이다. 비둘기가 기습적으로 치고 빠지는 전략을 구사한다면 갈매기는 육중한 부리로 상대를 메다꽂는 듯한 모습을 보여 준다. 부리와 날개와 발톱이 검은 바다와 파란 하늘을 배경으로 격렬한 군무를 펼친다.

바닷새인 갈매기는 비둘기한테 없는 강점을 지니고 있다. 갈매기는 순식간에 하늘로 솟구쳤다 물을 스치듯 내려오고 또다시 날아오르는 비행력을 지닌 반면, 비둘기는 비행 고도와 속도가 갈매기에 한참 못 미친다.

갈매기들이 공중회전, 급회전, 저공비행을 펼치며 적

들을 제압한다. 그들은 파도와 장난치듯 하늘을 날면서 육지 새들을 먼바다로 유인해 공격하는 전술을 구사한다.

육중한 돛이 달린 범선은 쾌속으로 항구를 벗어나기에는 한계가 있다. 게다가 역풍까지 불어와 좀처럼 앞으로 나아가지 못한다.

쥐들이 죽기 살기로 첨벙첨벙 바다로 뛰어들기 시작한다. 우리를 뒤쫓아 와 범선 옆구리를 기어오르는 놈들도 보인다……

어쩌면 이런 독하고 집요할까. 티무르가 이들을 인간 광신주의자들처럼 만들어 놓았기 때문이야. 스스로 생각하지 못하고 우두머리에 복종하게 훈련해 놓았기 때문이야. 이들에게 자신의 목숨 따윈 아무 가치가 없는 거야.

갑판까지 기어 올라온 지독한 쥐 열댓 마리를 아군이 간단히 해치운다.

선수에서 기진맥진한 쥐 한 마리와 결투를 벌이는 안젤로의 모습이 보인다. 녀석, 일부러 작고 쉬운 상대를 고른 모양이야. 내가 보란 듯이 덩치가 토끼만 한 쥐에게 다가가 발톱을 휘두르지만 안젤로는 정신이 없어 나를 보지 못한다.

우리와 접근전을 벌이던 동족들이 차례로 쓰러지는

걸 지켜보면서 차가운 바닷물에서 버둥거리던 쥐들은 차마 뱃전을 기어오를 엄두를 내지 못한다.

나는 선미로 가서 뒷다리로 몸을 일으키고 서서 주위를 휘둘러본다. 멀리서 자기 동족들을 밟고 서 있는 흰 실루엣 하나가 보인다.

나는 파란 도화지에 찍힌 흰 점을 향해 소리친다.

「티무르, 보고 있나!」

나는 적장이 대충 의미를 짐작하리라 확신하고 이 소리 끝에 포효하는 야옹 소리를 덧붙인다. 나에게 구애하는, 나를 숭배하는 수컷들에게 둘러싸여 있을 때 내는 소리와 똑같은 우렁찬 소리를.

고함 소리가, 내 승리의 외침이 쩌렁쩌렁 울리며 바다로 퍼져 나간다.

안젤로가 가느다란 목소리로 나를 흉내 낸다.

곧이어 배에 탄 고양이들이 일제히 합창하듯 야옹 소리를 지른다.

시뉴섬을 떠나면서부터 쌓였던 아슬아슬하고 팽팽한 긴장감이 한순간에 사라진다.

「야아아아아아옹!」

돛 세 개가 바람을 받아 부풀어 오르자 마지막 희망호가 서서히 바다로 나간다. 더 이상 우리를 뒤쫓아 올 쥐 군단도 없고, 갈매기 떼의 호위를 받고 있으니 비둘기들의 공격을 받을 위험도 없다.

「엄마, 내가 얼마나 잘 싸우는지 봤죠? 나중에 얼마든지 더 놈들을 때려잡을 수 있어요.」

나는 안젤로의 말을 못 들은 척하고 키를 잡고 있는 집사에게로 향한다. 순간 망망대해에 떠 있다는 불안감에 사로잡혀 내가 집사에게 묻는다.

「이제 우린 어디로 가요?」

「몽생미셸섬으로 가는 게 어떨까 싶어. 높은 성벽이 있어 상대적으로 방어가 쉬울 거야.」

「아니, 더 멀리 가야 해요.」 내 뒤에 앉아 수평선을 바라보고 있던 로망이 대답한다. 「거기는 썰물 때 쥐들이 충분히 공격해 올 수 있어요.」

「놈들과 다시는 마주칠 일이 없는 장소를 찾아야 해요.」 여전히 쥐들의 공포에서 헤어나지 못한 듯한 에스메랄다가 말한다.

「그럼 채널제도[7]는 어떨까요? 거긴 대륙에서 상당히 떨어져 있잖아요.」

「내 생각엔 그 정도도 충분하지 않을 것 같아요.」 백과사전파 과학자가 고개를 가로젓는다.

7 영국 해협 남부에 있는 섬들로 프랑스 노르망디와 가깝다.

「영국을 염두에 두고 있는 거예요?」

「아니요, 거기도 티무르가 도버해협 해저터널을 지나면 얼마든지 올 수 있어요.」

마지막 희망호가 순항하기 시작한다. 우리를 호위하며 배 위를 날고 있는 갈매기 떼가 환호성처럼 들리는 울음소리를 낸다.

「난 목적지를 정했어요, 야옹.」

내가 비장한 목소리로 말하자 좌중이 일제히 나를 돌아본다.

「……뉴욕.」

참신한 제안이 좌중의 머릿속에 자리를 잡을 때까지 나는 잠시 기다려 준다.

「뉴욕? 돛이 세 개밖에 안 되는 이 범선을 타고 대서양을 건너가자는 말이야? 아메리카는 정말 먼 곳이야.」 나탈리가 고개를 갸웃거린다.

〈정말 먼 곳〉이라는 게 어느 정도인지 나는 감이 오지 않는다.

「티무르의 공격이 미치지 않는 곳은 거기밖에 없어요. 전에 오르세 대학 학장한테서 들었는데, 과학자들이 효능이 뛰어난 쥐약을 개발해 뉴욕에는 쥐가 한 마리도 없대요. 지금 쥐로부터 안전한 곳은 전 세계에서 뉴욕뿐일

지도 몰라요.」

「바스테트 말이 맞아요.」로망이 동조한다. 「우리가 유럽에 머무는 한 언젠가 다시 티무르 군단 혹은 다른 쥐들의 공격을 받을 거예요. 문제는 이 배로 대서양 횡단이 가능한가인데, 어때요, 나탈리?」

인간 집사가 윤기가 흐르는 머리채를 뒤로 젖히더니 담배를 꺼내 불을 붙인다. 그녀가 한 모금 길게 빨더니 후 하고 내뱉는다. 뭔가 골똘히 생각하고 있다는 증거다.

「지금까지 내가 몰아 본 제일 큰 배의 길이가 12미터밖에 안 돼요. 지중해 밖으로는 나가 본 적도 없고요.」

「이 배가 진짜 난파할 위험도 있어요?」피타고라스가 다가오며 묻는다.

나는 나탈리 대신 짜증을 내며 대답한다.

「어쨌든 쥐와 비둘기 연합군에게 공격당할 위험보다는 작으니까 걱정하지 마!」

나탈리가 고개를 끄덕이더니 다시 자리로 가서 키를 잡는다. 피타고라스가 내 귀에 대고 속삭인다.

「잘됐어. 옛날부터 아메리카에 꼭 한번 가보고 싶었거든.」

「왜?」

「전 세계에서 고양이 숫자가 가장 많은 곳이 북아메리

카라고 백과사전에 나온 걸 읽었어. 프랑스에는 1천만 마리가 있는데 거기에는 1억 마리가 있대.」

소중한 정보야. 어서 가서 강력한 쥐약이 개발된 나라에서 살고 있는 1억 마리의 고양이들을 만나 봐야겠어.

범선이 철썩거리는 파도를 가르며 검푸른 물 위를 미끄러지듯 나아간다. 바닷바람이 몰아칠 때마다 내 털이 납작 누웠다 일어난다. 뒤에 남아 있는 구세계가 서서히 쥐들에게 갉아 먹힐 걸 생각하니 갑자기 죄책감이 든다. 저기 남아 있는 인간과 고양이, 돼지, 개 들은 어떤 운명을 맞이하게 될까.

미안하지만 어쩔 수 없어. 지금 당장 나 혼자 온 세상을 구할 수는 없으니까.

내 복잡한 심경을 읽었는지 샹폴리옹이 뱃전에 내려와 앉아 우관을 펼쳤다 접었다 하면서 말한다. 그의 목소리에 비장감이 묻어난다.

「장 드 라퐁텐은 〈무슨 일을 하든지 마지막을 염두에 두어야 한다〉고 했어요. 지금 우리 상황에 딱 어울리는 말이죠.」

74

장 드 라퐁텐

장 드 라퐁텐은 1621년 파리 북동쪽 샤토티에리에서 태어났다. 어려서부터 이야기를 지어내는 걸 좋아했던 그는 희곡을 쓰고 오페라 대본을 집필하기도 했다. 루이 14세 궁정의 재무 장관이었던 니콜라 푸케는 친구인 라퐁텐에게 고대 그리스 작가인 이솝의 우화를 다시 써보는 게 어떻겠냐고 제안했다. 라퐁텐은 이야기의 시작이나 끝에 도덕적 교훈이 될 만한 포인트를 추가하면서 기존 우화에 자신만의 색깔을 입혔다.

아첨은 그걸 듣는 이에게 반드시 독이 된다. (「까마귀와 여우」)

이 세상에서는 강자의 논리가 언제나 가장 앞선다. (「늑대와 양」)

누구든 때때로 자기보다 작은 존재가 필요하다. (「사

자와 생쥐」)

무슨 일을 하든지 마지막을 염두에 두어야 한다. (「여우와 염소」)

괜히 뛰지 말고 제때 출발하는 게 낫다. (「토끼와 거북이」)

하늘은 스스로 돕는 자를 돕는다. (「진창에 빠진 마차」)

죽지도 않은 곰의 가죽을 팔아서는 안 된다. (「곰과 두 친구」)

라퐁텐은 이솝의 우화뿐 아니라 로마의 풍자 작가 바브리오스와 파이드로스의 이야기도 참고했다. 그는 동양의 문헌에서도 아이디어를 얻었는데, 「물고기와 가마우지」는 고대 인도 설화집인 『판차탄트라』의 이야기를 가져다 쓴 것이다.

그는 지혜가 무력보다 강하다는 주제에 관한 이야기를 주로 모아 놓은 중세 우화집 『여우 이야기』 속 글들도 빌려 쓰곤 했다.

1668년에 출간된 라퐁텐의 첫 우화집은 큰 성공을 거두었다. 그는 우화라는 형식을 통해 당시 프랑스 사회와 궁정의 문제점, 나아가 정치 전반의 타락을 풍자적으로 지적했다.

라퐁텐은 동물이라는 알레고리를 이용해 강자가 약자

를 짓누르고 약자의 순진함을 이용하는 세태를 보여 주며 루이 14세 왕정을 비판했다.

위정자들이 의식하지 못하는 사이 라퐁텐은 권력의 한복판에 서서 의식을 일깨우는 역할을 하고 있었다.

당시 승승장구하던 재무 장관 푸케는 루이 14세에게 눈엣가시로 여겨지고 있었다. 그를 질투하던 왕은 재판 절차도 거치지 않고 자신이 서명한 편지 한 장으로 푸케를 투옥했다. 그러고 나서 푸케가 보르비콩트 성에 불러 들여 후원하던 수많은 예술가들(요리사 바텔, 정원사 르노트르, 건축가 르보, 음악가 륄리, 배우이자 극작가 몰리에르 등)과 라퐁텐을 자기 사람으로 만들려고 했다.

하지만 라퐁텐은 우정을 배반하지 않았고, 도리어 「여우와 다람쥐」라는 우화를 써서 친구의 편에 섰다. 이 이야기 속 다람쥐는 푸케를 상징했다. 이에 격노한 루이 14세는 라퐁텐을 유배시켰고, 몇 년이 지난 뒤에야 복권시켰다.

〈나는 동물을 이용해 인간을 가르친다〉고 라퐁텐은 말했다. 야한 이야기를 쓰고 자유사상가로서 종교적 권위에 도전하며 살았던 그에게 삶의 마지막 순간이 찾아오자 신부는 병자 성사를 거부했다. 결국 그는 신부가 보는 앞에서 불경하다고 여겨지는 작품들을 모두 불태워야 했다.

1695년에 그가 세상을 떠난 뒤에도 그가 쓴 우화들은 프랑스뿐 아니라 세계 각국의 학생들에게 읽히며 젊은 세대를 지혜의 길로 이끌어 주고 있다.

　　『상대적이고 절대적인 지식의 백과사전』제12권

75

마지막 희망

솔직히 너희한테는 바다에 가보라는 말을 하고 싶지 않아. 배를 타고 대서양을 건너는 경험은 더더욱 권하고 싶지 않아.

아메리카는 대체 언제 나타나는 거야. 정말로 먼 곳이긴 한가 봐.

르아브르 항을 떠난 이후 나는 사방이 물로 가득 찬 망망대해에서 표류하고 있다는 느낌을 떨칠 수가 없다. 동서남북 좌표라고는 없는 바다 한가운데서 무슨 문제가 생기면 어디로 어떻게 달아나야 할까? 바다에 뛰어들어 헤엄을 친다고 해도 아메리카라는 그 먼 곳까지 도달하는 건 불가능해 보인다.

나는 수시로 루브르에서 봤던 「메두사호의 뗏목」을 떠올린다. 혹시 우리에게도 그런 일이 생긴다면? 이 대서양

한가운데서 굶주림에 시달리다 서로를 잡아먹는 일이 벌어진다면?

제리코의 그림과 똑같은 장면이, 인간에서 고양이로 주인공만 바뀌어 이 배에서 벌어진다면 어떻게 될까? 서로를 밟고 올라선 고양이들이 흰 천을 흔들어 대는 끔찍한 모습을 떠올리는 순간 몸에 소름이 돋는다.

늘 지나친 상상력이 문제야. 없는 위험을 이렇게 만들어 내며 불안에 떨고 있으니 말이야. 아마 이건 경각심을 잃지 않으려는 나의 조건반사적 반응인지도 몰라. 편안함에 젖기보다 변화와 모험을 꿈꾸는 내 성향 때문일 거야.

대서양을 건너 뉴욕으로 향하는 마지막 희망호 위에서 홀로 온갖 상념에 빠져 있을 때, 이상한 소리가 들려온다. 선실 한 곳에서 끙끙대는 소리가 난다.

조심스럽게 다가가 현창 너머로 들여다보니 집사가 자신의 중심 수컷인 로망과 짝짓기를 하고 있다.

이들이 마침내 인간으로 교육받아 온 틀에서 벗어나 동물적 충동을 자유롭게 표현할 수 있게 됐어.

관음증인 줄 알면서도 나는 잠시 멈춰 서서 둘의 행동을 지켜본다.

어느새 안젤로가 내 곁에 다가와 인간들을 보고 있다.

나는 아들을 쫓아 버릴까 하다가 그냥 놔두기로 한다. 호기심은 중요한 거니까.

저렇게 답답한 방식으로 번식하는 종이 오랫동안 지구를 지배해 왔다는 게 도무지 믿기지 않는다.

나처럼 다리를 귀 뒤로 높이 치켜올리지 못하는 인간 집사가 우스꽝스러운 자세로 트림도 아니고 비명도 아닌 이상한 소리를 지르는 걸 보고 있자니 나도 모르게 웃음이 터진다. 캑캑하며 잔기침 같은 소리를 내다 보니 아직 웃음을 이해하지 못하는 안젤로가 걱정스러운 얼굴로 나를 보고 있다. 웃음이 잦아들고 나자 몸속이 뜨거워진다. 인간들의 생식 장면을 구경하고 있는데 왜 갑자기 피타고라스 생각이 나는 거지. 나는 그를 찾으러 갑판으로 나간다. 아무리 크게 이름을 불러도 대답이 없다.

어디 있길래 코빼기도 안 보이는 거야? 필요할 때는 꼭 이렇게 옆에 없다니까.

마침내 내 이름을 부르는 그의 목소리가 들린다. 샴고양이가 중앙 돛대 꼭대기에 있는 망루 바구니에 앉아 나를 내려다보며 발을 흔든다.

참 알다가도 모를 고양이야, 높은 곳에 올라가는 걸 이렇게 좋아하면서 왜 열기구에 타서는 현기증을 느꼈을까.

나는 밧줄을 잡고 망루로 기어오른다.

「여기서 뭘 하고 있어?」

「육지가 가까워지는지 보려고. 그런데 날 왜 찾았어?」

분위기 파악을 못 하는 것도 수컷들의 전형적인 문제지.

「인간 집사들의 교미를 보다 오는 길이야.」

「아 그래, 때가 지나도 한참 지났지.」

「그 모습을 보고 나니까 인간이라는 종이 어떻게 지금까지 지속할 수 있었는지 의문이 들더라.」

「절정에 도달하는 게 다가 아니라 오래 머무르는 게 중요하지.」

「인간 문명 얘기를 하는 거지?」

「아무튼 그들은 절정에 도달할 줄만 알았지 머무를 줄은 몰랐어. 들어 봐, 한번은 내가 이런 꿈을 꿨어.」 피타고라스가 아련한 표정이 된다. 「멸종 위기에 처한 인간들이 동물원에 가둬져 있었는데, 그들이 번식을 할 때마다 언론에서 큰 뉴스거리로 다루는 거야. 마치 새끼 판다의 출생 소식을 알리듯이 말이야.」

판다가 뭔지도 모르지만 막연히 그의 말뜻을 짐작하고 나서 내가 그의 말을 받는다.

「인간의 교미 시간은 꽤 긴 것 같아. 그렇지 않아?」

「몇 초에 끝나는 우리와 달리 몇십 분이 걸리기도 하지.」

「뭐가 그렇게 길어?」

이때, 나탈리가 내지르는 소리가 망루 위까지 들려온다.

「너희 집사가 절정에 이르렀나 봐.」 샴고양이가 아는 척하며 한마디 한다.

「이제 그녀의 긴장이 조금 풀렸으면 좋겠어. 그동안 너무 고생만 했으니 쾌락을 누릴 자격이 충분히 있어.」

「아홉 달 뒤에 새끼 인간이 태어날지도 모르겠네.」

「말이 나왔으니 말인데, 피타고라스, 나도 새끼를 갖고 싶어. 너랑 말이야. 내 첫 작품은 영 별로야. 습작이라고 해야 하나.」

「안젤로 말이야? 들으면 섭섭해하겠네.」

「녀석이 얼마나 말을 못 알아듣는지.」

갑자기 피타고라스가 깊은 한숨을 내쉰다.

「그동안 우리가 한두 번 사랑을 나눈 게 아닌데 이상하게 네가 새끼를 밴 적이 없어.」

「그건, 내 몸이 때가 아니라고 판단해서였을 거야. 너도 알다시피 내 정신은 육체를 아주 잘 통제하고 있으니까…….」

횡설수설 꺼낸 말이지만 그 말이 맞는다는 생각도 든다. 나는 그의 발을 잡아 선실로 이끈다. 우리는 선실로 향하며 여러 동물들을 지나친다.

돼지들과 개들이 갑판에서 어조만으로 서로를 이해하며 이야기를 나누는 모습이 눈에 들어온다. 바댕테르와 나폴레옹은 벌써 절친한 사이가 된 듯하다. 고양이들 몇몇이 해를 쬐며 낮잠을 즐기고 있다. 인간들은 꾸벅꾸벅 졸거나 모여 앉아 카드 게임이나 체스 게임을 하고 있다.

나는 우리가 쓰는 선실로 들어가자마자 초록색 눈을 커다랗게 뜨고 피타고라스의 파란색 눈을 응시한다.

「너한테 조금…… 색다른 경험을 제안하려고. USB 케이블로 우리 둘의 제3의 눈을 연결한 상태에서 사랑을 나눠 보면 어떨까?」

「뭐?」

그가 시간을 벌기 위해 괜히 모르는 척한다는 걸 나는 안다. 답은 이미 정해져 있다는 듯 내가 말을 이어 간다.

「USB 케이블이 하나 필요한데, 혹시 있어?」

「없는데, 너는? 쪽배에서 티무르와 독대할 때 쓴 건?」

「내가 아무리 기지가 넘치는 고양이라고 해도, 살려고 도망치면서 기념품까지 챙길 정신은 없지. 지켜야 할 ESRAE까지 목에 건 마당에.」

피타고라스와 나는 배를 샅샅이 뒤지다가 우연히 들어간 조타실 구석에 놓인 상자에서 케이블을 발견한다. 다행히 케이블 한쪽은 일반 USB용이고 다른 쪽은 초소형 USB용이다.

우리는 케이블을 들고 선실로 돌아온다. 피타고라스는 빗장을 걸어 문을 잠그고 나는 방해받지 않기 위해 커튼을 친다.

이 두 가지는 인간들이 이런 상황에서 의식처럼 하는 행동이다.

우리는 간이침대 위에 서로 마주 보고 앉는다.

먼저 입을 연 건 나다. 「떨려?」

피타고라스가 몸을 부르르 턴다.

「내가 알기로 이런 경험은 지금껏 아무도, 인간들조차도 시도하지 않았어.」

「우리 종의 우월성을 입증하는 또 하나의 증거인 거지. 이중 접속은 〈테라 인코그니타〉니까.」

얼마 전에 인터넷에서 발견하고 외워 둔 이 근사한 표현이 피타고라스에게 남은 약간의 망설임까지 없애 주기를 나는 은근히 기대한다.

「우리가 괜한 짓을 하는 건 아니겠지?」

「시도해 보기 전에는 알 방법이 없지.」

그가 두 발로 인간과의 대화에 필요한 송수신 장치를
빼더니 그 자리에 USB 케이블 한쪽을 꽂는다. 나도 케이
블의 다른 쪽 끝을 제3의 눈에 갖다 꽂는다. 순간 찌릿 전
기가 느껴진다. 당연해, 우리 뇌에는 늘 전기가 흐르니까.
나는 감격한 목소리로 그에게 묻는다.

「준비됐어?」

그가 살짝 몸을 떠는 게 보인다.

「아니, 잠깐만…… 혹시 말이야…… 그러니까…… 이
게 부정적인 경험이 되더라도 네가 나에 대해…….」

「내가 네 은밀한 생각들에 접근할까 봐 걱정되는
구나?」

「아니, 그게 아니라…… 저기…….」그가 우물쭈물 말
을 잇지 못한다.

내가 정곡을 찔렀군.

「긍정적인 경험이 될 거라고 기대하자, 응?」

우리는 정신의 결합에 앞서 육체의 결합에 들어간다.
쾌락이 몸으로 번지는 걸 느끼는 순간, 나는 눈을 감는다.

처음에는 평소에 사랑을 나눌 때와 느낌이 크게 다르
지 않다.

그러다 돌연 형언할 수 없는 생경한 순간이 찾아온다.

몸이 느끼는 쾌감이 평소의 두 배, 세 배, 열 배까지 폭

발작으로 커진다. 눈꺼풀 뒤쪽에서 형형색색의 빛깔들이 지나간다. 처음에는 선으로 이어지던 색깔들이 불붙은 가지처럼 뻗어 나가기 시작한다. 내 머릿속에서 노랑, 주황, 빨강, 검정 불꽃들이 타오른다.

순간 눈앞에 이미지가 나타난다.

엄마. 엄마의 출산 장면. 꼬물거리는 새끼 고양이 여섯 마리. 저놈이 나구나. 한눈에 나라는 걸 알아본다. 하지만 지금과는 사뭇 다른 모습이다. 털은 회색에 눈은 사파이어 빛을 띤 파란색이다.

나는 눈이 파란 회색 새끼 고양이였어!

그 고양이가 흰색과 검은색 털이 섞이고 에메랄드빛 초록색 눈을 가진 성묘로 변한 거야.

회색 새끼 고양이가 엄마 젖을 빨고 형제들과 장난을 친다. 어쭈, 제일 실한 젖꼭지를 차지하려고 형제들에게 발길질을 해대네.

아기 때부터 벌써 야무지고 이기적이었어.

조금 덩치가 커지고 의젓해진 암고양이. 들쥐 한 마리를 입에 물고 의기양양하게 걸어온다. 나는 마치 밖에서 나를 지켜보듯이 내 모습을 보고 있다. 벌써 세상을 지배할 암고양이의 싹이 보인다. 음, 제법 무리를 이끄는 우두머리티가 나.

그러고 나서는 영화 속 한 컷 같은 장면들이 휙휙 지나간다. 집사 나탈리의 아파트로 옮겨져 있는 나, 출산, 시뉴섬 전투, 시테섬의 평화, 노트르담 대성당의 오르간 연주, 열기구 비행, 스핑크스의 꼬리를 보고 난생처음 경험한 웃음, 물 공포증을 극복하고 강을 헤엄쳐 건너는 나, 내 머리에 생긴 제3의 눈, 내가 사는 행성을 찍은 사진의 감동, 돼지들의 인간 재판, 투우 경기, 루브르 박물관에서 예술을 접했을 때의 희열, 얼어붙은 강에서 벌어진 전투, 그리고 지금, 피타고라스와의 육체적·정신적 결합.

이 모든 것이 나를 이루고 있어.

피타고라스 역시 같은 경험을 하고 있다. 그의 정신에 다가가자 지나간 그의 시간들이 앨범 속 사진처럼 펼쳐진다. 새끼 피타고라스가 태어나는 장면, 어린 시절, 그리고 우리가 함께했던 시간들, 때로는 그가 나와는 다른 방식으로 경험했던 그 시간들.

이 모든 것이 그를 이루고 있어.

두 삶의 여정이 하나로 합쳐지는 순간, 우리 둘이 하나의 운명이 되는 순간.

나의 불꽃들이 파랑, 초록, 하양, 회색, 검은색을 띤 그의 불꽃들과 만난다. 두 개의 뇌에서 일어난 불길이 뒤엉켜 하나의 색깔을 이룬다. 은은한 진줏빛이 감도는 연보

라색 불꽃.

갑자기 꼬리뼈 끝에서 불덩이 같은 뜨거운 느낌이 일더니 성기를 거쳐 척추를 타고 올라가 뇌에서 폭발한다.

빛이 점멸하듯 심장이 뛰고 있다. 쿵쾅거림이 갈수록 빨라진다. 그의 심장과 나의 심장이 같은 리듬으로 뛴다. 빛은 강렬함을 더해 가고 있다.

그가 보는 것을 내가 보고 내가 보는 것을 그가 본다. 그의 감각이 나의 감각이 된다.

나는 그가 되고 그는 내가 된다.

우리는 각자를 뛰어넘는 하나의 더 큰 존재가 된다. 눈이 네 개, 귀가 네 개, 다리가 여덟 개, 코가 두 개, 입이 두 개, 성기가 두 개, 심장도 뇌도 각각 두 개인 존재.

지금 내가 경험하는 쾌감은 예전의 쾌감이 아니다. 육체적 쾌감에 정신적 쾌감이 결합해 다른 차원으로 승화된 쾌감이다.

이대로 시간이 멈춰 버리면 좋겠어.

뜨겁게 달아오른 뇌 속에서 생각이 널을 뛴다.

나를 제약하는 건 내가 스스로에 대해 가진 생각뿐 다른 건 아무것도 없어.

그런데 내가 나라고 믿는 것이 내 전부가 아니야.

나는 스스로 바스테트라고 믿고 있지만, 그보다 훨씬

큰 존재가 될 수 있어. 나는 바스테트인 〈동시에〉 피타고라스가 될 수 있어.

나는 다른 고양이가, 다른 동물이 될 수도 있어.

나는 살아 있는 모든 것에 접속할 수 있어. 식물에도, 내가 사는 이 행성에도, 심지어 별과 우주에도.

나는 나라고 믿었던 그 존재 이상이야, 그보다 훨씬 거대한 존재야······.

나는 언제든 남이 될 수 있어.

진정한 사랑이란 바로 이러한 사실을 깨닫는 거야.

생각이 영그는 동안 나는 목이 터져라 교성을 지른다.

길고 강렬한 울부짖음. 그리고 깨달음.

밖에서 선실 문을 두드리는 소리가 들려 나는 눈을 번쩍 뜬다. 피타고라스도 눈을 뜨더니 얼이 빠진 얼굴로 나를 바라본다.

「지금 몇 시야?」

그가 커튼을 걷는다. 밖이 캄캄하다.

「시간이 꽤 지났나 봐.」 피타고라스가 어리둥절한 얼굴로 대답한다.

「정말 좋았어. 너는?」

「너무 좋았어. 말로 표현할 수 없는 경험이었어. 다 네 덕분이야. 고마워, 바스테트.」

「내가 고마워, 피타고라스.」

문 두드리는 소리가 점점 커진다.

우리는 얼른 USB 케이블을 빼고 뛰어가 문을 열어
준다.

나탈리가 걱정스러운 얼굴로 문밖에 서 있다. 나는 빼
놓았던 송수신 번역기를 다시 제3의 눈에 꽂는다.

「너희들 때문에 다들 잠이 깼어. 10분도 넘게 소리를
지르던데, 대체 무슨 일이야? 어디 다친 건 아니야?」

방금 내가 한 경험을, 그 위대한 사랑의 경험을 말해
주려다 나는 마음을 접는다. 그녀가 나한테 자기 종만의
특징이라며 자랑스럽게 말하던 그 개념에 내가 도달했다
고 얘기하면 과연 믿을까. 아니, 인간의 그 알량한 뇌로
그걸 이해할 수 있기나 할까.

「조심 좀 해……. 너희 짝짓기 때문에 배에 탄 식구들
이 불편을 느껴서야 되겠니.」

나 참, 우리가 행복해하니까 다들 짜증이 나는 모양
이지.

나를 압도했던 거대한 감정에서 겨우 헤어나며 내가
집사에게 말한다.

「당신한테 할 얘기가 있어요.」

나는 나탈리를 끌고 그녀가 묵는 선실로 가서는 현창

가장자리에 올라가 앉는다. 그렇게 눈높이를 맞춘 상태에서 그녀를 똑바로 쳐다본다.

「앞으로는 내 지위에 걸맞은 대접을 해주길 바라요. 당신이 가끔 내가 누군지 깜빡깜빡하는 것 같아서 하는 말이에요.」

〈폐하〉라는 호칭을 반드시 붙이라고 요구하기에는 조금 이르다고 판단해 나는 돌려 말한다.

「나는 바스테트예요. 난 지금 전 지구적인 혁명을, 묘류 혁명을 준비하고 있어요. 인간인 당신들은 자신들에게 주어진 새로운 위치를 깨달아야 해요. 우리의 하위 종이라는 것을 인정하고 받아들여야 해요. 이미 오래전 공룡의 시대가 끝났듯이 인간의 시대도 저물었어요. 이제 세상은 우리한테 맡기고 당신들은 편히 쉬면 돼요.」

저 옹졸한 뇌로 과연 이 명백한 진리를 이해할 수 있을까?

나는 선언하듯 덧붙인다.

「아무 걱정하지 말고 나한테 맡겨요. 날 믿어요. 모든 게 잘될 거예요. 내가 다 책임질게요.」

유머와 예술과 사랑을 깨달은 내가 당신들을 묘류의 세상으로 인도할게요.

76

늑대 무리

늑대는 무리 지어 이동할 때 항상 늙고 병든 늑대들이 앞장서 길을 연다. 무리의 이동 속도를 이들이 결정하기 때문이다.

이들 바로 뒤에서 건장한 늑대 몇 마리가 따라간다. 혹시 모를 적의 공격에 대비하고 먹잇감이 보이면 즉시 잡기 위해서다.

중간에는 이 우람한 늑대들보다 덩치가 조금 작은 늑대들이 포진한다. 무슨 일이 생기면 바로 앞에 있는 늑대들을 돕기 위해서다.

행렬의 맨 뒤에는 언제나 우두머리가 위치한다. 그는 뒤에서 무리의 이동 상황을 살핀다. 이렇듯 늑대 무리에서는 약한 자들이 앞에 서고 강한 자들이 뒤따르며 이들을 보호한다. 우두머리는 항상 맨 뒤에서 상황을 전체적으로 살피며 이동한다.

『상대적이고 절대적인 지식의 백과사전』제12권

77

약속의 땅

〈오랫동안 주의 깊게 살펴보면 하찮아 보이던 것도 흥미진진하게 변한단다.〉 우리 엄마가 한 명언 중 명언이다.

엄마 말대로 나는 이번 항해 동안 내 삶을 다시 바라보고 그동안 생각지도 못했던 가능성을 발견했다. 그 같은 정신적 고양을 경험하는 내가 배에 같이 탄 동료들 눈에는 이상하게 비쳤으리라.

피타고라스와 이중 접속을 경험한 직후 세상의 모든 것이 아름답게 보이기 시작했다. 심지어는 성가신 아들 녀석까지 사랑스럽게 보였다.

하지만 그 마법의 효과는 오래 지속되지 못했다. 날이 갈수록 〈예전의〉 나로 돌아왔다. 쥐들이 세상을 지배할지도 모른다는 공포가 다시 찾아왔고, 같이 배에 탄 공동체 식구들에 대한 실망감이 커졌다. 안젤로를 보기만 해도 짜증이 났다.

그렇다고 해서 피타고라스와의 육체적 정신적 합일을 다시 시도하지는 않았다. 너무도 강렬한 경험이기 때문에 왠지 아껴 두어야 할 것 같았다.

그 경험을 통해 내 인식의 문은 더욱 넓어졌다. 인식의 확장이 가능하다는 확신이 섰다. 하지만 지금은 그런 형이상학적 영역에 머물 때가 아니라 눈앞에 산적한 과제를 해결해야 할 때다.

행복이라는 게 그렇다. 열심히 쫓아가 거머쥐었다고 해서 영원히 그 안에 머무를 수는 없다.

나탈리와 로망의 관계도 열정이 사그라들고 일상이 지배하는 단계로 접어들었다. 한때 그들 사이에 흐르던 전기가 찌릿하는 긴장감은 이제 느껴지지 않는다. 그래서 인간들이 그토록 전희를 늘리려고 애를 쓰는 걸까, 그 뒤에는 관계의 흥분이 줄어든다는 걸 알기 때문에?

피타고라스를 머리에 떠올리는 순간, 그동안 내가 무의식적으로 그를 향한 감정을 제어해 왔던 이유를 알 것 같다.

누군가를 진정으로 사랑하게 되는 순간, 우리는 그를 잃을지도 모른다는 두려움에 갇히게 된다.

사랑이 내 걸음을 늦추게 만들어선 안 돼. 고양이 한 마리에게 집착해선 안 돼. 그는 수많은 수컷 중 하나일 뿐이야.

사랑에 빠지지 않게 조심, 또 조심해야 해.

나는 몸을 푸들거리고 나서 구석구석 핥아 몸단장을 끝낸 다음 선미에 있는 집사에게 다가간다. 하품을 하고 몸을 쭉 뻗어 기지개를 켜고 나서 그녀에게 묻는다.

「우리가 항해를 시작한 지 얼마나 됐죠?」

「오늘이 35일째야.」

「앞으로 얼마나 더 남았어요?」

「글쎄.」

나는 작정을 하고 그동안 머릿속에서 무르익은 생각을 밝힌다. 야옹.

「그동안 내가 겪은 일이 흔적도 없이 사라지진 않았으면 좋겠어요. 그래서 이 배에 타고 있는 고양이들에게 내 모험담을 들려주면서 전파하게 할 생각이에요.」

별 흥미를 보이지 않는 집사를 붙잡고 나는 계속 말을 한다.

「아무래도 고양이들이 이야기를 받아 적는 건 불가능해 보이니 집사 당신이 내 책을 써줬으면 해요. 어린 고양이들한테 들려주듯이 말할 테니 당신이 내 이야기를

녹음해 뒀다 옮겨 적어 책으로 만들어요. 제목은 이미
〈내일은 고양이〉로 정했어요.」

인간 집사가 눈썹을 찡그린다.

「당신이 내 공식 필경사가 되어 줘요.」

그녀가 아무 말 없이 담배를 꺼내 태운다. 아무리 봐도
내 제안을 진지하게 받아들이는 것 같지 않다. 지금도 여
전히 그녀 눈엔 고양이인 내가 반려동물 이상으로 보이
지 않나 보지? 인간들의 이 지독한 편견은 대체 언제쯤
깨지게 될까?

「그 책은 고양이 문명을 세우기 위한 초석이 될 거예
요. 성경이 그랬듯이 말이죠.」 나는 비장한 어조로 말하
며 그녀를 뚫어지게 쳐다본다.

엥? 그녀가 어깨를 으쓱 추어올리더니 장난스러운 표
정을 지으며 나를 쓰다듬어 준다. 내 말을 조금도 이해하
지 못한 게 분명해. 이 정도면 통역의 문제가 아니라 의
식의 저항이야.

여전히 자신이 나보다 우월하다고 믿는 게 틀림없어.

그녀를 향해 배신감마저 느끼는 순간, 갑자기 갈매기
한 마리가 공중으로 솟구치며 거칠고 탁한 울음소리를
낸다. 나탈리도 그 소리에 하늘을 올려다본다.

마지막 희망호의 비상종이 울린다. 우리는 좁은 통로

를 뛰어 선수 쪽으로 향한다. 모두의 얼굴에서 긴장감이 읽힌다. 안젤로의 꼬리 끝이 떨리는 게 보인다. 피타고라스가 오른쪽 귀를 발작적으로 긁고, 옆에서 에스메랄다가 연신 고개를 가로젓는다. 샹폴리옹은 우관을 높이 세운다. 나탈리가 망원경을 꺼내 들고 수평선을 살피기 시작하는 순간 인간들의 함성이 터져 나온다.

「뉴욕이에요?」

「그래, 드디어 왔어. 빌딩들이 보이기 시작해. 드디어 목적지에 도착했어.」나탈리가 안도의 한숨을 내쉰다.

「망원경 이리 줘봐요, 집사.」

망원경 렌즈에 눈을 갖다 대자 뾰족하게 솟은 건물들이 나타난다. 회색 직사각형들이 빽빽한 숲을 이루고 서 있다. 배가 빠른 속도로 다가가자 새로운 풍경이 눈앞에 펼쳐진다. 나는 광학기구를 천천히 움직이면서 해안을 훑는다.

「저기, 자유의 여신상이 보이네.」집사가 망원경의 방향을 틀어 준다.

시뉴섬 끝에 서 있던 여인의 조각상과 똑같이 생겼다. 한 열 배는 될까, 크기만 클 뿐 천을 두르고 횃불을 치켜든 모습이 그녀와 판박이다.

그런데 하늘을 향해 뻗어 있는 그녀의 팔에 갈색 점들

이 찍혀 있는 게 보인다. 나는 순간 눈을 찡그린다.

녹이 슨 건 아닌 것 같은데.

「더 확대해 줄 수 있어요, 집사?」

그녀가 배율을 키우는 순간 나는 몸을 소스라뜨린다.

「조금만 더 크게.」

이미지가 가깝고 선명해지는 순간 나는 침을 꼴깍 삼킨다.

세상에, 이럴 수가.

〈그들〉이다. 고양이 머리만 없으면 완벽해질 여신의 조각상 받침대와 주변 바닥에 자리 잡은 그들의 모습이 똑똑히 보인다.

수백 수천 수만 수십만 마리가 아니라 수백만 마리의 쥐들.

말도 안 돼, 어쩌자고 지금, 여기에 있는 거야. 너희가 있을 곳이 아니란 말이야.

땅이 보이지 않을 정도로 쥐들이 우글거린다. 갈색 카펫이 일렁일렁 움직이는 것만 같다.

목적지에 도착하는 순간 여기가 아니라는 걸 깨달았다. 이곳은 우리의 해결책이 될 수 없다. 마지막 희망호 승객들을 버티게 했던 기대가 일순간에 실망감으로 변한다.

전혀 기대하지 않았던 곳에서 쥐들을 발견한 순간 나는 새롭고 신기한 경험을 한다.

눈앞이 부예지면서 눈가에 액체가 고이고 목구멍이 간질간질하다.

정반대의 두 가지 강렬한 감정이 만나서 일으키는 새로운 현상.

나는 울지 못해 웃는다.

끝

감사의 말

아멜리 앙드리외, 비비안 페레, 장이브 고셰, 조나탕 베르베르, 실뱅 팀시트, 제레미 게리노, 세바스티앵 테스케, 조에 앙드리외, 에리크 비첼, 코니 베드로시앙, 스테판 푸요, 샤를로트 가누나코엔, 멜라니 라주아니, 티에리 비야르, 에밀 세르방슈레베르, 그리고 디디에 드소르 교수에게 감사를 전합니다.

편집자 카롤린 리폴과 새 책이 나올 때마다 응원과 격려를 아끼지 않는 알뱅 미셸 출판사 편집부에게 고마움을 전합니다.

그리고 물론, 처음부터 줄곧 내 곁을 지켜 주고 있는 두 편집자 리샤르 뒤쿠세와 프랑시스 에스메나르에게도 진심으로 감사의 마음을 전합니다.

이 소설을 쓰는 동안 들었던 음악

— 요한 제바스티안 바흐의 「토카타와 푸가」, 「G 선상
의 아리아」, 「골트베르크 변주곡」, 「2성 인벤션」, 「협주곡
D 단조」의 아다지오

— 마리아 칼라스가 부른, 빈첸초 벨리니의 오페라
「노르마」중 유명한 아리아 「정결한 여신」

— 피터 가브리엘의 앨범 「버디」에 수록된 「버디의 비
행Birdy's Flight」

— 안토니오 비발디의 「사계」중 「봄」2악장 라르고

옮긴이의 말

　베르나르 베르베르의 신작 『문명』은 독립적으로 읽어도 아무 지장이 없지만 본래 전작 『고양이』에서 출발한 이야기다. 총 3부작으로 예정된 이 이야기는 고양이들이 전염병과 테러, 전쟁으로 멸망 위기에 처한 인류를 구하고 인간 문명을 대체할 고양이 문명을 수립하려 한다는 내용을 담고 있다.

　프랑스에서 2016년 『고양이』, 2019년 『문명』을 출간했을 때만 해도 페스트라는 소재는 SF 작가가 그릴 수 있는 디스토피아적 배경 중 하나로 보였을 것이다. 하지만 코로나19라는 인수 공통 감염병이 1년 넘게 전 세계를 휩쓸고 있는 지금, 소설이 근미래의 현실이 될지 모른다는 공포는 누구나 한 번쯤 가져 봤을지 모른다. 『문명』을 대하는 우리의 마음가짐이 비상해지는 이유다.

『고양이』에서 세상에 조금씩 눈떠 가던 주인공 암고양이 바스테트는 『문명』에서 〈고양이 폐하〉가 되기를 꿈꾸며 연대와 공존에 기반을 둔 새로운 고양이 문명을 세우기로 한다. 이를 위해 인간만이 가졌다는 세 가지 개념인 유머와 사랑과 예술을 체득해 나가는 과정은 우리에게 동물과 인간의 관계, 나아가 인본주의에 대한 근본적인 질문을 던지게 만든다.

『문명』은 『고양이』에 비해 우화적 색채가 짙어졌고 작가의 메시지도 더 직설적이다. 라퐁텐에 대한 오마주로도 읽히는 이번 소설에서 돼지들에 의한 인간 재판이나 실험동물의 현실을 고발하는 몇몇 대목은 베르베르 방식의 동물 해방 선언이라 보아도 지나치지 않을 것이다.

고양이들에 관한 이야기지만 실은 인간들에 관한 이야기인 이 한 편의 우화는 코로나 시대를 살아가는 우리에게 작가가 울리는 경종이다. 〈인간들은 이 세상에 반드시 있어야 하는 존재가 아니오. 세상은 그들 이전에도 존재했고 그들 이후에도 여전히 존재할 것이니까.〉 돼지의 말이 자꾸만 귓가를 맴돈다.

2021년 5월

전미연

옮긴이 **전미연** 서울대학교 불어불문학과와 한국외국어대학교 통
번역대학원 한불과를 졸업했다. 파리 제3대학 통번역대학원
(ESIT) 번역 과정과 오타와 통번역대학원(STI) 번역학 박사 과
정을 마쳤다. 한국외국어대학교 통번역대학원 겸임 교수를 지냈
으며 현재 전문 번역가로 활동 중이다. 옮긴 책으로는 베르나르
베르베르의 『심판』, 『기억』, 『죽음』, 『고양이』, 『잠』, 『제3인류』(공
역), 『파피용』, 『만화 타나토노트』, 엠마뉘엘 카레르의 『리모노
프』, 『나 아닌 다른 삶』, 『콧수염』, 『겨울 아이』, 카롤 마르티네즈
의 『꿰맨 심장』, 아멜리 노통브의 『두려움과 떨림』, 『배고픔의 자
서전』, 『이토록 아름다운 세 살』, 기욤 뮈소의 『당신, 거기 있어 줄
래요?』, 『사랑하기 때문에』, 『그 후에』, 『천사의 부름』, 『종이 여
자』, 발렝탕 뮈소의 『완벽한 계획』, 다비드 카라의 『새벽의 흔적』,
로맹 사르두의 『최후의 알리바이』, 『크리스마스 1초 전』, 『크리스
마스를 구해 줘』, 알렉시 제니 외의 『22세기 세계』(공역) 등이 있
다. 〈작은 철학자 시리즈〉를 비롯한 어린이책도 여러 권 번역했다.

문명 2

발행일	2021년 5월 30일 초판 1쇄
	2021년 6월 17일 초판 17쇄

지은이	베르나르 베르베르
옮긴이	전미연
발행인	홍예빈 · 홍유진
발행처	주식회사 열린책들

경기도 파주시 문발로 253 파주출판도시
전화 031-955-4000 팩스 031-955-4004
www.openbooks.co.kr